Garotos, garotas
E OUTROS MATERIAIS
EXPLOSIVOS

ROSALIND WISEMAN

Garotos, garotas e outros materiais explosivos

Tradução de
RODRIGO ABREU

1ª edição

GALERA RECORD
RIO DE JANEIRO • SÃO PAULO
2013

CIP-BRASIL. CATALOGAÇÃO NA FONTE
SINDICATO NACIONAL DOS EDITORES DE LIVROS, RJ

W765g Wiseman, Rosalind
Garotos, garotas e outros materiais explosivos/ Rosalind Wiseman; tradução Rodrigo Abreu. – Rio de Janeiro: Galera Record, 2013.

Tradução de: Boys, Girls and Other Hazardous Materials
ISBN 978-85-01-09084-3

1. Ficção juvenil americana. I. Abreu, Rodrigo, 1972-. II. Título.

12.6992

CDD: 813
CDU: 821.111(73)-3

Título original em inglês:
Boys, Girls and Other Hazardous Materials

Publicado primeiramente nos Estados Unidos com o título BOYS, GIRLS AND OTHER HAZARDOUS MATERIALS by Rosalind Wiseman.

Text Copyright © 2010 by Rosalind Wiseman

Publicado mediante acordo com G.P. Putnam's Sons, um selo de Penguin Young Readers Group, um membro da Penguin Group (USA) Inc. Todos os direitos reservados.

Texto revisado segundo o novo Acordo Ortográfico da Língua Portuguesa.

Todos os direitos reservados. Proibida a reprodução, no todo ou em parte, através de quaisquer meios.

Design de capa: Izabel Barreto

Direitos exclusivos de publicação em língua portuguesa somente para o Brasil adquiridos pela
EDITORA RECORD LTDA.
Rua Argentina 171 – Rio de Janeiro, RJ – 20921-380 – Tel.: 2585-2000, que se reserva a propriedade literária desta tradução.

Impresso no Brasil

ISBN 978-85-01-09084-3

Seja um leitor preferencial Record.
Cadastre-se e receba informações sobre nossos lançamentos e nossas promoções.

EDITORA AFILIADA

Atendimento e venda direta ao leitor
mdireto@record.com.br ou (21) 2585-2002.

*Para minha mãe, Kathy,
e minhas tias, Mary, Nancy e Peggy —
vocês, mais do que ninguém, me fizeram
acreditar que o que eu digo importa.*

PRÓLOGO

O NEGÓCIO É O SEGUINTE: MEU NOME É CHARLIE — E, SIM, SOU UMA garota. Meu nome completo é Charlotte Anne Healey. Estou prestes a começar o primeiro ano do segundo grau, moro num bairro bastante normal, tenho um irmão mais velho tolerável e meus pais geralmente são sensatos. Tenho mais ou menos 1,65m, olhos castanhos, cabelo louro meio castanho que dá para o gasto, mas definitivamente não sou daquelas garotas de comercial de xampu. E não acordo às 5 da manhã para secar o cabelo com o secador. Não sou anoréxica nem bulímica e geralmente acho que meu corpo não é totalmente desastroso. E, francamente, manter essa perspectiva enquanto estou cercada de meninas magrelas reclamando de como são gordas é uma verdadeira façanha.

Por outro lado, posso ser lenta para admitir o óbvio. Dolorosamente lenta. Isso, combinado à minha outra principal fraqueza pessoal, que é ocasionalmente não ter pulso firme com meus amigos, significa que tive que tomar jeito e fazer duas coisas: primeiro, finalmente admiti para mim mesma que minhas melhores amigas eram, na verdade, minhas falsas-amigas. (Você sabe, garotas em quem eu não confiava cem por cento, mas que, por alguma razão, eram minhas amigas mais próximas.) Segundo, quando acabei o Ensino Fundamental no ano passado, fugi na primeira oportunidade. No meu caso, a fuga tomou forma quando tive a oportunidade de me transferir para outra escola a fim de cursar o segundo grau, para que pudesse, com um pouco de sorte, fazer novos amigos que fossem legais, interessantes, e não diabólicos ou vingativos.

Como era minha escola do Ensino Fundamental? A Escola Ben Franklin era uma daquelas escolas reformadas que pareciam shoppings. Tudo era pintado em um tom de bege tranquilizante, as claraboias estrategicamente localizadas nos davam a ilusão de acesso ao mundo do lado de fora e era muito grande para que uma garota de 12 anos andasse sozinha por seus corredores. Quando entrei lá no sétimo ano, comecei realmente a duvidar da sanidade dos adultos. Sério, quem poderia pensar que é uma boa ideia colocar 1.500 alunos do sétimo, oitavo e nono ano juntos? Acho que *eles* nunca leram O *senhor das moscas* — embora o livro esteja na lista de leitura obrigatória do nono ano há três décadas.

De qualquer forma, há três meses saí pelas portas da Ben Franklin como uma mulher livre. Uma nova página, um novo começo. Como posso descrever meu sentimento ao deixar a Ben Franklin? Sabe quando você faz algo que não quer que seus pais saibam, mas acha que tem uma grande chance de que eles descubram, e, se eles descobrirem, sua vida como você a conhece estará acabada? A princípio, você não consegue respirar, fica totalmente preocupado e tem certeza de que vai ser desmascarado a qualquer momento. Mas os dias passam e você percebe que conseguiu se safar. Bem, talvez isso não tenha acontecido com você, mas foi assim que me senti quando saí daquela escola pela última vez. Eu ficava apenas pensando:

— Consegui. Estou livre.

CAPÍTULO 1

EU DEVIA TER SIDO MAIS CLARA SOBRE MINHAS EXIGÊNCIAS musicais, porque cheguei à Escola Harmony Falls no projeto de estimação do meu pai e do meu irmão, um Ford Falcon 1963 reformado, com a capota abaixada enquanto meu pai ouvia "Come Sail Away", do Styx, no volume máximo.

Por que meu irmão Luke não podia ter me trazido? Quando implorei a ele naquela manhã, ele apenas balançou a cabeça e riu.

— De jeito nenhum, Charles. Não passo nem a um quilômetro daquele lugar.

Escorreguei meu corpo no banco para que ninguém me visse, mas isso fez com que eu não conseguisse enxergar exatamente aonde estávamos indo. Antes que pudesse perceber, notei um enorme mastro de bandeira e paredes de tijolo multicoloridas. Meu pai tinha ido até a porta da escola.

— Pai! — reclamei. — Sério, por favor, me deixa sair do carro! Você está me matando.

Meu pai desligou a música, não porque pedi, mas porque não conseguia me escutar.

— O que foi, querida? — Ele olhou em volta. — Parece que é aqui que eu tenho que deixar você, não é?

— Não tenho certeza. Talvez você pudesse dar mais uma volta e me humilhar completamente outra vez antes que eu saia deste carro — falei, lentamente me levantando no banco e olhando ao redor para ver se alguém tinha reparado nossa chegada. É claro que tinham. Havia centenas de garotos passando por mim, e alguns deles estavam definitivamente olhando na minha direção.

Três garotos nos encaravam. Estavam vestindo bermudas cáqui, sandálias Rainbow e camisetas, como se fossem uniforme.

— Carro maneiro. É um 75?

Meu pai deu um sorriso:

— Quase! Este é um 63 — disse ele, como um garoto de 10 anos contando vantagem com a bicicleta nova.

— Pai — sussurrei —, por favor, tente se controlar.

Sem chance, porque um garoto muito gato de cabelo castanho perguntou:

— É todo original?

O sorriso do meu pai ficou ainda maior:

— Ele tem alguns ajustes. Meu filho e eu colocamos um motor 302, com uma caixa de câmbio T-5 e um câmbio Hurst. Nós ainda estamos ajustando, mas ele vai fazer 100 quilômetros por hora em seis segundos, se conseguirmos pegar tração.

O garoto se afastou alguns passos e olhou para o carro novamente, cruzando os braços.

— Demais — disse ele, balançando a cabeça.

Então meu pai fez a pior coisa possível:

— Rapazes, essa é minha filha, Charlie!

Todos os três soltaram o inconfundível grunhido dos garotos que quer dizer "e aí, beleza?".

— Oi — balbuciei, toda vermelha.

— Certo, pai, você pode ir agora! — falei entre dentes enquanto abria a porta do carro.

Meu pai fez uma careta.

— Ah, acho que o que fiz não foi uma boa coisa. Desculpe por isso. Acho que estou um pouco nervoso por você.

— Eu sei.

Ele se aproximou e me beijou na bochecha.

— Que tal eu compensar você por isso? Podemos pedir comida do Nam Viet? E sinta-se à vontade para dizer àqueles rapazes que seu pai realmente não é de nada.

— Não se preocupe com isso. Definitivamente vou falar algo ruim sobre você — disse, me levantando.

Meu pai gritou atrás de mim:

— Tchau, Charlie! Tenha um bom dia!

Acenei para ele sem olhar para trás e entrei nos quatro anos seguintes da minha vida.

CAPÍTULO 2

IGNOREI MEU PAI INDO EMBORA NO CARRO E ME JUNTEI AO RIO DE jovens na corrente que levava à entrada principal. Dez portas lado a lado. A Escola Ben Franklin era grande, mas isso era realmente enorme. Pela primeira vez em meses senti saudades de Lauren e Ally. Elas podiam ser amigas terríveis, mas pelo menos eu não teria entrado sozinha no meu primeiro dia de aula do segundo grau. Mas não podia pensar nisso — eu tinha tomado minha decisão e não havia como voltar atrás.

Entrei em um enorme espaço aberto enquanto lia em um cartaz no alto: BEM-VINDOS A HARMONY FALLS! ESTAMOS FELIZES QUE VOCÊS ESTEJAM AQUI! Debaixo do cartaz estava uma garota loura com sardas, vestindo uma camiseta em que estava escrito ORGULHO DE HARMONY FALLS.

— Sejam bem-vindos a Harmony Falls! Sigam as pegadas no chão até o ginásio para a inscrição!

Ela repetia isso sem parar enquanto novos alunos entravam na escola. A menina não poderia sorrir com mais entusiasmo sem que seu rosto se partisse ao meio. Tinha escrito seu nome no crachá (Morgan) com letras de forma arredondadas e um ponto de exclamação no fim. Sei que isso talvez seja um pouco preconceituoso, mas você alguma vez levou a sério alguém que escreve com letras de forma arredondadas? Talvez fosse melhor ter pessoas amargas e nervosas para recebê-lo. Você sabe, diminuir tanto as expectativas dos novos alunos que qualquer pessoa amigável que eles conhecessem depois seria um sinal de evolução.

Pegadas azuis gigantescas estavam coladas com fita ao chão, nos levando do hall de entrada por um longo corredor. Mas, mesmo sem elas, não teria sido difícil achar o ginásio, pois todos estavam indo na mesma direção.

Dezessete pegadas depois, cheguei em frente a outro conjunto de dez portas. Mas, antes que pudesse entrar no ginásio, teria de me registrar. Fui até uma mesa de plástico, onde estava uma mulher que usava a camiseta do Orgulho de Harmony Falls com uma calça jeans careta e tênis Keds tão brancos que podiam cegar alguém. Era possível escutar centenas de vozes atrás da porta.

— Oi! — falei, nervosa. — Estou aqui para a orientação.

— Bem-vinda a Harmony Falls! Qual é o seu nome? — gorjeou ela.

— Charlotte, Charlotte Healey.

— Vá até a mesa do *E* até *J* e nós vamos fazer sua inscrição!

Fui até a mesa do *E* até *J*, onde uma mulher vestindo uma camisa de manga comprida por baixo da camiseta do ORGULHO completamente esticada sobre seus peitos obviamente falsos estava fazendo a inscrição dos alunos. Será que mães colocavam silicone? E ela tinha aplicado tanto Botox no rosto que parecia que estava em frente a um enorme ventilador. Talvez ela não fosse uma mãe. Ou, se fosse, poderia ser um tipo diferente de todos os que eu já tinha visto.

— Oi, disseram para eu vir aqui. Meu nome é Charlotte Healey.

Ela estudou a pilha de papéis à sua frente:

— Sinto muito. Parece que seu nome não está aqui.

Meu coração disparou e meu estômago se contorceu de nervoso. Talvez eu tivesse sonhado que ia para Harmony Falls e agora estivesse sendo humilhada publicamente. Pela segunda vez naquela manhã, senti a dor da saudade de rostos conhecidos.

— Bem, não acho que você esteja aqui, mas fale seu endereço — disse a Srta. Peitão, como se estivesse me fazendo um favor.

— Humm... Sherwood Avenue 4912... Fica em Greenspring — falei, esperançosa.

Recebi de volta um olhar totalmente vazio. Greenspring ficava a apenas dez minutos dali, mas essa mulher agia como se nunca tivesse saído dos portões da comunidade de Harmony Falls em sua vida.

— No outro lado do lago?

— Ah, sim... Acho que sei qual é o problema. Vá falar com a Srta. Wilkens. Ela está na mesa para alunos de fora dos nossos limites. Talvez você esteja lá.

Do outro lado do corredor estava uma mesa com uma placa que dizia INSCRIÇÕES DE FORA DOS LIMITES AQUI. Ótimo. A orientação não fazia com que me sentisse bem-vinda, nem orientada. Tentei me acalmar. Eu não podia, sob nenhuma circunstância, perder a cabeça no primeiro dia na escola.

— Oi, sou Charlotte Healey. Falaram que eu devia me registrar aqui. Meu sobrenome é Healey...

— Ah, tenho certeza de que vamos achá-la. Temos todo mundo aqui. — Suas unhas batiam contra o teclado enquanto balbuciava. — Deixe-me ver... Humm... Não estou achando você. Tem certeza de que está na escola certa?

Não podia acreditar. Eu tinha estudado cuidadosamente cada parte do formulário de matrícula para evitar exatamente isso.

— Acho que sim... Você poderia verificar novamente, por favor? — supliquei.

— Talvez você devesse ir até a secretaria e ver se eles podem ajudar. Sinto muito, sou apenas uma mãe voluntária. Você pode ceder a vez, por favor?

Ela acenou para que eu saísse da sua frente e disse ao garoto atrás de mim para se aproximar. Mais uma vez eu estava sozinha. Enquanto olhava em volta para ver onde ficava a secretaria, tentando ignorar minha crescente úlcera gástrica, uma mulher negra usando, você adivinhou, a mesma camiseta do ORGULHO se aproximou de mim.

— Olá, sou a Srta. McBride. Estão tendo dificuldade para achar você?

— Sim. Eu sei que preenchi todos os formulários, mas não encontram as minhas informações — falei, minha voz falhando um pouquinho.

— Tenho certeza de que isso é a última coisa que você queria na sua orientação do primeiro ano — disse ela gentilmente.

— É — admiti.

— Não se preocupe com isso. Os bancos de dados ficam confusos o tempo todo. Você tem um nome com hífen ou um apelido? — perguntou ela.

— Sim. Meu nome é Charlotte Healey, mas eu uso Charlie.

A Srta. McBride andou até outra mesa e, nas costas de sua camiseta, li o slogan *Onde excelência não é uma escolha, mas um estilo de vida!* Será que eles estavam falando sério? Talvez Luke estivesse certo sobre esse lugar ser extremamente cheio de si. Quando ela se sentou em frente a um computador, li o que estava escrito na frente. ORGULHO era uma sigla para Objetividade, Respeito, Grandeza, União, Lealdade, Honestidade e Otimismo. Por que essas escolas gostavam tanto de slogans como ORGULHO? É como se os adultos achassem que, se não jogassem as coisas na nossa cara o tempo todo, todos os alunos seriam completamente psicóticos.

A Srta. McBride se levantou:

— Charlie, você está aqui. Quem quer que tenha incluído suas informações cometeu um erro e a registrou como Charles Healey, em vez de Charlotte Healey. Realmente sinto muito pela confusão. — Ela me entregou alguns papéis. — Aqui estão os horários das aulas e algumas informações para hoje.

— Muito obrigada — falei. Tudo o que eu precisava fazer agora era finalmente entrar no ginásio. Respirei fundo e segui alguns alunos através das portas duplas.

O barulho abafado da área de inscrição era agora uma completa experiência de som *surround*. Tinha gente em todos os lados. Havia bandeiras penduradas em todas as vigas do teto. Harmony Falls era campeã de todos os esportes que uma escola de segundo grau poderia oferecer. Basquete feminino em 1987, tênis masculino em 1996, futebol feminino em 2005, lacrosse masculino em 2003, natação feminina em 1987 (e todos os anos seguintes), lacrosse feminino em 2006, hóquei masculino em 2007, tênis masculino e feminino em 2008, esgrima masculina em 2009. Uma equipe de esgrima? Que escola tinha uma equipe de esgrima? E será que a Harmony já tinha perdido alguma competição?

De repente senti uma descarga gigante de adrenalina. Cobrindo a largura inteira da parede sobre minha cabeça estava uma enorme pantera pintada de preto, azul-marinho e cinza, boca aberta, patas esticadas com enormes garras prateadas, como se ela estivesse pulando para comer todos nós. Quando tirei os olhos da figura, eles pararam sobre o mar de alunos à minha frente.

E se eu tivesse entrado nesta escola, pela qual esperei meses, e de alguma forma acabasse novamente fazendo amizade com garotas que odiava? E se eu tivesse perdido a habilidade de saber quem era genuinamente um ser humano decente e quem era um pesadelo? Pode ser difícil distinguir, às vezes.

Mas aqui estava meu começo do zero. Por alguns minutos, tudo o que fiz foi observar todo mundo ao redor. Meninas gritavam oi e se abraçavam como se não se vissem há décadas. Algumas pessoas estavam sentadas na arquibancada, encostadas na parede. Outras se juntavam em diferentes grupos na quadra de basquete, colocando as fofocas das férias em dia. Duas garotas e dois rapazes estavam jogando altinho com uma pequena bola de tecido. Do meu lado direito estava um grupo de garotos, todos vestindo camisetas do time de futebol de Harmony Falls.

Estava debatendo comigo mesma se deveria ir até alguém e me apresentar quando uma voz animada surgiu em meio ao caos e me tirou do meu transe.

— Bom dia! Todos podem se acomodar, por favor?

Ninguém deu bola.

— Tudo bem, pessoal, vocês podem se acomodar e prestar atenção ao centro do ginásio?

Aquilo também não funcionou.

A Srta. McBride pegou o microfone da mão de uma mulher com o cabelo castanho com luzes, perfeitamente liso e cortado em camadas, e ordenou:

— SE VOCÊ É UM ALUNO DO PRIMEIRO ANO RECÉM-CHEGADO, PRECISO DA SUA ATENÇÃO AGORA!

O burburinho morreu imediatamente.

Alguém colocou a mão no meu ombro:

— Eu sou Sydney! Qual é o seu nome? — perguntou ela.

— Ah, olá! Eu sou Charlie — falei, um pouco chocada com a extroversão dessa garota.

— Você quer se sentar comigo?

— Sim, claro! — falei, talvez desesperada demais.

Devo admitir que fiquei um pouco envergonhada de ela poder perceber que não estava me enturmando, mas a quem eu queria enganar? Pelo menos agora tinha uma amiga! Enquanto subíamos os degraus da arquibancada e nos sentávamos mais ou menos na metade do caminho, percebi como Sydney era bonita — alta como uma guerreira mitológica, cabelo louro-avermelhado, olhos azuis e magra. Aquele visual que tantas garotas almejavam — e que fingiam não estar se esforçando muito para conseguir, mas na verdade estavam — Sydney acertava na mosca usando apenas jeans, uma camiseta e um par de botas de couro surradas. Voltei meu pensamento para o que eu tinha conversado com Luke naquela manhã. Será que meninas bonitas assim poderiam ser legais? Será que isso era possível?

A Srta. McBride continuou:

— Obrigada, senhoras e senhores. Esta é a orientação para os calouros da Harmony Falls. Se você não for um calouro, agora é a hora de partir. — Ela abaixou o microfone e observou o público. Seus olhos se fixaram em alguém. Ela levantou o microfone até os lábios novamente. — Jason Giogietta, você pode sair agora. Sei que só veio deixar seu irmão aqui, mas ele ficará bem sem você.

O riso tomou conta do ginásio enquanto um rapaz com um boné de beisebol virado para trás levantou a mão para saudar a plateia.

— Sem problemas, Srta. M! Estou indo agora mesmo. A senhorita sabe que sempre faço o que manda.

O riso se transformou em aplauso enquanto ele saía, sorrindo.

A Srta. McBride deu tchau para Jason e voltou a atenção para nós:

— Agora que estamos todos acomodados, gostaria que vocês conhecessem a Srta. Fieldston, uma das coordenadoras do primeiro ano. Ela vai conduzi-los ao longo do dia de orientação.

A mesma mulher de cabelo castanho de quem a Srta. McBride tinha tirado o microfone subiu o pequeno lance de escada até uma plataforma erguida no meio do ginásio. Agora eu podia ver que ela estava usando a mesma camiseta do OR-GULHO, mas parecia muito nova para ser uma professora.

Com o microfone na mão, ela disse:

— Bom dia, alunos! Sejam bem-vindos a Harmony Falls! Vamos nos divertir muito hoje! Então podem ficar animados!

Cheguei mais perto de Sydney e sussurrei:

— Uau. Ela não se parece nem um pouco com uma professora!

— É mesmo, sem brincadeira! Olha para aquele jeans! É igual ao meu!

— Sério? — perguntei, rindo sem acreditar. Então percebi que eu usava a mesma faixa que a Srta. Fieldston na cabeça.

Alguém assobiou no fundo do ginásio e todo mundo riu. A Srta. Fieldston ignorou:

— Em nome do Comitê de Ações de Boas-vindas de Harmony Falls, eu gostaria de dar a vocês as boas-vindas à orientação de calouro. Queremos que esta seja uma oportunidade para vocês todos se conhecerem, para podermos começar o novo ano letivo no estado de espírito correto. Agora vou apresentá-los ao nosso diretor, Sr. Wickam.

Um homem vestindo calça preta, uma blusa de gola rulê preta e um blazer esporte com aqueles reforços nos cotovelos subiu ao palco e andou até a Srta. Fieldston. Esse aparentemente era nosso diretor, mesmo que não se parecesse nem um pouco com nenhum diretor que eu já tivesse visto. Quer dizer, ele era velho e tinha o cabelo grisalho, mas não estava usando um terno cafona ou um suéter com uma estampa escocesa. Era o tipo de homem que minha mãe acharia bonito.

O Sr. Wickam passou os dedos pelo cabelo, olhou em volta do ginásio e começou:

— Quero dedicar algum tempo para dar pessoalmente a vocês as boas-vindas a Harmony Falls. É bom ver jovens rostos tão promissores! Quero que vocês pensem em mim não somente como diretor, mas como um amigo. — Ele fez uma pausa bem no fundo da plataforma antes de continuar. — Nos próximos quatro anos, as pessoas neste ginásio vão se tornar a sua família.

Um silêncio constrangedor tomou conta do ginásio.

— Sua turma vai se juntar ao legado de façanhas dignas de orgulho de Harmony Falls — disse ele, apontando para as bandeiras sobre nossas cabeças. Então o rosto do Sr. Wickam ficou sério e sereno. — Agora, vocês devem ter notado alguns de nós usando camisetas que dizem ORGULHO. Essa é uma sigla para objetividade, respeito, grandeza, união, lealdade, honestidade e otimismo. Esses são os pilares da comunidade de Harmony Falls. Cada vez que vocês entrarem por essas portas, quero que se lembrem disso.

Sydney se aproximou e sussurrou:

— Será que ele realmente acha que nós não entendemos?

Olhei para o mar de rostos entediados, mas o Sr. Wickam continuou.

— Portanto, escutem o que digo: canalizem suas energias de forma positiva, desafiem vocês mesmos a serem o melhor que puderem, nunca desistam e seus anos em Harmony Falls vão trazer belas recompensas.

A Srta. Fieldston voltou ao palco e pegou o microfone:

— Obrigada, Sr. Wickam. Certo, pessoal, integrantes do CAB, nosso Comitê de Ações de Boas-vindas, estão espalhados pelo ginásio com caixas cheias de pedaços de papel. O trabalho de vocês é pegar um deles, andar pelo ginásio imitando a coisa ou pessoa indicada no papel e achar outros que compartilhem a palavra com vocês. O objetivo é juntar todas as pessoas com a mesma palavra no mesmo lugar. O primeiro grupo a se juntar vai ganhar um vale para o Rosa's Pizza no Central. Entenderam?

Eu não fazia ideia do que a Srta. Fieldston estava falando, mas não quis parecer muito burra, então, novamente, fingi saber o que estava acontecendo. Sydney e eu seguimos a massa de pessoas que descia a arquibancada e ficamos em uma fila em frente a uma pessoa do CAB para pegar nosso papel. No meu estava escrito AVESTRUZ. Ela queria que eu corresse em volta do ginásio imitando uma ave grande e desengonçada? Por que alguém ia achar que isso era uma boa ideia?

— Peguei super-herói! — exclamou Sydney.

Olhei horrorizada enquanto Sydney voava para longe, os braços esticados à sua frente. Perdi Sydney de vista quando ela mergulhou em um grupo — mas aqueles não eram super-heróis. A julgar pelos rugidos e pelas patadas exageradas, ela tinha acabado de pular em um grupo de tigres.

Lá se foi minha única amiga. Tinha sido minha amiga por apenas cinco minutos, mas ainda assim era uma dura despedida. Agora que Sydney tinha partido, eu teria que participar dessa brincadeira. Mas a questão mais importante permanecia: como alguém imita uma avestruz?

Mais importante ainda: quem era aquele gato de cabelo louro-escuro e olhos verdes na minha frente com os garotos do time de futebol? Enquanto eu olhava fixamente, ele tirou o cabelo da frente dos olhos, uma correntinha fina com uma concha pendurada em seu pulso.

— Quem é aquele? — A voz de Sydney surgiu do nada — ela estava parada ao meu lado, como se nunca tivesse saído.

— Will Edwards — falei, chocada com minhas próprias palavras, porque o que tinha acabado de dizer era verdade. Eu o conhecia. Meu cérebro estava imensamente confuso. Dei um passo mais para a frente. Não havia dúvidas. Parado na minha frente estava Will. Will Edwards, meu melhor amigo, e vizinho da casa ao lado até se mudar, há três anos, e, aparentemente, ter se tornado um garoto superbonito.

— Ah, você conhece ele. É por isso que está encarando — disse Sydney.

— Sim... é por isso. — De jeito nenhum eu iria admitir qualquer outra coisa. — Como ele pode estar aqui? Por que não me contou? — perguntei, sem acreditar.

Sydney deu de ombros, claramente confusa sobre o motivo do meu nervosismo.

Passei por ela e fui até ele. Não seria imatura quanto a isso. O que tinha acontecido antes de ele se mudar estava acabado. Finalmente, aqui estava alguém que eu conhecia, e entre todas as pessoas possíveis, era Will!

— Will! — gritei, enquanto me aproximava.

Will olhou para mim totalmente chocado:

— Charlie? — disse ele.

Os garotos à nossa volta se afastaram e ficaram olhando.

— Will, não acredito que você esteja aqui! — falei, jogando meus braços em volta do seu pescoço. Definitivamente não me lembrava de ele ser tão alto.

Ele me abraçou também. Quero dizer, foi um daqueles patéticos abraços de um braço só típico dos garotos, mas não liguei.

— O que você está fazendo aqui? — perguntei.

Ele hesitou.

— Humm... meu pai arrumou um emprego em Harmony Falls. Pensei em ligar para você, mas não tinha o número do seu celular.

— Tudo bem — respondi apressada. — Não se preocupe com isso. É tão bom ver você! Não acredito. Como está a sua família?

Antes que ele pudesse responder, a Srta. Fieldston interrompeu:

— Certo, pessoal, parece que temos nossos vencedores!

Will a ignorou solenemente.

— Humm... eles estão bem. David acabou de ir para a faculdade e meu pai está se ajustando ao novo trabalho.

— Onde você está morando?

— Bem perto daqui. Perto da igreja nova do meu pai, Holy Trinity. É aquela igreja grande na Carlyle Boulevard. E por que você está em Harmony Falls? — perguntou ele. — Achei que fosse para Greenspring.

— Eu ia, mas entrei em um programa para pessoas que moram perto. É meio que um programa de resgate a jovens inteligentes...

— Ei, Edwards! Para de falar com sua nova namoradinha e vem aqui! — gritou um de seus amigos.

— Já vou! — disse Will dando um passo para trás. — Charlie, tenho que ir, mas tenho certeza de que vou encontrar com você mais tarde. Foi muito bom te ver. — Ele sorriu.

— Foi bom ver você também — falei, mas ele já estava se afastando.

— Então... o que rola entre vocês? — perguntou Sydney.

Balancei a cabeça.

— Não rola nada, é só um pouco esquisito. Eu morava ao lado dele.

— E você não sabia que ele ia estar aqui?

Antes que eu pudesse responder à pergunta, fomos interrompidas pela explicação da Srta. Fieldston sobre nossa próxima atividade:

— Certo! Preciso que todos se sentem novamente para que possamos assistir a um curta-metragem sobre a história da Escola Harmony Falls!

Todos seguiram para as arquibancadas novamente. As luzes ficaram mais fracas e uma garota animada apareceu na tela para nos dizer quando a escola começou (1927), o número de alunos na primeira turma (32) e a atual porcentagem de alunos que vão para a faculdade depois de se formarem (92). Perdi a concentração e me peguei pensando sobre a última vez que tinha visto Will...

Foi na noite antes de ele ir embora e estávamos no jardim no fundo da casa dele, sentados em velhas cadeiras de plástico. Finalmente o ouvi murmurar: "Vou sentir sua falta." Foi bom ouvi-lo admitir isso, mas eu também gostaria de ter ouvido algo como "Também sinto muito por ter sido tão babaca e fazer você achar que nossa amizade não significava nada para mim o ano inteiro." Tudo o que eu disse foi "Eu sei." Alguns minutos depois, fui para casa. Na manhã seguinte, ele tinha partido.

Os aplausos e assobios das pessoas me trouxeram de volta à realidade.

— Certo, pessoal — disse a Srta. Fieldston —, vamos fazer uma rotação com vocês para atividades de acordo com a seção da arquibancada onde estão. A seção um, a mais à minha esquerda e à sua direita, vai participar de uma apresentação de esportes com o treinador Mason. A seção dois — esses éramos nós — vai sair em uma visita guiada à escola com os líderes estudantis do CAB. — Morgan, a menina da letra arredondada de quando entrei, começou a balançar a mão freneticamente. — A seção três vai até a secretaria para receber o manual da Harmony. Finalmente, a seção quatro vai ficar aqui comigo e fazer mais algumas brincadeiras para se conhecer melhor! Certo, agora todo mundo vai com seu grupo!

Procurei Will novamente e o vi no canto com os garotos do futebol. Cruzamos olhares e ele sorriu. Não conseguia evitar pensar em como ele devia estar agora. O quanto você continua conhecendo uma pessoa quando não a vê há três anos? Eu era completamente diferente naquela época. Será que ele também era?

Segui Sydney até um grupo de garotas e me apresentei. Nenhuma delas me olhou como se quisesse me ver morta. Isso era bom, pensei, e saí com elas do ginásio para conhecer o resto de Harmony Falls.

CAPÍTULO 3

— **ENTREM! JÁ VAMOS COMEÇAR!**

Alguns dias depois, entrei na sala e reconheci a Srta. Fieldston da orientação.

— Esse é o Aconselhamento 9G? Estou meio perdida.

— Você veio ao lugar certo! É só achar um lugar vago!

Passei os olhos pela sala e notei que eu tinha sido uma das últimas a chegar.

Ela baixou o olhar para um papel sobre a mesa:

— Você é Charlotte Healey? E você prefere Charlie, certo? — perguntou ela.

— A-hã.

Balancei a cabeça, me perguntando como ela sabia aquilo e pensando que nunca tinha tido uma professora que usava um vestido trespassado e botas de salto alto.

Andei na direção da cadeira vazia mais próxima, mas quando estava pronta para me sentar, parei, porque na cadeira ao lado estava Paul Nelson, da minha antiga escola. Não ligo se isso é maldade, mas minhas únicas duas lembranças de

Paul Nelson do quarto ano eram que ele comia lápis de cera e enfiava o dedo no nariz. Dei um sorriso amarelo para ele, pronta para ser mais madura, mas simplesmente não consegui. Rapidamente olhei em volta procurando outra cadeira. Havia uma encostada à parede atrás de um rapaz negro com jeito de mauricinho, mas eu não conseguiria chegar até ela sem tropeçar nele.

Ele se levantou, alto e magro, vestindo Polo da cabeça aos pés, se abaixou, pegou a cadeira e colocou-a ao seu lado.

— Aqui está — disse ele, sorrindo.

— Obrigada — falei.

O garoto da Polo era agora meu novo melhor amigo, mesmo que não soubesse disso.

A Srta. Fieldston inclinou o corpo para a frente em sua cadeira, apoiando-se na beirada da mesa com as duas mãos e falou:

— Sejam bem-vindos ao Aconselhamento, pessoal! Como uma das conselheiras de Harmony Falls, é meu trabalho cuidar de vocês. Se estiverem passando por algum problema na escola, vocês podem falar comigo. Nenhum problema é grande ou pequeno demais.

A Srta. Fieldston terminava cada frase como se estivesse fazendo uma pergunta.

Enquanto ela falava, dei uma olhada nos outros alunos e fiquei muito feliz de ver que Sydney, a garota realmente legal da orientação, estava nessa aula.

— O Aconselhamento vai ser uma chance para discutirmos, ao longo do ano, assuntos importantes como alcoolismo, dependência de drogas, dirigir embriagado, bullying e qualquer outro assunto que vocês acharem importante. Mas quero que pensem em mim mais como uma amiga do que uma professora.

Ela se abaixou e pegou uma caixa de sapato coberta de papel azul-escuro, que tinha pontos de interrogação prateados com purpurina recortados e colados sobre ela, e a colocou na sua frente.

— Estive pensando que talvez fosse uma boa ideia começar cada aula de aconselhamento com essa caixa de perguntas. Vocês podem perguntar o que quiserem.

Ela sorriu para todos nós, com expectativa.

Um garoto baixo de cabelos ruivos levantou a mão e falou:

— Temos que colocar nosso nome na pergunta?

A Srta. Fieldston balançou a cabeça:

— Vocês não precisam colocar o nome, a não ser que queiram.

O garoto levantou a mão novamente:

— Nós vamos receber nota por isso?

Ela riu:

— Não, querido, vocês não vão receber nota, então não se preocupem em fazer a pergunta "certa". Se é importante para vocês, é importante para mim, está bem?

Mesmo que a voz da Srta. Fieldston fosse um pouco entusiasmada demais, havia algo a respeito dela que repentinamente me fez imaginá-la como uma irmã mais velha legal.

Um menino de cabelo castanho e sardas recostou-se na cadeira, sorrindo:

— Eu tenho uma pergunta.

— Ótimo — disse a Srta. Fieldston.

— Então, se nós tivermos problemas com garotas, podemos buscar conselhos com você? — perguntou ele.

Ela riu novamente:

— É claro. É para isso que estou aqui.

Então a Srta. Fieldston distribuiu uma tonelada de panfletos e não parou até que tivesse passado por cada doença e problema possível. Anorexia, bulimia, obesidade, uso de esteroides, alcoolismo, bullying virtual, perseguição virtual, depressão, suicídio — tinha de tudo. Ela acabou de distribuir todos justamente quando o sinal tocou. Sydney se aproximou, enfiando os panfletos na bolsa.

— Ei, Charlie! Vamos ver se temos outras aulas juntas, porque acho que compartilhar o aconselhamento nos deixa no mesmo caminho.

Ela colocou a bolsa na cadeira e, com a mão, vasculhou-a até achar seu horário.

— Estou com o meu bem aqui — falei, tirando o horário do bolso. — Olha, nós temos Governo Americano no sexto tempo.

— Legal! Isso significa que seu horário de almoço deve ser agora também, certo?

— É, acho que sim.

— Tenho que ir até a secretaria pegar minha nova caderneta, mas você guarda um lugar para mim, para podermos comer juntas?

Desculpe, sei que existem problemas maiores no mundo, mas ter alguém como Sydney querendo almoçar com você na primeira semana de aula fez o mundo parecer um lugar bom para se viver. Porque a sensação de ficar parada na fila do almoço sozinha... sério, não há nada como uma coisa dessas para fazê-la se sentir totalmente insegura. Você tenta se convencer de que ninguém nota que você não tem amigos. Você tenta parecer muito ocupada para falar com qualquer um, porque você está a caminho de algo muito mais importante. Mas não há como evitar, você é esmagada pela vergonha.

Quando cheguei ao refeitório, andei na fila tão rápido quanto pude, esperando que Sydney fosse chegar logo. Tentei parecer interessada na minha escolha entre frango grelhado com batatas fritas ou macarrão com almôndegas, mas me peguei imaginando por que os adultos adoram agendar coisas de forma que para você estar sempre no horário é preciso usar um relógio digital. Por alguma razão, nossos horários de almoço eram marcados entre 10h26 e 11h03 ou 11h08 e 11h41. Quer dizer, por que eles não podem simplesmente fechar em 10h25 e 11h?

De qualquer forma, escolhi o frango, acrescentei um pouco de cenoura no bufê de salada e fui até a parte das bebidas, onde me encontrei com o garoto da Polo do Aconselhamento.

— Ei, obrigada novamente por conseguir aquela cadeira para mim! — falei, pegando um copo de plástico e colocando-o sob o dispenser de chá gelado.

— Sem problemas. É Charlie, não é? — perguntou ele.

Assenti:

— Não escutei seu nome na aula...

— Michael Taylor.

Ele esticou o braço, pegou quatro copos e os colocou em sua bandeja, que já estava tomada por dois pratos cheios de comida.

— Você realmente vai comer isso tudo? — perguntei.

— Isto? Nem é tanta coisa. Estou fazendo uma dieta de carboidratos para o futebol.

— Certo, claro — falei.

Nós dois pegamos nossas bandejas e passamos pelas portas duplas que levavam até longas filas de mesas. Michael seguiu andando, então eu o segui. Finalmente ele achou uma mesa que estava parcialmente vazia e se sentou.

— Então, em qual colégio você estudava no ano passado?

— Ben Franklin. Fica na cidade logo ao lado, em Greenspring.

Ele balançou a cabeça, engolindo o macarrão na sua frente.

— Legal. Eu estudei em Westminster, mas ouvi falar da sua escola. Você conhece Anthony Maderal? Joguei em um time de futebol preparatório com ele no ano passado.

— Sim, Maderal era ótimo! Escrevi sobre ele para o jornal da minha escola no ano passado. Tinha essa enorme controvérsia porque estava jogando em um time especial, então não podia defender o time da escola também. É um cara muito legal. Então, você joga basquete também?

Michael fez uma expressão de tédio e riu:

— Não. Só porque sou alto e negro não significa que jogo basquete.

Que vergonha.

— Certo, o que eu disse foi realmente estúpido — falei, me desculpando.

Ele deu de ombros e sorriu:

— Sério, não se preocupe com isso. Acontece o tempo todo.

Uma pessoa alta e loura apareceu no meu campo de visão.

— Ah, lá está Sydney! — falei, acenando, aliviada por poder mudar de assunto.

— Ei, Charlie! — disse Sydney, colocando sua bandeja na mesa. — Você está no Aconselhamento, não está? — perguntou ela a Michael.

Ele assentiu, tomando um grande gole de leite.

— Michael, Sydney. Sydney, Michael — eu disse, me sentindo o máximo por conhecer duas pessoas e ser capaz de apresentá-las.

— Então, o que você acha da Srta. Fieldston? — perguntou Sydney a nós, colocando três saquinhos de adoçante em seu chá gelado. — Não parece que está se esforçando um pouco demais para agradar?

Michael riu.

— Que se dane. Ela é gostosa assim mesmo. Ano passado, um dos caras na turma do meu irmão, que estava no último ano, a convidou para ir ao baile.

— Sério? E ela foi? — perguntei.

— Ah, claro — disse Michael, rindo em seguida da minha expressão chocada. — Não, estou apenas brincando com você. Acho que existem regras a respeito desse tipo de coisa. Mas depois que ela o rejeitou, ele perguntou se tinha uma irmã mais nova, mas ela não tem.

Sydney parou de comer sua batata frita na metade.

— Não estou dizendo que a mulher não é bonita, e ela parece ser legal. Talvez eu não esteja acostumada a uma professora que esteja tão entusiasmada em nos ajudar.

— De onde você é? — perguntou Michael a Sydney.

— Denver, na maior parte do tempo. Andei me mudando um bocado por causa do emprego da minha mãe. Sou torcedora fanática dos Broncos.

— Você não pode estar falando sério. — Michael olhou para o seu prato e balançou a cabeça. — Isso pode ser um problema sério. Não sei mesmo se posso andar com você.

O queixo de Sydney caiu:

— Por favor, não diga que você é torcedor dos Raiders.

Michael inclinou o corpo para longe da mesa.

— Claro que não. Chiefs toda vida. Meus pais são de Kansas City.

— Certo. Só porque essa é a primeira semana de aula e eu preciso fazer amigos, vou deixar passar. Mas nas semanas em que nossos times jogarem um contra o outro, é melhor que a gente não se fale.

Michael riu:

— Por mim está combinado.

O sinal tocou. Levantei-me da mesa com minha bandeja.

— Parece que temos que ir para a aula. Sydney e eu temos Governo Americano. E você?

— Tenho aula de Física — disse Michael.

— Física? Achei que os alunos do primeiro ano só pudessem fazer Biologia — comentei.

— Eu meio que consegui uma permissão especial.

Sydney e eu olhamos para ele mais de perto, porque, de repente, ele pareceu tímido. Michael deu de ombros:

— Não é nada demais. Fiz um monte de aulas de ciências no ano passado, então eles me deixaram fazer essa aula para não ficar repetindo as matérias. Vejo vocês por aí!

Enquanto ia para a aula de Governo Americano com Sydney, percebi que Lauren e Ally pareciam estar a milhões de quilômetros de distância. Era fácil esquecer tudo sobre elas enquanto me guiava pelos corredores cheios de gente. Eu sobrevivia fingindo que sabia o que estava acontecendo, mas ficava paranoica com a possibilidade de fazer algo que mostrasse o quanto não sabia nada sobre Harmony Falls.

Não era porque eu nunca tinha ouvido falar de Harmony Falls antes de entrar na escola, é só que a maior parte das informações que chegavam a mim vinham do meu irmão, Luke, que insistia em me dizer como os alunos daqui eram prepotentes. E mesmo que ele tivesse se convencido de que odiava Harmony Falls, não tenho como dizer quantas vezes quis que Luke estivesse aqui comigo. Quer dizer, a não ser que você tenha um irmão ou irmã mais velhos na mesma escola que você, todo mundo chega ao segundo grau sem nenhuma noção de nada.

Não estou falando das informações que obtive na apostila da orientação. Estou falando das regras que não são escritas e existem entre os próprios alunos. Todos pressupõem que os calouros devem simplesmente saber essas coisas e, quando não sabem, são um alvo fácil para serem ridicularizados. Ou pior, se você acha que as regras são idiotas e não quer segui-las, as pessoas ficam furiosas com você.

Como, por exemplo, na biblioteca, onde os calouros só podem se sentar no conjunto de oito mesas mais à direita, mais perto da bibliotecária. Ou: se você é branco, não se senta no banco do lado esquerdo da secretaria, porque ali é onde os alunos negros que não são mauricinhos se reúnem. Ou: não fale com veteranos, a não ser que eles falem com você primeiro. Não tem fim. Você não acha que essas informações seriam incrivelmente úteis na apostila da orientação?

Mas, mesmo com isso tudo, eu já estava adorando um monte de coisas sobre Harmony Falls. Não tinha que me envergonhar por ser inteligente e havia tantas coisas acontecendo o tempo todo. Os corredores estavam cobertos de cartazes incentivando os alunos a se juntar à ONU Modelo, a um grupo de estudos de mandarim, a um jornal literário, a um clube de diversidades chamado Spectrum, a uma estação de TV, a um festival de cinema e ao *Prowler*, o jornal dos alunos — para o qual eu realmente gostaria de escrever. Tinha até um lugar chamado Good Karma Café, onde alunos faziam shows.

Andei até a sala sabendo que tinha tomado a decisão certa de estar aqui.

— Sejam bem-vindos à aula de Governo Americano. Meu nome é Tom Jaquette — disse ele, enquanto olhava em volta da sala, sorrindo. Tinha cabelo encaracolado comprido e castanho e pequenos óculos de armação retangular. — Antes de me aprofundar na Constituição Americana, vamos nos conhecer um pouco melhor. Levante a mão quem ouviu falar que sou um professor muito exigente, que é quase impossível conseguir um A na minha matéria, ou quem já está tentando trocar de disciplina para não comprometer a média.

Eu não sabia nada sobre aquele homem, mas aparentemente outras pessoas sabiam, porque algumas pessoas levantaram a mão de forma hesitante.

— Obrigado pela honestidade. Sei que tenho a reputação de ser um dos professores mais exigentes e também um dos mais estranhos de Harmony Falls.

Algumas risadas desconfortáveis ricochetearam pela sala.

O Sr. Jaquette arqueou as sobrancelhas e eu juro que parecia que os olhos dele estavam piscando.

— Não vou mentir, essa aula pode ser desafiadora, mas espero que, no fim, possam levar algo que acompanhe vocês por toda a vida.

Uma menina na minha frente levantou a mão:

— Quanto vamos ter de ler toda noite?

— Que excelente primeira pergunta. Eu diria no mínimo umas dez horas. E vou passar dois trabalhos por semana...

Reclamações irromperam à minha volta.

— Gente, relaxem. Estou brincando. Vou passar isso tudo pra vocês mais tarde. Primeiro, precisamos traçar as diretrizes da aula.

Alguém no fundo da sala levantou a mão imediatamente:

— Você quer dizer, tipo, levantar a mão quando quiser falar?

Claramente, quem quer que fosse aquela pessoa, ela planejava ser o puxa-saco da turma.

O Sr. Jaquette balançou a cabeça:

— Nada disso. Quero que me digam que tipo de professor vocês querem que eu seja.

Nós todos olhamos para ele sem entender.

— Pensem da seguinte forma: que tipo de professor vocês desejam para que essa aula não seja um desperdício do seu tempo?

Silêncio.

Ele saiu de trás da sua cadeira e se sentou nela. Então riu:

— Não acho que vocês estejam acreditando em mim. Vamos lá, eu realmente quero saber.

Um garoto gritou do fundo da sala:

— Não passe dever de casa nem dê testes!

Um riso esperançoso tomou conta da sala. Virei para trás e vi o menino mais lindo, de olhos azuis, cabelo castanho e bem bronzeado.

Sydney se aproximou de mim e sussurrou:

— Você está encarando.

— Cala a boca — sussurrei de volta e me virei o mais rápido que pude.

O Sr. Jaquette continuou:

— Infelizmente, Tyler, este é um desejo que não posso conceder. Mas vou tentar não desperdiçar o tempo de vocês com deveres e testes sem sentido, e vou verificar com os outros professores para coordenar as datas das provas e os prazos dos projetos, para que não sejam todos para o mesmo dia. Mas, por favor, digam que têm outras exigências além de não haver dever de casa.

As pessoas começaram a gritar todas ao mesmo tempo, enquanto o Sr. Jaquette escrevia nossas respostas no quadro.

— Não discurse o tempo todo.

— Não grite.

— Não fale com uma voz monótona.

— Não conte piadas idiotas.

— Não nos trate como se tivéssemos 5 anos.

— Não me escolha para responder perguntas se minha mão não estiver levantada.

— Não nos conte histórias pessoais esquisitas.

— Não ria de nós.

Depois que começamos, não conseguíamos mais calar a boca. Era como se estivéssemos guardando por todo esse tempo todas as experiências ruins com todos os professores que tivemos.

Depois de um tempo, o Sr. Jaquette nos interrompeu:

— Agora digam o que é que vocês *querem*.

Houve um silêncio, mas do tipo pensativo. Lentamente, as pessoas começaram a levantar as mãos novamente.

— Faça a aula ser relevante.

— Faça atividades com todos nós para que a gente não fique sentado nas nossas cadeiras o tempo todo.

— Deixa a gente discutir com você.

O Sr. Jaquette abaixou o marcador e se virou:

— Excelente! Agora estão pensando como os alunos de que preciso nesta turma. Há duas coisas de que quero que se lembrem. Vocês estão aqui para aprender sobre o governo americano, mas isso não significa que quero que decorem um monte de datas e nomes. Vocês estão aqui para desafiar a si mesmos e aos outros. Para me desafiar. Digam quando acharem que estou errado. Apenas estejam preparados para argumentar. Algumas vezes vamos precisar levantar a mão, em outras, não, mas não vou gritar para que vocês fiquem quietos, e também não vou implorar. Então, contanto que não ajam como se tivessem 5 anos, não vou tratá-los dessa forma. Estamos de acordo?

Todos assentiram.

— E a última coisa a respeito de fazer parte dessa aula é sobre as notas. Realmente sou exigente com elas e, se vocês estiverem insatisfeitos com a avaliação que receberam e quiserem uma chance para me fazer mudar de ideia, a pior coisa que podem fazer é correr para seus pais e reclamar. Se acham que a nota que eu dei foi injusta, então marquem uma hora para conversar comigo e apresentem seu caso.

Ninguém falou uma palavra, porque todos sabíamos exatamente do que ele estava falando. Quer dizer, se eu tirasse uma nota ruim, meus pais me diriam para lidar com isso sozinha, mas eu sabia que muitos pais exigem uma mudança na nota, mesmo que os filhos não mereçam.

— Certo, agora que estabelecemos esses parâmetros, vamos partir para o motivo de estarmos aqui. A primeira coisa que vamos ler é *Founding Brothers*, de Joseph Ellis.

O Sr. Jaquette começou a distribuir cópias de uma pilha de livros sobre sua mesa.

— Vamos começar essa aula como o Sr. Ellis começa seu livro, com o duelo entre Alexander Hamilton, encarregado do General Washington e o primeiro secretário do tesouro dos Estados Unidos, e Aaron Burr, o vice-presidente de Thomas Jefferson. O duelo aconteceu em um penhasco perto de onde hoje fica o túnel Lincoln, em Nova York. Embora o Sr. Hamilton tenha morrido na manhã seguinte por causa do ferimento à bala, a carreira política do Sr. Burr estava acabada no momento em que a bala atingiu Hamilton...

Os próximos quarenta e cinco minutos voaram. Nem pensei no garoto no fundo da sala durante todo esse tempo, o que realmente mostra como o Sr. Jaquette era incrível. Pelo menos até o sinal tocar, quando arrumei minha bolsa lentamente para ter a chance de sair da sala com o garoto lindo.

— Ei — disse ele enquanto passava por mim, e então parou —, você é a menina do carro.

— O quê?

Não tinha ideia do que ele estava falando, mas aquilo pegava bem para mim. Eu podia fingir que tinha um carro.

— Seu pai tem aquele carro. Meu amigo falou com ele no primeiro dia de aula quando ele trouxe você.

Minhas bochechas estavam pegando fogo. Ele era um dos garotos por quem passei correndo no caminho para a orientação.

— Mandou bem.

Eu não tinha ideia do que ele queria dizer com aquilo.

— Obrigada? — respondi, nervosa, e então percebi que aquilo era uma coisa totalmente idiota para se falar. Por que eu estava agradecendo?

Enquanto pensava obsessivamente no quanto eu tinha me envergonhado, o amor da minha vida já tinha saído e passado pela porta da sala, mas não antes que eu percebesse um cheiro. Não era ruim; como sabão e temperos e algo mais, mas não sabia exatamente o que era.

Sydney estava esperando por mim do lado de fora da sala.

— Você sentiu o cheiro do Axe daquele garoto? — disse ela, fingindo uma tosse. — Acho de verdade que é aquele de chocolate.

— Senti um cheiro, mas não me incomodou, na verdade. O que é Axe?

— Você tem que saber o que é Axe — disse ela, balançando a mão em frente ao seu rosto. — É aquela colônia que os garotos usam antes de chegar à fase Armani, ou algo assim.

— Ah! Acho que meu irmão ganhou isso de presente de Natal no ano passado.

— Bem, aquele garoto mergulhou num frasco.

— Acho que não me importei mesmo.

— Sério? — disse ela brincando, batendo com o ombro no meu enquanto andávamos pelo corredor. — Não percebi.

— Cala a boca, Sydney — falei, rindo.

— Adivinhe quem é o pai dele?

— Quem?

— O diretor. O Sr. Wickam. É por isso que o Sr. Jaquette sabia que o nome dele era Tyler.

Sydney parou e prendeu o cabelo em um rabo de cavalo esquisito, o cabelo se espalhando para todos os lados.

— Sério? Que estranho.

— Exatamente. Você consegue imaginar estudar na escola em que seu pai é o diretor? Eu me sentiria como se todos estivessem me observando o tempo todo. E parece que ele é um excelente jogador de futebol e lacrosse.

Parei de andar.

— Como você sabe de tudo isso? — perguntei.

Ela sorriu:

— Fácil. Descobri o sobrenome de Tyler na lista de chamada na porta da sala e ouvi algumas pessoas falando sobre isso na secretaria. — Ela levantou uma sobrancelha. — Então, você quer assistir ao treino de futebol depois da aula hoje? Que tal simplesmente fazermos nosso dever de casa na arquibancada?

Will estava no time de futebol. E se ele estava no time, então conhecia Tyler.

— Isso não é muito óbvio? — perguntei, de maneira sarcástica.

Sydney deu de ombros e sorriu:

— Charlie, não tem nada de errado em ser óbvia às vezes. Especialmente quando há garotos envolvidos.

CAPÍTULO 4

QUANDO SYDNEY E EU CHEGAMOS AO CAMPO, NÃO HAVIA SINAL de treino de futebol algum. O único treino que eu conseguia ver era o time de futebol americano fazendo exercícios repetitivos no campo mais afastado. Relutantemente segui Sydney enquanto subia a arquibancada de metal, imaginando se ela tinha se confundido.

— Você tem certeza disso? Talvez o treino seja em outro lugar ou eles tenham um jogo — falei, me sentando e imediatamente sentindo o frio do metal através do meu jeans. Quer dizer, se eu fosse perseguir alguém, queria que valesse a pena.

— Tenho certeza — disse ela, se sentando ao meu lado. Naquele exato momento, a porta dos fundos do ginásio se abriu e um grupo de garotos apareceu, carregando bolsas cheias de bolas de futebol.

Meu coração pulou. Enquanto eles se aproximavam, eu me contorcia, pensando em como nós estávamos parecendo óbvias, sentadas ali na arquibancada. Eu podia até mesmo ter gritado "Olá, time de futebol! Sim, sou uma caloura assanhada esperando por um garoto que mal me conhece para ver se consigo arrumar uma desculpa para falar com ele. Mas tudo bem. Eu não ligo. Podem rir o quanto quiserem."

Enquanto me desesperava e pensava em mais desculpas, Sydney definitivamente não estava passando por nenhum tipo de crise. Ela se esparramou na arquibancada, com as pernas esticadas.

Michael se aproximou, chutando uma bola de futebol:

— Ei, Charlie! Ei, Sydney!

— Ei, Michael! — respondeu Sydney, sem se mexer.

— O que vocês estão fazendo aqui?

Levantei e cheguei mais perto:

— Ah, nada. Apenas procurando um amigo. O nome dele é Will Edwards. Você o conhece?

Michael balançou a cabeça:

— Claro, ele é atacante.

— Só preciso trocar uma ideia com ele um minuto — disse, imaginando se Michael conseguia perceber o quanto eu estava nervosa.

— Ele já vai sair. Aviso a ele quando o vir.

Sentei-me de novo na arquibancada e peguei meu livro de espanhol para poder ler um diálogo fascinante entre Marta e Jaime saboreando *chorizo* e *queso* em suas férias em Sevilha.

Alguns minutos depois (OK, talvez eu estivesse olhando para o relógio a cada dez segundos, mas e daí?), Will saiu com Tyler. Entrei em pânico, porque esse não era o plano. Meu plano era ver Will, falar com Will, casualmente perguntar se ele conhecia Tyler e, então, talvez pensar em uma forma de falar com Tyler mais tarde. Em vez disso, tive que lidar com a possibilidade de Will me ver ficar nervosa perto de Tyler e então me provocar impiedosamente. Eu sabia que já tinham se passado três anos, mas algumas coisas não mudam.

Sydney levantou os olhos do livro que estava fingindo ler:

— Viu como perseguir as pessoas um pouco vale a pena?

— É — disse, querendo vomitar.

Não podia acreditar em como estava nervosa. Esses eram apenas calouros, sendo que eu já tinha visto um deles pelado em uma piscina de criança, quando tínhamos 5 anos. Qual era o grande lance?

— Will! — gritei, quando ele estava a uns 15 metros.

Ele parecia surpreso enquanto andava na direção da arquibancada ao lado de Tyler.

— Ei, Charlie, como você sabia que eu estava aqui? — perguntou Will, enquanto Tyler estava parado ao seu lado com seu short de futebol e um casaco de moletom, e uma enorme bolsa pendia de seu ombro. Só para deixar claro, quero dizer que sou uma grande fã de garotos bonitos com shorts de futebol.

— Foi só um palpite — disse, casualmente, tentando não encarar Tyler.

O problema das desculpas é que elas deviam ser controladas. Idealmente você deve seguir o roteiro para as coisas não se complicarem, mas algumas vezes eu mesma não sigo minhas próprias regras, e as coisas saem da minha boca sem eu planejar.

— Falei para os meus pais que sua família estava de volta e minha mãe ficou superanimada com a notícia. Então fiquei encarregada de pegar seu novo telefone. Ela quer convidar vocês todos para jantar.

Will colocou a bolsa no chão:

— Claro, vou falar com eles. Você tem uma caneta ou seu telefone?

— Para quê? — perguntei.

— Humm... Para eu poder dar meu telefone? — disse ele, rindo.

— Certo...

Tive certeza de que meu rosto foi de vermelho a roxo naquele momento.

Sydney se levantou e disse:

— Ei, eu sou a Sydney. Nos conhecemos durante a orientação.

Will balançou a cabeça:

— Claro. Lembro de você.

— E seu nome é Tyler? — perguntou Sydney casualmente.

— Acho que você faz Governo Americano comigo e com a Charlie.

— Sim. Jaquette. Achei totalmente caído ter ficado na turma do cara. Ele obriga você a fazer uma quantidade insana de trabalho — disse Tyler.

— Mas ele parece ser bem legal — falei, imediatamente me questionando. E se minha voz estivesse muito estridente? E se eu fosse a pessoa mais irritantemente óbvia no mundo?

— Charlie, aqui está meu número. Coloquei o e-mail também — disse Will, devolvendo meu telefone.

Todos ouvimos um apito:

— Will! Tyler! Venham até aqui para o aquecimento!

Will deu as costas para nós e falou:

— Temos que ir ou então o treinador vai nos fazer correr duas vezes mais.

Com aquilo, Tyler e Will pegaram suas bolsas e foram embora.

Sentei-me de volta e respirei. Missão cumprida.

Sydney me obrigou a ficar lá para que pudéssemos realmente terminar o dever de casa. Mas ela também estava determinada a ficar até que o treino acabasse e pudesse me obrigar a falar com Tyler novamente.

Um apito soou, os garotos se juntaram por um momento e então dispersaram.

Meu coração saltou quando Tyler e Will voltaram na nossa direção. Tentei parecer muito ocupada, mas estava tendo um ataque cardíaco. Tinha certeza disso.

— Quando foi que ficou tão frio? Estou congelando! — falei, tentando esconder meu nervosismo.

Tyler deixou cair a enorme bolsa de lona que estava carregando e perguntou:

— Quer meu agasalho?

Tive que me impedir de saltitar como uma boba.

— Sério? Tem certeza? — perguntei suavemente.

Ele deu de ombros:

— Não se preocupe com isso. — Ele abriu a bolsa e pegou um casaco de moletom preto. Enquanto o vestia, li HARMONY FALLS — FUTEBOL — PRIMEIRO TIME nas costas. Ficou um pouco grande em mim e, por "pouco", eu quero dizer que qualquer pessoa saberia que aquilo não era meu se o visse em mim. E se não soubessem, eu poderia contar exatamente de quem era.

— Cabe em você perfeitamente, Charlie. Você devia vir com ele para a escola amanhã — caçoou Will.

— Você está no primeiro time? — perguntei, ignorando Will. Minha mente estava a mil por hora. O que significava Tyler ter me dado seu agasalho? Será que era "Aqui está um agasalho, Charlie, porque tenho dez iguais a esse" ou "Aqui está um agasalho, porque quero que você fique com ele?"

Will respondeu, balançando a cabeça na direção de onde Michael estava falando com o treinador:

— Nós três entramos para o primeiro time.

— Michael?

Mas então lembrei que ele tinha dito que jogou em um time preparatório no ano passado.

O treinador acenou para Will e Tyler.

Tyler colocou sua bolsa sobre o ombro:

— Vejo vocês na aula.

— Ei, Charlie, mande um e-mail para mim hoje à noite, OK? Se meu pai me vir no telefone, vai ficar no meu pé. Ele já está me perturbando por causa dos trabalhos — disse Will.

— Claro, pode deixar. Vejo vocês mais tarde.

Minha cabeça estava zumbindo enquanto eles se afastavam.

— Isso me pareceu ter valido a pena — disse Sydney. Ela olhou para o agasalho que eu estava vestindo e riu. — Está planejando dormir com ele esta noite?

— Não! Vou devolvê-lo amanhã — falei, sentindo o aroma picante e levemente achocolatado. Mesmo enquanto dizia aquilo, sabia que não era o que ia acontecer. Eu ia ficar com ele pelo menos alguns dias ou pelo resto da minha vida.

CAPÍTULO 5

—MINHA MÃE VEM ME BUSCAR EM ALGUNS MINUTOS. — Sydney pegou seu telefone e olhou para a tela. — Se você quiser, pode ir para a minha casa, ou ela pode te dar uma carona até a sua.

— Seria ótimo. Meu irmão ficou de me buscar, mas não vai ligar se eu disser que não precisa vir aqui.

Atravessamos o campo e seguimos o caminho até a frente da escola.

— Você tem um irmão mais velho? — perguntou Sydney.

— Ele tem 16 anos. E seu nome é Luke.

— Estuda aqui em Harmony Falls?

Balancei a cabeça:

— Ele estuda em Greenspring. E estudar aqui faz de mim uma traidora.

Ela fechou seu telefone:

— Ah, certo. Greenspring é a outra grande escola de segundo grau da área. Bem, eu sempre quis ter irmãos ou irmãs, mas meu pai foi embora quando eu tinha 2 anos e minha mãe nunca mais teve um encontro sequer desde o divórcio. Estudei em três escolas nos últimos seis anos — disse ela.

— Três escolas? Por que você se muda tanto de cidade?

— Por causa do trabalho da minha mãe. Ela é meio que uma contadora de grandes empresas.

— E é difícil?

— O quê? Qual parte?

— Bem, não ter um pai por perto?

Ela deu de ombros:

— Eu realmente não conheço nada diferente disso. Minha vida foi sempre só com minha mãe. — Ela fez uma pausa. — Se minha mãe se casasse agora, aí sim seria esquisito, então estou tranquila com as coisas como estão agora. Mas teria sido legal ter um irmão.

— É, bem, ele normalmente é legal, mas odeia ter que me buscar na escola. Reclama disso o tempo todo e me deixa esperando para sempre... Como se fosse minha culpa ainda não ter idade para dirigir.

— Aquela é a minha mãe. — Um Camry vinho parou em frente à entrada da escola. — Ei, mãe! — disse Sydney, abrindo a porta do carro. — Essa é a Charlie. Ela pode ir para casa com a gente?

— Claro! Oi, Charlie! — disse uma versão mais velha da Sydney em um terninho executivo azul-escuro.

— Obrigada por me levar, Srta. Collins.

— Não se preocupe com isso. E me chame de Heidi.

— Certo. — Sorri, me sentindo um pouco envergonhada. — Obrigada, Heidi.

Sydney e a mãe moravam em uma casa em um condomínio não muito longe da escola. Subi os quatro degraus que levavam à sala de estar e imediatamente me senti à vontade. Heidi entrou depois de nós e disse:

— Certo, meninas, preciso trabalhar um pouco mais antes do jantar. — Ela entregou uma sacola a Sydney. — Comprei um frango assado, então se você puder esquentá-lo e preparar uma salada, seria ótimo. Vamos comer em mais ou menos uma hora? Obrigada, querida! — disse ela, enquanto descia o pequeno lance de escada. — E, Charlie, sinta-se à vontade para ficar para o jantar!

— Quer um pouco de chá? Sempre gosto de fazer chá quando chego em casa depois da escola. É um pequeno ritual que tenho — disse Sydney.

— Claro — falei.

Alguns minutos depois, estávamos sentadas em sua pequena mesa de cozinha com a melhor xícara de chá que eu já tinha tomado. Sabia que estava apenas bebendo chá sentada na cozinha de alguém, mas estar ali fez me sentir mais velha.

— Então, sei que estávamos seguindo o Tyler no treino, mas qual é o lance com o Will? — perguntou Sydney, se acomodando em sua cadeira.

— O que você quer dizer?

— Qual é! Você tem que admitir que quando viu o Will na orientação ficou toda animada, e não apenas porque ele era um velho amigo.

— Certo, tudo bem! Quando o vi pela primeira vez, achei ele bonitinho, mas... de jeito nenhum. Ele é como um irmão pra mim. Mas se você acha que ele é tão gato, por que não faz alguma coisa? Tenho certeza de que ele ficaria interessado.

— Ele é bonitinho. Mas não faz exatamente meu tipo. Mauricinho demais. Além disso, acho que ele gosta de você.

— Sydney, você está louca!

— Não estou nada! Você obviamente não está percebendo como ele olha para você.

— Se ele está fazendo isso, e não estou dizendo que está, é provavelmente porque nós não nos vemos há muito tempo e passamos por um monte de coisas juntos — disse, olhando fixamente para o vapor saindo da minha xícara.

— Isso parece interessante! Como o quê?

— Eu falei para você que Will e eu éramos vizinhos de porta, certo? Quando éramos pequenos, nós fazíamos tudo juntos. Apesar de ele ser um garoto, acho que era meu melhor amigo, o que era estranho, porque éramos muito diferentes.

— Como assim? — perguntou Sydney.

— Eu sei que ele não está agindo assim agora, mas Will era muito tímido quando éramos crianças. Quer dizer, ele não falava com ninguém a não ser que fosse obrigado. E estava sempre tão preocupado com tudo. Você sabe aquele personagem do *Ursinho Pooh*, Bisonho?

— O burrinho? O que reclamava de tudo e tinha um rabo preso com alfinete?

— Ele era exatamente assim! E nada do que fazíamos era tão ruim assim. Quer dizer... uma vez quebramos uma janela jogando uma barra de chocolate congelada do quarto dele para o meu. Mas fui eu quem acabou se dando mal. E nós jogamos ovos na casa de um garoto. Nós dois nos demos muito mal por causa disso. Mas, na maior parte do tempo, apenas ficávamos no quarto do Will, eu lendo e ele desenhando. Ou então íamos ficar com sua avó, que vivia em um apartamento no porão da casa.

— Você queria ficar com ela? Deus, ela deve ser diferente da minha avó. Juro, você não pode tocar em nada na casa daquela mulher sem que ela tenha um ataque.

Olhei pela janela e vi que o sol estava se pondo. Eu não falava disso há anos e nunca com alguém que não conhecia tão bem.

— Não, não era nem um pouco assim. O nome dela era Amelia. Quando eu era bem pequena, tinha certeza de que ela era uma bruxa. Uma bruxa boa, claro, mas tinha certeza de que ela possuía poderes mágicos. Prendia o cabelo branco muito longo sempre em um coque e usava uns vestidos verde-claros ou laranja com desenhos dourados. Ela passava a maior parte do tempo lendo em uma antiga poltrona vermelha, e tinha um colar de ouro comprido com uma lupa na ponta. Ela ficava ali sentada, fumando aqueles cigarros longos e coloridos, nos contando histórias malucas sobre ter crescido em vários cantos do mundo com seus pais missionários. Sério, todas as histórias começavam em algum país estranho com uma cobra venenosa em uma cama ou uma aranha enorme em um sapato e acabavam com um dedo da mão ou do pé de alguém caindo.

— Sério? Eu tinha a impressão de que essas pessoas religiosas são extremamente sem graça.

— Ela não. E ela era a única pessoa, além de mim, com quem Will se abria.

— E quanto ao restante da família? Eles são tão ruins assim?

— Não, sempre gostei deles, mas algumas vezes achava que eles pareciam saídos de um comercial. Tipo, se você visse um outdoor na estrada tentando lhe vender uma família, eles estariam na foto.

— As pessoas podem parecer com aquilo, mas...

— Exatamente — concordei.

Ficamos ali sentadas em silêncio por um minuto.

— Então o que aconteceu? — perguntou Sydney.

— Acho que foi algumas semanas antes de começarmos o sétimo ano. Will estava viajando. Will, David, seu irmão mais velho, e a mãe deles foram alguns dias antes, porque o pai tinha que terminar algo na igreja. Uma noite acordei com o barulho de sirenes e luzes refletindo nas paredes do meu quarto. Dois caminhões de bombeiro estavam do lado de fora da casa do Will e havia fumaça saindo do seu porão. Corri para fora e antes que pudesse perceber o que estava acontecendo, os bombeiros me entregaram os dois cachorros do Will.

— O que aconteceu com o pai dele e com Amelia? — sussurrou Sydney, enquanto se aproximava.

— O pai dele estava bem, mas Amelia morreu por inalar a fumaça do incêndio. Ela adormeceu com um cigarro na mão.

— Não! Que coisa horrível.

Balancei a cabeça, concordando.

— Nada tão ruim assim tinha acontecido com nenhum de nós antes daquilo. Quero dizer, quando eu tinha 5 anos, o pai da minha mãe morreu, mas eu mal o conhecia. Com Amelia era muito diferente.

— Como Will reagiu a isso? — perguntou Sydney.

— Foi tão estranho. No começo ele nem se encontrava comigo. Fiquei totalmente arrasada. Parecia que eu tinha feito algo errado, mas não sabia o que era.

Sydney se levantou para botar o frango no forno.

— Quantos anos vocês tinham? Doze?

Fiz que sim com a cabeça.

— Que horror!

— Ele finalmente foi à minha casa alguns dias depois para dizer que tinha achado o colar da lupa. Mas ele estava tão furioso com o próprio pai.

— Por quê?

— Porque seus pais diziam o tempo todo que Amelia estava em um lugar melhor, agora que ela estava com Deus.

— Por que isso o deixaria furioso?

— Porque Will não a queria no céu. Ele a queria de volta. E isso o incomodava muito, porque Amelia não pensava em religião como os pais dele, e eles se recusavam a admitir isso. Ela sempre dizia coisas como "Mesmo que haja um céu, há tempo suficiente para isso depois. Ele provavelmente me jogaria de volta na Terra por discutir muito. Nem tenho certeza se Deus é homem." Depois que ela morreu, foi como se os pais de Will tivessem se esquecido de quem ela realmente era.

— Ela parece realmente incrível! Mas Will acabou falando com você sobre isso, não?

Balancei a cabeça:

— Não. Não exatamente. Duas semanas depois, quando as aulas voltaram e Will agia como se aquilo nunca tivesse acontecido, uma amiga minha se apaixonou por ele... — Fiz uma pausa e Sydney se aproximou, sabendo que ia ouvir algo interessante. — Na verdade, essa é a parte mais irritante da história. Essa menina chamada Lauren ficou minha amiga pra poder se aproximar do Will. Quando eu menos esperava, Lauren e Ally estavam no jardim da casa do Will rindo de tudo o que ele falava ou gritando quando viam insetos.

— Odeio quando fazem isso! Não dá vontade de jogar uma aranha na cabeça dessas garotas ou algo assim? — perguntou Sydney, rindo.

— Totalmente, mas Will amava aquilo. Então Lauren anunciou que ela e Will estavam namorando e eu tinha que fingir que estava animada com aquilo, porque, se não parecesse animada, as pessoas pensariam que eu estava com ciúmes. E eu não estava com ciúmes, por falar nisso.

— Sério? Porque você meio que parece enciumada agora mesmo.

— Não! Era só irritante. E eu não ia falar daquilo com ele de jeito nenhum, porque ele ia acabar ficando mais convencido do que já estava. Então o pai de Will foi promovido para outra igreja em um estado próximo e se mudou.

— O que aconteceu com você e as garotas quando Will foi embora?

— Nada. Por algum motivo nós continuamos amigas até o ano passado. Mas essa história não é muito interessante. Apenas seguimos caminhos separados.

Sydney olhou para mim de uma forma suspeita:

— Eu meio que duvido disso.

— Sério. Era só aquela história horrível básica de amizade entre meninas do ensino fundamental. Elas me colocavam para baixo o tempo todo e eu suportava aquilo como uma completa idiota. É umas das razões por que vim para Harmony Falls em vez de Greenspring com elas.

Sydney se levantou e começou a botar a mesa.

— Bem, elas é que saíram perdendo — disse, sorrindo.

CAPÍTULO 6

ESCREVER É A SUA PARADA?

Você sabe quem são Maureen Dowd, George Will, Anna Quindlen, Judith Warner, Ray Suarez, Hendrik Hertzberg, Michelle Malkin, Gwen Ifill, David Ignatius, Malcolm Fleschner ou Bob Woodward?

Você se importa?

Se você respondeu sim para alguma dessas perguntas e está interessado em escrever para o jornal da escola, venha à sala 2367 às 15h15 na terça-feira, 25 de setembro.

— Humm, olá? Estou aqui para a reunião do jornal — falei, entrando pela porta da sala 2367.

Bem à minha frente estavam dois rapazes. Um era magrelo com cabelo castanho perfeitamente desarrumado e óculos de aro preto retangular. O outro era asiático, enorme e estava vestindo uma jaqueta do primeiro time de futebol americano dos Panthers. Pisquei. Nunca tinha visto dois estereótipos tão contraditórios — o jornalista antenado e o atleta — tão próximos um do outro.

Nenhuma resposta. Os dois estavam debruçados sobre um livro, rindo.

— Com licença, estou aqui para a reunião do *Prowler*? — disse.

Os dois olharam para mim. O magrelo ajeitou os óculos e lentamente me inspecionou dos pés à cabeça enquanto eu ficava ali parada, sem graça, diante daquele olhar. Tentei encará-lo, mas quem eu estava tentando enganar? Olhei para o outro lado, me lembrando de que eu amava escrever e queria muito essa oportunidade.

— Desculpe, não vi você parada aí. Entre. Eu sou Josh.

Hesitantemente me sentei em um dos bancos perto dele.

— Escrevi para o jornal da minha escola no ensino fundamental. Trouxe algumas amostras de meu texto, se vocês quiserem ver — falei, mexendo em minha bolsa.

O garoto asiático sentado à minha frente continuou a ler o jornal:

— Ótimo, a garota chegou preparada. Você vai ser a aprendiz da Ashleigh em muito pouco tempo.

Josh esticou o braço e dobrou as mangas da camisa de botão branca impecável sobre o suéter azul-marinho.

— Não apresentei você ao Gwo. Ele escreve a nossa tirinha e dessa forma preenche a cota para atletas inteligentes na equipe.

Gwo o ignorou.

— Então, sobre o que é a sua tirinha? — perguntei.

— Escrevo sobre o que vem à minha cabeça. Na maioria das vezes é sobre a escola. Gosto de cutucar o Wickam sempre que possível. Acho que pode-se dizer que é o meu hobby.

— Qual é o seu nome, caloura? — perguntou Josh.

— Charlie — falei.

— Humm... Gostei. Ei, Ashleigh, venha conhecer sua nova melhor amiga! — gritou Josh para uma garota do outro lado da sala.

— Veja só, você vai adorá-la. Ela trouxe alguns artigos que escreveu para um jornal no ano passado — disse Gwo.

— Ótimo! Mal posso esperar para ler! Josh, talvez nós possamos fazer isso logo depois da reunião — falou uma menina pálida com cabelo louro comprido, que obviamente tinha feito luzes.

— Claro. Depois de definirmos o calendário esportivo do outono com o Raj, de perguntarmos ao Antony quantos anúncios ele vendeu e de vermos a diagramação, podemos definitivamente dar uma olhada nas amostras da Charlie — disse Josh de forma sarcástica.

— Não se preocupem comigo — disse, impressionada com aquelas pessoas todas —, não estou realmente esperando poder escrever. Para falar a verdade, quero apenas trabalhar no jornal.

Josh estreitou os olhos, me observando:

— Você disse isso só para puxar o nosso saco? Apenas para deixar claro, encorajo totalmente esse tipo de comportamento sempre que for possível.

Ashleigh tomou um gole de uma lata de Coca Diet que estava segurando e então sorriu:

— Charlie, por que você não começa lendo algumas das edições passadas antes da reunião? Vou mostrar a você onde elas estão.

— Obrigada — falei, feliz por ter alguma outra coisa para fazer.

— Todos os integrantes da equipe que estão no último ano colocam seus artigos atrás de seus computadores — disse Ashleigh, enquanto andávamos até o fundo da sala.

— Que legal. Só as pessoas do último ano?

— É uma tradição por aqui — disse ela, como uma juíza anunciando uma sentença.

— Ah — falei, sem tirar os olhos da parede. Senti que ela estava me medindo de cima a baixo.

— Por ser uma caloura e tudo mais, você provavelmente vai acabar não fazendo muita coisa, mas se esperar, talvez consiga algo bom no ano que vem.

— O que os calouros costumam fazer? — perguntei, tentando manter meu nível de entusiasmo elevado.

— Você sabe, entregar os jornais, ir até a copiadora, esse tipo de coisa. Você vai ver, mas se precisar de alguma ajuda com qualquer coisa, fale comigo — gorjeou Ashleigh.

— Claro — falei, pegando as edições antigas da mão da garota, tentando ignorar seu tom de voz falso. A última coisa que ela queria fazer era me ajudar.

Lendo as edições antigas do *Prowler*, fiquei muito impressionada. Era como o *New York Times*, mas com reportagens sobre a comida do refeitório e viagens dos alunos. As matérias de capa eram sobre pena de morte, um caso da Suprema Corte, os recentes incêndios nas florestas do oeste do país e política ambiental. Enquanto virava as páginas, li resenhas de filmes, música e livros e editoriais sobre candidatos políticos. Esse jornal não era nenhuma brincadeira.

Minha leitura foi interrompida por vozes vindas do corredor e, um segundo depois, a Srta. McBride, a professora que me salvou na inscrição, entrou com mais dois alunos. Quando me viu, seu rosto se acendeu:

— Espere um minuto, eu conheço você. Você é a garota da orientação! Como é mesmo seu nome? — perguntou ela.

— Charlotte, mas prefiro que me chamem de Charlie; esse foi o problema.

— Claro — disse ela então, andando em minha direção. — Sou a conselheira do corpo docente para o *Prowler*. Não temos muitos calouros querendo escrever para o jornal, então é realmente bom ver você por aqui. Estou esperando que mais um calouro apareça hoje à tarde, uma menina da minha turma de inglês.

Imediatamente fiquei nervosa, certa de que essa garota seria uma escritora melhor do que eu. Afastei a sensação e já tinha voltado à minha leitura quando ouvi mais uma pessoa entrar na sala. Levantei a cabeça para ver quem era e quase caí da minha cadeira.

Era Nidhi Patel.

Droga, pensei. Teria sido assim tão horrível se eu tivesse conseguido fugir do meu passado?

CAPÍTULO 7

CERTO, ATÉ AGORA FIZ O QUE PUDE PARA EVITAR PENSAR SOBRE a verdadeira razão de eu ter vindo estudar em Harmony Falls. Mas assim que Nidhi entrou pela porta, não havia mais escolha.

No oitavo ano, minhas duas amigas mais próximas eram Lauren Crittiden e Ally Simpson.

Você conhece a menina bonita que pode ser a pessoa mais legal do mundo até que fica chateada com você, mas não diz por quê? Que adora dizer "Desculpa, mas sou apenas uma pessoa muito sincera" — e então destrói você? Que mente tão bem, que você acredita mesmo quando sabe que o que ela está falando é totalmente falso? Essa era Lauren.

Ally foi a primeira garota da nossa turma a precisar de um sutiã e não fazia muita questão de se esconder debaixo de casacos largos. Era completamente obcecada com o visual e com fazer com que todos os garotos da escola fizessem o que ela queria.

Não é como se você pudesse ir até suas melhores amigas e dizer "Quer saber, tenho pensado em confessar há um tempo que na verdade não gosto de nenhuma de vocês. Lauren, você é uma piranha controladora e vingativa. Ally, você é completamente egoísta, falsa e galinha. E por falar nisso, estou inacreditavelmente de saco cheio de vocês me tratarem como lixo e então darem a desculpa de que estavam brincando e que eu levo tudo muito a sério." Mas mantive tudo isso guardado e estupidamente esperei que as coisas fossem melhorar.

O começo do fim foi a viagem anual da primavera em que os estudantes do nono ano da escola iam para Colonial Williamsburg e Washington. Apenas trinta alunos podiam ir, então você tinha que se inscrever rápido e assinar um termo de responsabilidade que prometia que você ia se comportar de maneira exemplar. E por algum motivo, como eu ter perdido a sanidade mental temporariamente, achei que seria uma boa ideia chamar Lauren e Ally para irem comigo.

Da perspectiva de uma pessoa do nono ano, as principais qualidades do monitor perfeito são ser muito legal e fácil de distrair. Nessa viagem, dois deles se encaixavam perfeitamente no perfil. O Sr. Slader era um professor de matemática muito gordo, que estava praticamente a um Big Mac de ter um ataque cardíaco. A Srta. Galloway, a professora do coral, tinha um capacete de cabelo louro-claro, seco e bem fino e um comprometimento inabalável com um batom laranja brilhante, o que tornava impossível levar aquela mulher a sério. A terceira era a Srta. Morefield, uma das vice-diretoras. Ela era legal, mas podia facilmente encarar uma garota como Lauren sem vacilar.

O ônibus estava quase chegando ao hotel quando Lauren, vestindo seu jeans escuro e apertado favorito, se sentou ao meu lado, tirou meus fones de ouvido e falou de maneira presunçosa:

— Ei, otária, pode me agradecer agora.

— Por quê? — perguntei, com cuidado. Eu podia ver algo nos olhos de Lauren e ela estava muito satisfeita consigo mesma.

— Consegui trocar os quartos, então agora a Ally e eu estamos com você.

— Como você fez isso? — A proibição da troca de quartos era a regra número 27 em nosso contrato e não me surpreendia nem um pouco que Ally, Lauren e eu estivéssemos todas em quartos separados.

— Foi fácil. Descobri quem estava no seu e falei com elas que a Ally tinha acabado de terminar com o namorado, que estava arrasada e que nós precisávamos dar uma força para ela. — Ela podia perceber que eu não estava acreditando naquela história. — Aff! Você é tão irritante! Eu não fui malvada com elas!

— A Nidhi era uma das garotas? — perguntei.

Lauren fez uma careta. Ela sempre tinha dificuldade em lembrar o nome das pessoas, a não ser que fizessem parte de seu grupo de amigos, se precisasse delas, ou se estivesse tramando sua destruição.

— Uma menina que parece indiana... — sugeri.

— Não. As duas meninas eram brancas. Ah, você está falando da sua amiguinha do jornal? Não se preocupe. Não falei com ela.

Agora eu ia ficar num quarto com Nidhi, Lauren e Ally. Sabia que misturar Lauren e Ally com outras pessoas era arriscado. Mas como falei no início, um dos meus maiores defeitos é que posso ser dolorosamente lenta para admitir o óbvio. Esse é um exemplo excelente. Então, o que aconteceu quando comecei a sentir meu estômago embrulhar de nervoso? Apenas ignorei aquela sensação.

Para mudar de quarto, bastou que Lauren e Ally ficassem no final da fila de registro e andassem um pouco mais devagar para conseguirem trocar as chaves com as outras meninas.

Nidhi e eu abrimos a porta do nosso quarto decorado no estilo colonial. Joguei minha bolsa sobre a cama com dossel, me sentei em frente à escrivaninha e comecei a rodopiar na cadeira.

— Ei, por falar nisso, Lauren e Ally se mudaram para o nosso quarto — disse casualmente, tentando mascarar o pavor que no fundo eu estava sentindo.

— O quê? — perguntou Nidhi, enquanto pendurava algo no armário.

— Humm... LaureneAllyvãoficaraqui. — Devo ter falado isso um pouco rápido.

Nidhi se virou. Continuei rodopiando.

— Por quê? — perguntou ela.

— Na verdade, não sei. No ônibus a Lauren me contou que conseguiu que Maya e Emily trocassem com elas.

— Sério? Elas concordaram com isso? — perguntou Nidhi, meio em dúvida.

— Acho que sim. Tudo bem por você?

Ela não respondeu.

— Se você quiser, posso falar para elas destrocarem — sugeri, sabendo muito bem que aquilo nunca ia acontecer.

Ela riu:

— Até parece.

Mudei de assunto me jogando na cama e falei:

— Então, qual cama você quer?

Antes que Nidhi pudesse responder, Lauren e Ally entraram pela porta e o embrulho no estômago se transformou num maremoto. Ally jogou sua enorme bolsa e igualmente enorme mochila no meio do quarto.

— FINALMENTE! — disse Ally, enquanto pegava seu iPod e as caixas de som e os colocava sobre a escrivaninha, enquanto Lauren ia direto ao banheiro para retocar a maquiagem.

Por alguns minutos, Nidhi e eu ficamos observando enquanto Ally espalhava suas coisas pelo quarto, sem se importar com o fato de que deveria dividir o espaço conosco. Então Lauren reapareceu, olhou em volta e declarou com as mãos na cintura:

— Vocês não achariam melhor se eu e a Ally dormíssemos nessa cama juntas? Nidhi, sem querer ofender, mas como nós não conhecemos você muito bem e a Charlie conhece, isso apenas me parece mais fácil.

Nidhi tirou os olhos do computador por um instante:

— Tudo bem — disse ela, friamente.

Ótimo, está tudo funcionando muito bem, pensei. Um minuto juntas e elas já estão a caminho de se odiarem.

Até a hora do almoço do dia seguinte, já tínhamos visitado o ferreiro, o prateiro, a loja de perucas, o boticário e o primeiro hospital público para "Pessoas de Mentes Insanas e

Desordenadas". Então estávamos a caminho do palácio do governador e do labirinto. De repente, percebi que Ally estava falando mais alto — um sinal claro de que havia um garoto bonito por perto. Olhei em volta. Eu estava errada: eram dois garotos. Um era louro e o outro tinha cabelo escuro e olhos azuis — e os dois eram do tipo favorito da Ally. Ela chamava todos eles de Brad, porque todos tinham o mesmo visual, logo todos precisavam do mesmo nome. Como você podia distinguir um Brad? Sandálias Rainbow, bermudas cáqui, camisetas legais (nesse caso, o louro estava usando uma que dizia FAÇA PIZZA, NÃO FAÇA GUERRA e o outro, o de cabelo mais escuro, estava usando uma Abercrombie desbotada). Mas a parte mais importante para um garoto ser um Brad era o cabelo. Tinha que ser longo, mas não muito longo, e bagunçado.

Ally tirou a pulseira de borracha que estava usando no braço:

— Com licença, você sabe onde é o labirinto?

O garoto louro da camisa da Pizza olhou por cima da cabeça dela, para onde estava uma placa que dizia LABIRINTO.

— Tenho quase certeza de que se você continuar andando, vai dar de cara com ele — disse o garoto, sorrindo.

Ele tinha um sotaque do sul. Para Ally, achar Brads com sotaque do sul era como um leão faminto encontrar uma gazela solitária. Seus olhos focaram em sua presa através de seus óculos de sol Gucci falsificados. Ela sorriu. Suas mãos voaram até seu cabelo, enquanto ela, sem fazer esforço, o prendia num rabo de cavalo, ao mesmo tempo que sua camiseta curta se levantava para mostrar a barriga perfeitamente sarada.

Ally sorriu de novo:

— O sotaque de vocês é tão bonitinho! De onde vocês são?

— Nós somos da Mission Academy, em Columbia, Carolina do Sul. Passeio da turma do segundo ano. Estamos fazendo uma viagem a pé durante a última semana. Só vamos ficar esta noite aqui — disse o Brad de cabelo castanho, olhando diretamente para mim. Meu coração pulou. Olhei para o chão.

Sem hesitar, Ally disse:

— Bem, venham conosco ao labirinto para poderem nos ajudar se nos perdermos. Ela então se virou, dando a eles a oportunidade de olhar para o coração feito de strass colado na parte de trás da sua calça de moletom azul-escura da Juicy.

— Então, onde vocês estão hospedados? — perguntou ela.

O Brad louro respondeu:

— Acho que o hotel se chama Patick Henry Inn.

Estava fácil demais.

— Sério? É onde estamos hospedadas! Esperem, nós não nos apresentamos. Eu sou a Ally e essa é a Charlie. Nós temos outra amiga, Lauren, mas não se preocupem, ela é bonita também.

O garoto louro riu:

— Não estou preocupado. Eu sou Jackson e esse é o Tucker.

Jackson se encostou na parede e pegou seu celular.

— Não podemos ir com vocês agora porque temos que encontrar nossa turma, mas vocês deveriam me dar o telefone de vocês e talvez pudéssemos nos encontrar mais tarde.

Ally falou casualmente:

— Claro, isso seria legal.

— Nós realmente deveríamos nos encontrar — disse Tucker, novamente olhando diretamente para mim.

É claro que eu queria dizer "SIM!", mas consegui não me fazer passar por uma completa idiota:

— Sim, claro, seria ótimo — falei, enquanto Ally me puxava para longe.

Assim que nos afastamos, Ally sussurrou:

— Você está muito apaixonada pelo Tucker! Assim que vi os dois, soube, porque você sempre gosta dos garotos de cabelo escuro e olhos azuis. — Ela deu uma risadinha. — Certo... você pode ficar com ele, então nunca diga que não sou uma boa amiga.

— Ally, não estou apaixonada por ele. Só o achei bonito.

— Não importa, você o ama. Dá para perceber. — Ela puxou o ar rapidamente. Estava recebendo uma descarga de adrenalina. — Bem, essa viagem acabou de ficar bem menos chata.

Cinco minutos depois, eu estava tendo um enorme ataque de insegurança. Talvez eu tivesse entendido coisas demais no que Tucker tinha dito. Por que ele ia gostar de mim, quando a Ally, toda perfeita, estava bem ao meu lado o tempo todo? Quero dizer, normalmente eu não tinha problema nenhum em ser muito menos bonita que Ally e Lauren. Mas dessa vez, eu realmente queria que Tucker as ignorasse.

— Ally, você acha que eles vão ligar? — perguntei.

Ally olhou para mim como se eu tivesse 5 anos.

— Não seja idiota. É claro que vão ligar. Eu sou bonita. Você é bonita. É claro que vão. E não se preocupe. O Tucker gostou de você. Deu para perceber.

Era em momentos como esse que eu adorava ser amiga da Ally.

Naquela noite, às 9h50, Ally mandou uma mensagem para Jackson.

> Eiii, tããão entediada. Venham pra cá!!!
> Quarto 311 e tragam um amigo. Venham depois das 11.
> Professores circulando pelos corredores.

Às 10 horas, as luzes deveriam estar apagadas.

Às 10h05, coloquei uma toalha no chão em frente à porta para que nenhum dos professores visse claridade saindo do nosso quarto. Então ficamos assistindo a *Meninas malvadas* na TV a cabo.

Às 11h30, Tucker e Jackson ainda não tinham respondido e eu já tinha desistido. Então o telefone da Ally vibrou.

— Não falei? — Ela deu uma risadinha.

Enquanto Ally andava até a porta, falei para Nidhi casualmente:

— Ah, Ally e eu conhecemos uns garotos na mansão do governador e ela os convidou para vir aqui.

O rosto de Nidhi ficou carrancudo:

— Você não pode estar falando sério.

— Simplesmente aconteceu. Ally e eu os conhecemos no labirinto e ela deu o telefone dela pra eles. Não achei que iam ligar. Eles são de uma escola na Carolina do Sul.

— Charlie, isso pode ser tranquilo pra vocês, mas meus pais me matariam se soubessem que entrou algum garoto no meu quarto — disse ela, muito séria.

Lauren, que estava em frente ao espelho passando seu gloss "I Want Candy" da Victoria's Secret, se virou e olhou para Nidhi:

— Nidhi, seus pais não estão aqui. Eles vão ficar apenas cinco minutos, vão ser realmente chatos e nós vamos expulsá-los.

Veio uma batida suave na porta.

Ally ajeitou o cabelo e sorriu, enquanto abaixava sua calça de moletom mais alguns centímetros.

— Bem, eles estão aqui agora, então não há nada que possamos fazer — disse ela e então abriu a porta.

— Ei, e aí? — Seis pessoas falaram exatamente a mesma frase em direções diferentes. Seis, porque Nidhi não falou nada e estava agora lendo um livro sentada na cadeira mais afastada da porta.

— Por que você não nos disse para trazer mais alguém para sua amiga? Trouxemos apenas o Haines — disse Jackson, apontando para o novo rapaz louro e sardento no quarto.

Lauren e Ally olharam uma para a outra com as sobrancelhas franzidas, sem entender.

Nidhi fez uma expressão de tédio:

— Tudo bem. Vocês não precisam se preocupar comigo.

Jackson pegou o controle remoto. Sem nem perguntar, ele começou a trocar os canais até que parou de repente. Sinto muito, mas entrar num quarto onde você não conhece ninguém e mudar o canal da televisão é uma violação clara das regras do controle remoto.

— Excelente! Haines, é *True Lies*, não é?

Haines se virou para Nidhi:

— Eu gosto muito de cinema. Provavelmente vi cada filme do Schwarzenegger pelo menos trinta vezes. Pelo menos. Esse é um verdadeiro clássico. Ele mata tipo um milhão de terroristas árabes. As cenas de luta são à moda antiga, mas são muito iradas.

Nidhi respondeu apenas olhando rapidamente e depois voltando ao seu livro, mas ele não parava de fazer perguntas a ela. Ela o tratou com as clássicas respostas monossilábicas que as meninas usam quando querem mostrar que não estão interessadas em conversar, mas Haines não estava entendendo. Se tivesse entendido, também teria notado Lauren olhando atravessado para Nidhi quando não estava fingindo que estava mandando uma mensagem de texto pelo celular.

De repente, Nidhi abaixou o livro:

— Nós temos mesmo que assistir a isso?

Jackson manteve seus olhos na TV:

— Por quê? Você tem algum problema com esse filme?

— Para falar a verdade, tenho.

Naquela frase Nidhi se transformou na garota reprimida que eu estava fazendo de tudo para ela não ser.

Haines inclinou a cabeça:

— Você é, tipo, de lá ou algo assim?

Nidhi largou o livro e sorriu:

— De onde, exatamente?

Lauren guardou o telefone e sorriu:

— Você sabe, de um país muçulmano.

Nidhi olhou para ela pelo que pareceu ser um segundo a mais do que deveria:

— Eu nasci na Índia. Meus pais vieram para cá quando eu tinha 5 anos.

Haines soltou um riso nervoso:

— Opa, que loucura. Nunca conheci um muçulmano de verdade antes.

Nidhi sorriu de forma sarcástica:

— Bem, então esse teria sido um grande dia para você, a não ser pelo fato de que eu não sou muçulmana. Sou hindu.

Haines parecia um pouco aliviado e sorriu:

— Bem, nunca conheci um desses também.

Ele não estava entendendo nada mesmo. Nidhi não estava a fim dele. Era a Lauren que estava. Ele a estava ignorando. Garotos são idiotas.

Ally, numa tentativa de embasbacar todos com seu conhecimento cultural, se juntou à conversa:

— Espera, Lauren, você se lembra de quantas vezes tivemos que ouvir "Ray of Light" indo e voltando no carro da sua mãe para a aula de balé? Aquilo era hindu? Sempre achei que fosse muçulmano. Queria muito botar aquela coisa de hena nas minhas mãos, mas minha mãe não me deixa porque acha que parece sujo. Então, Nidhi, aquilo é hindu ou muçulmano?

— Aquilo é hindu — disse ela, como se Ally tivesse ganhado um prêmio.

— Que se dane. É tudo a mesma coisa — disse Lauren, com desdém e então se esticou como um gato sobre a cama.

— Na verdade, não é realmente tudo a mesma coisa.

Enquanto isso, Haines continuava sem nenhuma noção, jogando um travesseiro em Nidhi e falando:

— Não acredito que você não gosta desse filme. É um clássico do Schwarzenegger!

Ela desviou do travesseiro:

— Se você realmente quer saber, é porque é um filme totalmente racista — disse ela de forma seca.

Haines congelou.

Jackson se virou para olhar para Nidhi:

— Relaxa. É só um filme. Eu o vi milhões de vezes e não sou racista.

Lauren ficou de lado para também encarar Nidhi:

— Se você não gosta do filme, por que simplesmente não lê seu livro?

Por dois muito longos segundos, Nidhi apenas olhou para ela e então fechou o livro, pegou o pijama e a escova de dentes, e andou até o banheiro.

A porta do banheiro se fechou. Jackson se virou para Lauren:

— O que há de errado com a sua amiga?

Lauren sussurrou:

— Não sei. Ela é amiga da Charlie. Não fazia ideia de que era tão intensa.

— Não é na Índia que as mulheres andam por todo lado com aqueles panos e cachecóis na cabeça? — perguntou Ally, se mostrando novamente nossa especialista multicultural.

Tentei não parecer aborrecida, mas foi muito difícil.

— Não, aquilo se chama *hijab*. — Sabia daquilo, porque fiz uma redação sobre isso no oitavo ano. — É algo que algumas mulheres muçulmanas usam — falei, rezando para que Nidhi ficasse no banheiro, mas, naturalmente, ela escolheu aquele exato momento para voltar ao quarto.

— Olha, está tarde e estou ficando muito cansada.

Lauren olhou para Nidhi como se ela fosse lixo:

— Olha, Niti — disse ela, pronunciando o nome errado —, sem querer ofender, mas você está criando muito caso por causa disso. Por que você não relaxa um pouco? Ou você estava no banheiro prendendo uma bomba ao seu corpo?

Todos riram. Todos menos eu. Eu morri.

— O que você disse? — perguntou Nidhi, sua voz tremendo de raiva.

Lauren sorriu:

— Você me ouviu. Só quero dizer que você precisa relaxar um pouco. Não precisa ser tão irritante.

Nidhi pegou seu travesseiro e andou em direção à porta:

— Vocês todos façam o que precisarem fazer. Estou fora.

Bateu a porta com força.

— Que se dane — disse Lauren com toda sua arrogância.

— Aquela garota precisa voltar para qualquer que seja o lugar de onde tenha vindo — falou Jackson, rindo.

— Vou atrás dela para ver se está tudo bem — falei. Podia sentir Lauren fazendo uma expressão de tédio e rindo de mim, enquanto eu saía do quarto.

Procurei desesperadamente por Nidhi, porque queria que ela soubesse que eu não concordava com nada do que tinha acabado de acontecer naquele quarto. Mas ela não estava em nenhum lugar em que pudesse achá-la. Depois de dez minutos procurando por corredores e lances de escada, desisti e voltei para o quarto.

Quando abri a porta, percebi que as coisas estavam a caminho de ficar séria e dolorosamente constrangedoras. Ally e Jackson estavam atracados; Lauren e Haines também estavam indo naquela direção. E então sobramos Tucker —

que estava sentado na cama mais próxima à porta, vendo TV e mandando mensagem pelo telefone — e eu. A essa altura, eu já tinha beijado garotos, mas nunca tinha ido mais fundo com ninguém, principalmente com alguém do segundo grau e tão bonito quanto Tucker. Então eu estava diante de uma questão muito difícil: será que realmente ia me atracar com alguém pela primeira vez na minha vida enquanto minhas outras duas amigas faziam a mesma coisa no mesmo quarto?

Tucker perguntou baixinho:

— Ela está bem?

— Não sei. Não consegui encontrá-la — respondi, muito nervosa para encará-lo.

— Bem, quando você a vir, diga a ela para não levar Haines e Jackson a sério. Não era a intenção deles.

Talvez fosse o sotaque dele, mas ele parecia sincero.

— Obrigada — falei, me concentrando na estampa do edredom.

Enquanto eu falava, o rosto dele parecia estar chegando mais perto do meu.

— Isso é incrível. Você fez isso? — Eu disse bruscamente, apontando para um desenho em sua calça jeans.

— Sim, desenho bastante. Você quer que eu desenhe algo para você?

Ele esticou o braço ao meu redor, pegou uma caneta na gaveta e pegou meu braço. Apesar de mal conseguir respirar enquanto a imagem de um dragão se formava na minha pele, me lembro de uma coisa com nitidez. Decidi ali e naquele momento que ia ficar com ele mesmo que houvesse mil pessoas no quarto.

Mas então escutamos uma batida na porta.

— Meninas, aqui é a Srta. Morefield. Vocês podem abrir a porta, por favor?

Lauren sussurrou:

— Merda! A Nidhi é uma piranha mesmo!

Todos os três garotos pularam.

Haines sussurrou:

— Fala sério! Como saímos daqui?

Enquanto Tucker corria para se esconder no boxe e Jackson se escondia debaixo da cama, Haines abriu a janela, mas mudou de ideia e acabou se escondendo no armário.

Levantei da cama e abri a porta para ver meu maior pesadelo na forma da Srta. Morefield, que estava vestindo um conjunto de calça e casaco de moletom azul-marinho. Seus olhos castanho-escuros vasculharam o quarto e então lentamente pararam sobre cada uma de nós.

— Onde estão as meninas que deveriam estar nesse quarto?

Lauren falou por nós:

— Nós trocamos. Foi um lance de última hora, porque não estávamos cansadas e as outras garotas estavam, então achamos que seria mais fácil dessa forma.

— Quanta consideração, Lauren — disse a Srta. Morefield de maneira sarcástica, enquanto seus olhos percorriam o quarto. — Existe alguma possibilidade de vocês terem trazido garotos para cá? — perguntou ela, olhando para mim.

Lauren respondeu por mim:

— Acho que foi a TV.

— Então você não vai se importar se eu der uma olhada no seu quarto, não é?

Tudo em que eu conseguia pensar era por que ela não podia ter esperado apenas mais 15 minutos antes de arruinar minha noite. Mas aquilo não importava. Ela foi direto para o banheiro, abriu a cortina do chuveiro e encontrou Tucker.

— Oi! — disse a Srta. Morefield, como se tivesse encontrado um velho amigo. — Acho que não conheço você! Você não estuda na Escola Ben Franklin.

Os olhos de Tucker se esbugalharam:

— Escola fundamental? Você falou escola fundamental? Em que série elas estão?

A Srta. Morefield respondeu ainda mais animadamente:

— Essas garotas? Nono ano. Você não sabia disso?

Doze horas depois, encontramos nossos pais no aeroporto. Os pais de Ally e Lauren as abraçaram como se elas tivessem sofrido alguma grande tragédia e não conseguiam parar de falar que a escola estava exagerando. A ideia dos meus pais de me receber de volta em casa se limitou a me encarar. Qual foi o castigo de Ally e Lauren? Seus pais acharam que elas já tinham sido punidas o suficiente por terem sido obrigadas a voltar para casa antes do fim da viagem. Ah, tem mais, o pai de Lauren deu a ela um iPhone, porque queria ter certeza de que, se ela alguma vez estivesse em uma situação "ruim" com garotos novamente, ela poderia ligar ou mandar um e-mail para ele.

Qual foi o meu castigo? Tive que ser a escrava da minha mãe e trabalhar até juntar o equivalente ao dinheiro que meus pais gastaram com a viagem.

E então as coisas saíram seriamente de controle. Em questão de dias, Lauren e Ally tinham convencido a escola inteira de que Nidhi era uma delatora. Então deixaram mensagens de voz anônimas (bloquearam a identificação do telefone) e mandaram e-mails (com um nome falso) a chamando de terrorista gorda, cabeluda e horrível. Depois dos e-mails, não consegui mais aguentar.

CHealeyPepper324: vc não acha que os e-mails são um pouco grosseiros?

SweetNLo: pq? vc não achava isso quando ligamos para ela. vc estava rindo tanto quanto nós!!!!!!!!!

CHealeyPepper324: só acho que vcs já deixaram bem claro o que queriam dizer.

SweetNLo: aquela garota tem de aprender uma lição. se ela não tivesse contado para a Srta. morefield, nada disso estaria acontecendo.

CHealeyPepper324: mas vc não sabe se foi ela que fez isso.

SweetNLo: não seja idiota. vc sabe que foi ela.

CHealeyPepper324: só não acho que isso seja necessário.

SweetNLo: c, pare de reclamar. foi tooootalmente necessário. vc sabe que nós estamos certas.

CHealeyPepper324: certo. tenho de ir.

Todo aquele tempo eu sabia que devia tê-las confrontado. Ficava pensando na coisa perfeita para dizer que pudesse fazer Lauren finalmente se calar ou parar de agir daquela forma. Mas não conseguia descobrir. Ficava olhando para o teto do meu quarto imaginando quando tinha me tornado alguém que tinha tanto medo de enfrentar as pessoas. Eu sabia que nem sempre tinha sido assim. Se a pessoa que eu era aos 10 anos pudesse me ver, ficaria completamente indignada.

Uma semana depois as coisas ficaram ainda piores.

— Carlota, necesitas reportar a la oficina, por favor.

Acordei do meu transe de conjugar o verbo estar na aula de espanhol da señora Fletcher.

Meu cérebro se recusava a entender o que eu estava escutando.

— Carlota, necesitas reportar a la oficina inmediatamente, por favor.

— O quê? — perguntei, saindo do meu estado de estupor.

A señora Fletcher desistiu de mim:

— Charlie, por favor, vá até a sala do diretor.

Mesmo completamente inocente (ou, como no meu caso, não tenha ideia do que fez), você fica desesperado quando é chamado à sala do diretor. E, claro, todo mundo olha para você, enquanto você bota seus livros na mochila, imaginando todos os seus crimes. Andei até a sala, meus sapatos lentamente se arrastando no chão, tentando pensar em qualquer coisa que eu pudesse ter feito de errado, quando encontrei com Lauren indo na mesma direção.

— Charlie, você falou para alguém do lance da Nidhi? — perguntou ela, com pressa.

— Do que você está falando?

— Não seja idiota! — disse ela, com raiva.

Demos alguns passos em silêncio, mas eu podia ver Lauren tramando algo.

— Isso tem que ser sobre alguma outra coisa. Mas se estivermos em apuros, temos que estar preparadas... Certo, Charlie, você não pode parecer culpada quando entrarmos lá.

— Mas eu não fiz nada!

Lauren apenas me olhou com tédio e continuou andando. Chegamos ao hall da sala e Ally já estava esperando, com as mãos debaixo da bunda, olhando fixamente para a frente. Então fomos conduzidas até o diretor.

O Sr. Moossy estava na cabeceira de uma enorme mesa de conferências em seu escritório, sentado ao lado da Srta. Morefield *e de todos os nossos pais.*

— Chamei vocês aqui porque temos um problema nessa escola que precisamos consertar. Senhoritas, alguma de vocês sabe do que estou falando? — perguntou o Sr. Moossy.

Eu não conseguia falar e, definitivamente, não conseguia olhar para meus pais.

— Acabei de terminar minha explicação para os pais de vocês sobre os vídeos e as mensagens de voz ameaçadores enviados por vocês a outra aluna desta escola. E sabemos que muitos deles são de natureza racista.

— Da minha parte, acho muito difícil acreditar nisso. Não criamos a Allison para ser racista e nunca tivemos uma reclamação desta escola. Então se vocês vão acusar essas meninas de algo tão sério, imagino que tenham provas para apoiá-los — disse o Sr. Simpson, de forma arrogante.

— Bem, em casos como esse, trabalhamos com a companhia telefônica para obter uma cópia das mensagens de voz. Eu as tenho aqui, se os senhores quiserem escutar — disse o Sr. Moossy gravemente.

— Eu não fiz isso — sussurrei para minha mãe, enquanto as lágrimas rolavam incontrolavelmente pelo meu rosto.

— Não finja que você não sabia o que estava acontecendo — disse Lauren, com raiva.

Fiquei muda de tanto ódio.

Cinco minutos depois, deixamos a sala do Sr. Moossy com uma suspensão de dois dias e uma anotação sobre o que tínhamos feito no nosso histórico escolar. Ah, e fui expulsa do jornal pelo resto do ano.

Meus pais não ficaram nem um pouco satisfeitos.

Seis semanas depois, fui chamada à sala do diretor mais uma vez. Enquanto esperava do lado de fora, fiquei aterrorizada com a possibilidade de ter feito mais alguma coisa errada, mas não conseguia me lembrar do que tinha sido. Quase morri quando vi a Srta. Morefield sentada ao lado do Sr. Moossy.

O Sr. Moossy fez um gesto para que eu me sentasse.

Continuei em pé. Meus pés não conseguiam se mover.

— Charlie, sente-se. Como vão as coisas? — perguntou ele, como se eu simplesmente estivesse passando pela sua sala e tivesse decidido entrar.

Odeio quando os adultos fazem joguinhos com você. Forcei meus pés a se moverem até a mesa e tentei manter minha voz firme:

— Estou bem.

Ele recostou em sua cadeira:

— Existe algo sobre o qual a Srta. Morefield e eu queremos conversar com você — disse ele.

Mais uma vez fiquei pensando desesperadamente sobre o que eu podia ter feito. Nada vinha à minha mente.

O Sr. Moossy continuou:

— Deixe-me ir direto ao assunto. Você se lembra da última vez que esteve aqui?

Não, esqueci completamente de como me falou que eu era uma grande decepção para você.

Olhei para a mesa.

— Sim — murmurei.

— Bem, estamos muito felizes com as mudanças que vimos em você. Sabemos que foi difícil perder seu lugar no jornal, mas você se responsabilizou pelos seus atos. Esse era o tipo de comportamento que estávamos esperando, Charlotte — disse a Srta. Morefield.

Soltei o ar e olhei para eles pela primeira vez desde que entrei na sala.

Ela se inclinou para a frente:

— Charlie, você não está aqui porque está encrencada. Nós gostaríamos de falar com você sobre uma oportunidade.

O Sr. Moody me entregou um folheto sobre um programa especial em Harmony Falls — a escola de segundo grau na cidade ao lado. A Srta. Morefield sorriu para mim:

— Todo ano Harmony Falls recebe alguns alunos extraordinários de escolas do ensino fundamental de fora da sua jurisdição. Nós a indicamos como candidata.

Uma forma de fugir da minha rejeição e do meu pesadelo social tinha acabado de cair no meu colo.

— Muito obrigada! Vou preencher o formulário esta noite. — E saí correndo da sala.

Esperei até o jantar para contar aos meus pais. Tive de explicar para eles umas 15 vezes antes de acreditarem. Ao contrário de dois meses antes, quando estavam prestes a me deserdar, meus pais ficaram tão orgulhosos de mim que por mais ou menos uma semana não havia nada que eu fizesse que fosse errado. Dezoito dias depois, um envelope chegou com a correspondência. Era fino, de um jeito "obrigado pelo interesse, mas estamos rejeitando seu pedido" de ser.

Não queria nem um pouco abrir aquilo, mas sabia que tinha que acabar logo com o sofrimento.

Cara Charlotte,
Estamos felizes de informá-la sobre sua aprovação em Harmony Falls! Acreditamos que você vá fazer contribuições extraordinárias para nossa comunidade e estamos ansiosos para tê-la entre nós. Em algumas semanas você receberá informações sobre sua orientação do primeiro ano e outras atividades incríveis...

Quem se importava com o resto? Só sei que eu não. Estava prestes a deixar Lauren e Ally e toda aquela confusão com a Nidhi para trás.

Quer dizer, até Nidhi entrar naquela sala.

CAPÍTULO 8

VER NIDHI NOVAMENTE FOI, PARA DIZER O MÍNIMO, UM CHOQUE. Meu plano básico de evitá-la pelo resto da minha vida tinha acabado de falhar miseravelmente.

Nidhi olhou para mim como se também não conseguisse acreditar que eu estava ali:

— Oi, Charlie...

Ashleigh se aproximou de nós:

— Vocês se conhecem? — perguntou ela animadamente.

— Nós duas estudamos na Franklin no ano passado... Trabalhamos no jornal juntas — disse Nidhi, sem esboçar nenhuma reação.

— Certo, pessoal, temos dois novos rostos aqui, então vamos começar com as apresentações. Raj, você pode ser o primeiro, e então damos a volta na mesa — disse a Srta. McBride.

— Eu sou o Raj — disse um rapaz indiano bonito de cabelo preto, que amassou um pedaço de papel e o jogou em um arco perfeito sobre a cabeça de Gwo, acertando a lata de lixo. — Sou o repórter esportivo. E apesar de saber que ninguém vai se interessar, estou precisando muito de ajuda aqui. O calendário do outono está completamente abarrotado. Entre o time principal e o segundo time, são 63 jogos, logo, não há como eu cobrir tudo. Então, se alguém estiver interessado em me ajudar, é só falar comigo depois da reunião.

Ashleigh sorriu para mim e Nidhi, novamente com a Coca Diet na mão, e disse:

— Vocês podem me pular, nós já nos conhecemos.

— Josh, editor. Resenhas de filmes e livros.

— Tony, estou no segundo ano, editor de negócios — disse um garoto sardento de cabelo castanho que estava sendo engolido por uma enorme jaqueta do time de luta livre de Harmony Falls.

A porta se abriu e um rapaz bem alto e magro com cabelo muito preto na altura dos ombros entrou, vestindo uma camiseta dos Ramones sobre uma camisa branca de manga comprida, calça jeans preta e tênis All Star vermelhos:

— Achei que a reunião começava às 4 — murmurou ele.

Ashleigh deu um sorriso amarelo:

— Owen, foi por isso que mandei vinte e-mails para você hoje.

— Por que você não se apresenta aos calouros? — disse Josh a Owen.

— Sou Owen. Faço os editoriais — disse ele, como se não se importasse com aquilo, e dobrou uma perna comprida debaixo de si mesmo, ao se sentar em um banco.

— Owen, você vai cobrir as eleições estudantis novamente este ano? — perguntou Josh.

— Elas vão ser menos patéticas? — perguntou ele, tirando o cabelo do rosto.

— Você tem que ser tão negativo o tempo todo, Owen? Os candidatos desse ano não são tão ruins — disse Ashleigh.

— Você viu os cartazes? Estou prestes a desistir da democracia de uma vez por todas.

— Apenas nos diga se você quer fazer, porque vou fazer se você não fizer — disse Ashleigh.

Owen se contorceu e passou as duas mãos no cabelo:

— Deus, por favor, me poupe. Eu faço. Só espero que os discursos sejam melhores este ano. Ano passado foi uma piada.

— Owen, realmente não sei onde estaríamos sem você como a luz que nos guia — disse Gwo.

A Srta. McBride deu um largo sorriso:

— Bom, dá para ver que todos sentimos falta uns dos outros durante o verão. Sem querer adiar o começo das atividades individuais, só quero dizer que tenho certeza de que vocês vão fazer um trabalho espetacular este ano. Nidhi e Charlie, a maior parte do meu trabalho é passar por aqui de vez em quando, mas sintam-se à vontade para vir até mim se precisarem de algo.

Ashleigh estava entusiasmada:

— Vai ser ótimo! Com um pouco de sorte, vamos dar uma sacudida nas coisas este ano. Então, lembrem-se, o prazo para os textos é às terças-feiras. Nidhi e Charlie, vamos descobrir o melhor lugar para encaixá-las. Enquanto isso, vocês podem organizar as edições do ano passado. Certo?

Nidhi e eu balançamos a cabeça, o retrato da conformidade de um calouro.

*

Mais tarde naquela noite, depois do jantar, esperei até meus pais estarem no andar de baixo vendo TV, então bati na porta do quarto de Luke.

— Posso entrar? — perguntei.

— Como quiser — disse Luke mecanicamente, enquanto jogava seu jogo de combate aéreo no computador.

— Então, tive uma surpresa interessante na escola hoje — falei, me jogando sobre a cama.

— A-hã — disse ele, sem escutar.

— Luke, preciso que você preste atenção.

— Tudo bem, tudo bem — disse ele, finalmente se virando. Colocou os pés sobre a cama, ao meu lado.

— Luke, você está me matando. Você tem de afastar essas coisas de mim — falei, com dificuldade.

— Você está na minha cama, no meu quarto e esses são os meus pés.

— Juro que vou vomitar. E não vai ser nada agradável, porque me enchi de Oreos e batata frita a tarde toda.

Luke balançou a cabeça:

— Já está comendo para esquecer? Achei que você tinha muita autoestima para isso. Vou até o quarto da mamãe e do papai para ver se eles têm um livro pra ajudar você.

— Será que você conseguiria ser mais irritante?

— Então por que você veio até o meu quarto para me perturbar?

Desisti e me afastei dos pés de meu irmão.

— Certo, você nunca vai acreditar nisso, mas a Nidhi está estudando em Harmony Falls.

Luke soltou um riso maldoso:

— Uau... que droga!

— Eu sei. E ela quer fazer parte do jornal também — grunhi. — O que vou fazer agora?

— Como assim? Apenas lide com isso.

— Luke, você não acha que é um pouco constrangedor? E se ela contar às pessoas o que aconteceu? Eles nunca vão me deixar escrever para o *Prowler*... Talvez eu devesse sair do jornal — disse, me levantando e andando de um lado para o outro do quarto. — Acho que posso escrever para o jornal literário. Ou talvez tentar algo totalmente diferente, como cross-country.

— Isso. Cross-country. Já consigo ver — disse Luke, zombando.

— Fico feliz que isso seja tão engraçado para você, mas minha vida está acabada!

Levantou as mãos e recostou na cadeira, os olhos verdes muito felizes por ele poder fazer piada a meu respeito:

— Qual é, Charlie? A ideia de você fazendo cross-country é muito engraçada. Você nunca correu mais de um quilômetro na sua vida. — Ele riu.

— E então?

— Você não acha que está sendo um pouco dramática? Nidhi provavelmente não tem interesse em falar desse assunto, assim como você.

Balancei a cabeça.

— Luke, você não é uma garota, então não consegue entender. Garotas nunca, mas nunca mesmo, perdoam de verdade as outras por nada. Mesmo que digam que perdoam, não é verdade.

— Se eu não consigo entender, Charlie, então por que você está pedindo meu conselho?

— Sei lá. Porque sou louca, talvez.

— Não, você veio falar comigo, porque sabe que estou certo.

Sentei novamente na cama e coloquei as mãos sobre meus olhos:

— Realmente achei que tinha deixado isso tudo para trás.

Luke rodopiou em sua cadeira, se virando para a tela do computador, e começou a jogar novamente.

— Apenas encare os fatos e fale com ela. Não é esse bicho de sete cabeças todo também.

— Ótimo. Obrigada por ser completamente inútil.

— Disponha — respondeu ele, enquanto eu voltava ao meu quarto. É claro que eu sabia que aquela era a coisa certa a se fazer, mas é mais fácil confrontar pessoas imaginárias em um videogame do que fazer o mesmo na vida real.

Dois dias depois, estava fazendo dever de casa na biblioteca durante um período livre, quando vi Nidhi sentada em frente a um computador do outro lado da sala. Tentei me convencer de que vê-la era um bom sinal e que agora eu tinha que me forçar a fazer a coisa certa. Mas, para falar a verdade, se não quisesse tanto trabalhar no *Prowler*, eu teria fugido.

— Ei, Nidhi. Posso me sentar aqui?

— Claro — disse ela, indiferente. Seus olhos permaneceram no monitor.

Deixei minha mochila no chão e me sentei em frente a ela.

— Humm... podemos conversar por um segundo?

Seus olhos deixaram a tela e encontraram os meus.

Meu coração disparou. O nó na minha garganta era do tamanho de uma bola de basquete.

— Bem... sei que as coisas ficaram muito ruins entre nós no ano passado. Na verdade mudei de escola pra poder deixar tudo aquilo para trás. Então... encontrar você foi... estranho.

Os olhos castanhos de Nidhi passearam ao redor da sala e depois voltaram a mim:

— Charlie, não vou mentir pra você. Também não fiquei extremamente feliz de vê-la naquela sala.

Puxei o ar com força:

— Vou tentar ficar fora do seu caminho o máximo possível. Até desisto do jornal se você quiser.

Ela recostou em sua cadeira:

— Obrigada pela oferta, mas isso é meio idiota, você não acha? Nós duas realmente queremos trabalhar no *Prowler*. — Ela fez uma pausa. — Só preciso dizer uma coisa a você.

— Tudo bem, claro — falei.

— Ano passado eu nunca tive a chance de te dizer como foi aquilo para mim.

— Pode falar — gaguejei, morrendo de medo do que ela estava prestes a dizer.

— Então, quando estávamos trabalhando no *Town Crier*, achei que você era minha amiga. Não uma das minhas amigas mais próximas, mas eu realmente gostava de trabalhar com você. E nunca achei que você fosse ficar olhando sem fazer nada enquanto suas amigas estavam sendo tão incrivelmente malvadas.

Lentamente as palavras saíram da minha boca:

— Nidhi... só quero dizer que sinto muito... por tudo. Eu devia ter defendido você no hotel e impedido que Lauren e Ally fizessem tudo o que fizeram depois. Você não tem ideia de como me senti mal. Acho que a evitei porque estava envergonhada e não sabia como consertar aquilo.

Esperei ela falar alguma coisa para me fazer me sentir ainda pior.

— Era como se você fosse uma pessoa completamente diferente perto delas... foi muito difícil, Charlie. Conviver com aquelas meninas foi um pesadelo. Você não tem ideia. Não quis ir para a escola por muito tempo depois daquilo. Meus pais pensaram em se mudar ou me mandar para a Índia para morar com meus avós. Tudo em que eu pensava era por quê? Não fiz nada a não ser sair daquele quarto, então por que essas garotas ficaram tão obcecadas com a ideia de fazer com que eu me sentisse horrível? O que dá a elas o direito de fazer as coisas que fizeram comigo?

— Desculpa. Queria que houvesse uma forma de voltar atrás. Quero dizer, sei que não existe como, mas realmente sinto muito.

Ela fixou o olhar atrás de mim, mas não disse nada por vários segundos constrangedores:

— Obrigada por isso — disse Nidhi, tornando a olhar para mim.

— Por isso, o quê? — perguntei.

— Por se desculpar e por ser sincera.

— Não há de quê. — Soltei o ar, aliviada.

Esperei mais alguns momentos, reunindo minha coragem:

— Então, Nidhi, será que, talvez, você gostaria de escrever algo comigo?

— Talvez — disse ela, com olhos ainda cheios de dúvida.

Certo, não foi como se ela tivesse me abraçado e dito que tudo estava perdoado, mas ela não queria me matar, e isso já era um bom começo.

— Vou entender perfeitamente se você não quiser... — falei.

— Bem... o que você tem em mente?

CAPÍTULO 9

UMA SEMANA DEPOIS AS COISAS ESTAVAM INDO BEM. NIDHI E eu tínhamos estabelecido uma trégua. Nada muito excitante estava acontecendo com Tyler, mas ele não tinha pedido seu casaco de volta e nós estávamos sempre nos falando antes e depois da aula do Sr. Jaquette. É claro que Sydney adorava me provocar por causa dele, mas ela nunca fazia nada na frente do garoto. Então, de uma forma geral, as coisas não estavam um saco.

Na nossa reunião seguinte do *Prowler*, Nidhi e eu tínhamos tido uma ideia. Desde que o ano letivo começou, as pessoas estavam obcecadas com a Semana do Espírito. Então Nidhi e eu queríamos descobrir o máximo que pudéssemos e cobrir o evento para os calouros.

— Ei, Josh, podemos conversar sobre uma coisa? — perguntou Nidhi, nervosa, alguns segundos depois de nós passarmos pela porta do *Prowler*.

— Exatamente as pessoas que eu queria ver! Andei pensando na melhor forma de explorar vocês. Agora estou em dúvida entre fazê-las pegar as cópias impressas com o Owen ou fazer de vocês duas as assistentes oficiais da Ashleigh.

Meu coração afundou:

— Ótimo — falei, desanimada.

— Certo — disse Nidhi, também sem entusiasmo.

Josh fez uma expressão de tédio:

— Na verdade, tive uma ideia brilhante, que vocês duas não merecem, mas vou dar a vocês assim mesmo...

Nenhuma de nós falou nada, ficamos apenas esperando.

— Certo, o que vocês acham de escrever uma coluna de vez em quando? Para os calouros, feita por calouros?

— O quê? — dissemos as duas simultaneamente.

— Precisamos de novas seções e algo assim nunca foi feito. Mas vocês não podem bobear. Vão fazer isso uma vez por trimestre e vão falar comigo antes se tiverem algum problema ou alguma dúvida.

Os olhos de Nidhi se arregalaram:

— Muito obrigada! Isso é maravilhoso!

Balancei a cabeça, concordando:

— Prometo que vamos fazer um bom trabalho!

De repente escutei a voz de Gwo vindo de trás de mim:

— Vocês vão ter que escolher um nome.

Ele estava no canto, desenhando, o tempo todo.

— Sem problema — disse Nidhi, como se ela já tivesse uma centena de possibilidades em mente. — Charlie e eu vamos pensar em algo neste momento.

— Só não façam algo que vá me envergonhar. Quero que isso seja uma coisa boa, em que vocês mostram a visão dos calouros sobre as coisas. Por que vocês não começam pensando no nome e nos primeiros assuntos que gostariam de abordar?

Vamos contar à equipe na reunião e, se vocês tiverem ideias até lá, podem compartilhá-las conosco — disse Josh.

Nidhi e eu nos levantamos e fomos até uma das mesas no canto da sala, nos sentamos e ficamos olhando uma para a outra. Esse era o momento da verdade. Será que realmente poderíamos deixar o ano passado para trás?

Comecei, meio sem jeito:

— Não acredito que o Josh vai nos deixar fazer isso!

— Eu sei — sussurrou Nidhi —, mas agora estou morrendo de medo de a gente pisar na bola!

— Claro que não vamos. Nós podemos fazer isso, com certeza — falei, apertando a mola da caneta sem parar.

Nidhi olhou para seu bloco de anotações e murmurou:

— Sim, mas agora já não tenho tanta certeza.

— Não se preocupe com isso. E se nós pisarmos na bola, eu levo a culpa. É o mínimo que posso fazer.

— Faz sentido — disse Nidhi, balançando a cabeça.

E depois daquilo, parecia realmente que estávamos bem. Na hora em que Josh começou a reunião de equipe, Nidhi e eu já tínhamos concordado a respeito de um nome e tínhamos decidido que íamos dar a ideia da Semana do Espírito para a primeira coluna.

Enquanto estávamos sentadas em volta daquela mesa escutando como andavam as matérias de todos, eu não aguentava mais esperar até que chegasse a nossa vez.

Finalmente, Josh disse:

— Como vocês todos sabem, quero incluir algumas novas seções ao jornal este ano, então decidi deixar Nidhi e Charlie escreverem uma coluna voltada para os calouros.

A cabeça de Ashleigh se levantou repentinamente:

— Elas vão ter uma coluna só delas?

— Esse é o plano inicial. Vamos ter de ver como vai funcionar.

— Qual é a periodicidade? — perguntou ela, muito séria.

Josh sorriu.

— Não tenho certeza. Estava pensando em uma vez por trimestre para começar. Nada que Charlie e Nidhi não aguentem.

— Sem querer ofender, mas e se elas não fizerem um bom trabalho? Isso vai apenas me dar mais um monte de serviço. — Ela olhou para mim e Nidhi, com um sorriso amarelo. — Quer dizer, sem ofensa, mas é verdade. O texto de vocês é bom, mas ainda precisa de muitos ajustes.

— Calma, Ash, eu li textos delas. Elas vão se sair bem. E isso é apenas um teste. Se elas mandarem mal, nós acabamos com a coluna.

— Mas o que aconteceu com a prioridade dos alunos mais avançados? — perguntou Ashleigh, indignada.

Owen resmungou:

— Ashleigh, pense nisso. Uma coluna de calouros não pode ser baseada em prioridades deste tipo. Os únicos alunos que podem escrevê-la são os calouros.

— Obrigada, Owen. Entendi — disse Asleigh sarcasticamente. — Não sou idiota.

Todos ao redor da mesa viram Owen bufar, sem paciência.

— Nós já temos o nome. Queremos chamá-la de "Primeiras Impressões" — disse Nidhi, animada.

Gwo balançou a cabeça:

— Nada mal. Podia ser pior. Sobre o que vocês querem escrever?

Olhei para Nidhi para ver se eu deveria responder e ela acenou com a cabeça:

— Sobre a Semana do Espírito — falei com cuidado.

— A Semana do Espírito? — perguntou Owen, revoltado. Tive a clara impressão de que não poderíamos ter dito nada pior.

— Sim — falei, hesitante. — Não vai ser apenas a programação dos eventos. Nós vamos nos inserir nas atividades o máximo possível e então escrever sobre essa experiência.

Owen estava batendo com seu lápis na mesa:

— Certo, é uma boa ideia. Mas, por favor, digam que vocês também vão entrevistar pessoas que desprezam essa coisa toda. Ou vocês vão apenas entrevistar as que caem nesse tipo de besteira?

Nidhi e eu nos olhamos:

— É claro que vamos conversar com os dois lados — falei.

— É só que todos os alunos mais velhos falam disso o tempo todo e achamos que os calouros não têm ideia do que é — disse Nidhi.

— Owen, você poderia nos colocar em contato com pessoas como essas sobre quem você está falando? — perguntei. — Dessa forma, podemos ter certeza de que vamos ouvir o outro lado.

— Acho que sim — disse Owen, que estava desenhando no papel à sua frente.

— Ashleigh, você devia combinar para elas conversarem com o Matt — sugeriu Gwo.

— Bem... ele seria perfeito para isso. Mas não tenho ideia de quando vai estar por aqui — disse Ashleigh.

— Apenas ligue para ele e diga que duas meninas do primeiro ano querem dar atenção a ele. Ele vai chegar em um segundo — disse Owen.

— Muito engraçado, Owen — disse Ashleigh, de forma rude.

— Não sabia que eu estava fazendo uma piada.

— Muito bem, vocês dois, acalmem-se — disse Josh, interrompendo-os. — E é uma boa ideia. Entre os amigos do Owen e o Matt, elas vão conseguir opiniões diferentes. E esse é o objetivo do jornalismo, não é, gente? — disse Josh.

Eu precisava me situar.

— Gwo, por que precisamos entrevistar esse tal de Matt? — perguntei, me sentando ao lado dele no sofá.

Gwo se ajeitou e olhou para o outro lado da sala. Ashleigh estava compenetrada, vendo algo no computador com a Srta. McBride.

— Matt é o namorado da Ashleigh. Ele é o típico atleta convencido e babaca do segundo grau. Joga principalmente lacrosse.

— O quê? Lacrosse? Não entendi. Os jogadores de lacrosse são tão ruins assim?

— Nem sempre, mas eles aqui definitivamente têm uma reputação de serem arrogantes e fazerem o que diabos quiserem. Muito pior que o time de futebol americano.

— Mas você é suspeito. Você é do time de futebol americano!

— Confie em mim. Lacrosse é pior. De qualquer forma, eles vão ter um técnico novo este ano, então vamos ver o que vai acontecer. Talvez ele melhore isso, mas também vai ter que enfrentar os pais dos jogadores e isso vai ser inútil. E eu pensei que os pais dos jogadores de futebol americano fossem loucos...

— Gwo, Gwo, você pode ir mais devagar? O que eles fazem que é tão horrível?

— Charlie, você está aqui há mais ou menos um mês, não é?

— E...?

— Você não percebeu que se você é bom em algo aqui, realmente bom, não precisa se submeter às regras?

— Humm... não. Não posso dizer que isso tenha sido um problema pra mim até agora.

— Bem, você vai perceber isso a qualquer momento. De qualquer forma, vocês realmente deveriam falar com o Matt, porque ele acredita totalmente em todo esse lance de tradição. E se vocês falarem com o Owen, ou qualquer um de seus amigos, vão conseguir a opinião das pessoas que odeiam tudo isso.

— Owen não parece gostar muito de ninguém — comentei.

— Não é verdade. Ele apenas acha que a maioria das pessoas são hipócritas irracionais. Mas ele realmente odeia o Matt e alguns outros caras do time de lacrosse.

— Por quê?

— Porque Owen jogou lacrosse no primeiro ano com Matt e alguma coisa aconteceu. Não me pergunte, porque não tenho muita certeza do que foi. E, na verdade, nem quero saber. A única coisa que sei é que Owen era muito bom e depois desistiu. Acho que ele até ficou no primeiro time, mesmo sendo calouro.

— Espera, estou confusa. É bom ficar no primeiro time para um aluno do primeiro ano — falei, preocupada. Não conseguia parar de pensar em Will, Tyler e Michael.

— Depende. É bom se você estiver disposto a fazer o que for necessário para ficar no time. Se não quiser, aí pode ser um pouco pesado.

— Mas o que você tem de fazer que seria tão horrível?

Ele deu de ombros:

— Vamos apenas dizer que, quando eu estava no primeiro ano, ficava o mínimo de tempo possível no vestiário.

— Mas você disse que o time de futebol americano é tranquilo.

— Comparado ao de lacrosse, é mesmo.

Um pouco mais tarde, um rapaz com cabelo louro espetado, pequenos olhos puxados e pele rosada entrou na sala.

Gwo se aproximou e sussurrou:

— Aí está o seu garoto.

— Nunca teria adivinhado — sussurrei de volta.

Olhei em volta da sala procurando por Owen, porque estava muito curiosa para ver seu olhar de sarcasmo direcionado a Matt. Mas, estranhamente, ele não estava por ali. Fiquei imaginando se tinha saído para evitá-lo.

— Ei, Ashleigh, apresente seu namorado a Charlie e a Nidhi, para elas poderem entrevistá-lo — disse Gwo.

— Do que ele está falando, gata? — perguntou Matt.

— Essas são as novas calouras. Elas querem escrever algo sobre a Semana do Espírito — disse Ashleigh alegremente, enquanto ele a abraçava por trás.

Nidhi e eu acenamos meio envergonhadas. Em um segundo, ele estava sentado à nossa frente com os braços abertos sobre as costas do sofá:

— Então, carne nova..., o que posso fazer por vocês?

Carne nova? Sério?

Ashleigh o seguia de perto, como se Nidhi e eu fôssemos tentar roubar seu namorado no segundo em que tivéssemos a oportunidade.

Nós duas ignoramos a saudação e pegamos nossos blocos. Nidhi se ajeitou na cadeira, com a caneta na mão. A imagem do jornalismo sério.

— Certo, eu sou Nidhi. Nossa coluna vai ser sobre a Semana do Espírito e nos falaram que você seria uma boa pessoa para entrevistar sobre o assunto.

— Para meninas gatas como vocês, com certeza. Faço tudo o que vocês quiserem — disse ele, sorrindo.

Dei um sorriso amarelo:

— Então, do que você gosta na Semana do Espírito? — perguntei, imaginando como uma pessoa se tornava tão incrivelmente arrogante. Honestamente, ele nem era tão bonito e não parecia muito inteligente, então como se convenceu do contrário?

Matt riu:

— Vamos ver... Tem as competições na hora do almoço. O campeonato de virar root-beer é o melhor. As pessoas competem para ver quem consegue beber meio litro de refrigerante mais rápido. O Sr. Wickam é sempre o juiz dessa competição. No ano passado, Wes Thompson vomitou pra todo lado. Foi clássico. Mas também tem a fogueira, os jogos que celebram a reunião dos ex-alunos, o baile. Tem um monte de coisa. É uma época em que a escola inteira se mobiliza.

— Qual é a sua principal lembrança do seu primeiro ano no colégio? — perguntou Nidhi.

Ele riu:

— Ai, caramba! O que eu me lembro melhor é dos alunos do terceiro ano acordando a gente às 4 da manhã para ajudá-los a pegar as toras de madeira para a fogueira. Mas também existiam todas aquelas pequenas tradições que os jogadores do último ano criavam.

— Como o quê? — perguntei.

— Ahhhh, não posso contar. Segredos do time.

Ele riu.

— O que você quer que os calouros saibam sobre a Semana do Espírito? — perguntei.

— Essa é fácil. Harmony Falls é uma escola excelente por causa de suas tradições. Eu sei que algumas pessoas, ao chegarem aqui, não entendem isso, mas elas precisam entender. Muitas pessoas reclamam desses valores no começo, mas então você se acostuma e, quando estiver nos dois últimos anos, vai ser a sua vez e você vai entender. Recentemente algumas pessoas quiseram mudar as coisas por aqui. Até ouvi falar que alguns pais querem que a gente pare de fazer o campeonato de virar root-beer, o que é uma ideia absurda. As pessoas precisam só se acalmar e não levar essas coisas tão a sério.

Para mim, pareceu que Matt deveria seguir o próprio conselho. Mas não falei aquilo. Nós apenas sorrimos, agradecemos e o devolvemos a Ashleigh.

— Nidhi — sussurrei, enquanto ele se afastava —, se eu acabar gostando de um cara assim, pode me dar um tiro.

CAPÍTULO 10

—**ESTA SALA CONTINUA EXATAMENTE A MESMA! VOCÊ AINDA** tem aquela mesa de totó — disse Will, enfiando bolo de chocolate na boca.

A família de Will tinha vindo jantar na minha casa. Nós tínhamos acabado de deixar nossos pais na sala de jantar e descemos até a sala de jogos.

— Quer jogar? — perguntou Luke.

— Claro, mas não jogo faz tempo.

— Está arrumando desculpa? — provoquei. — Já ganhei!

— Você acha realmente que tem alguma chance de ganhar de mim? — perguntou Will, cético.

— Will, será que tenho que lembrá-lo de que acabei com você na última vez? — falei, me jogando no sofá.

— Certo... tinha me esquecido. Nunca contei isso a você, mas sempre deixei você vencer.

— Não deixava nada, seu grande mentiroso!

— Ótimo, vamos jogar depois que eu jogar com o Luke. Mas não vou ter nenhuma piedade desta vez, apesar de você ser menina.

— Por que os garotos acham que são tão melhores que as meninas em tudo? É tão irritante! E você está errado, por falar nisso! — resmunguei.

Luke colocou a bola em jogo:

— Vocês podem parar de discutir? E, de qualquer forma, Will, você precisa me contar como minha irmã está se saindo na Estrela da Morte.

— Estrela da Morte?

— É como Luke chama Harmony Falls — falei, fazendo uma careta.

— Então, ela está fazendo alguma coisa totalmente ridícula de que eu precise saber? Já se juntou a algum culto secreto de Harmony Falls?

— Cultos? Nada que eu saiba. Mas ela fez amizade com uma menina muito gata, Charlie, como é o nome dela mesmo?

— Sydney? Por que, você gosta dela? — perguntei, meu coração pressionado contra meu peito. *Droga*, pensei. Não podia acreditar que não tinha previsto isso. Eu era amiga da garota que todos queriam.

— Não, quero dizer, ela é bonita, mas nem a conheço direito — disse Will.

— E daí? — perguntei.

— Charlie, ela é legal, mas eu mal conheço a garota. Ela apenas parece ser uma daquelas meninas que só saem com os alunos do último ano — disse Will, pegando a bola, que tinha voado para fora da mesa.

— Excelente. Talvez eu devesse conhecê-la — disse Luke, de brincadeira. — E Charlie? Já se atirou em cima de algum cara?

— Ah, meu Deus, Luke! Cala a boca!

A situação estava piorando a cada segundo.

Mesmo do sofá eu podia ver o sorriso maldoso no rosto de Will e soube que estava em apuros.

— Bem, Charlie apareceu no meu treino de futebol...

— E daí? Fui só para convidá-lo para jantar! — insisti.

— Isso foi o que eu achei, até perceber que ela ficou cheia de manchas vermelhas no pescoço quando falou com um amigo meu — disse Will, sorrindo.

Odeio isso em mim mesma. Sempre me entrega.

— Ahhh, que bonitinho! — Luke provocou.

— Você devia ter visto quando ele emprestou um casaco de moletom para ela. Achei que ela ia desmaiar — disse Will.

— Charles, sua primeira paixão do segundo grau! — falou Luke.

Ajeitei minha postura no sofá e joguei uma almofada em cada um, mas não consegui evitar o riso:

— Só para vocês saberem, odeio os dois agora! E não gosto do Tyler. Só estava com frio! E posso dizer quanta saudade eu senti de você, Will? — falei.

— Não, mas dá para perceber. Se você quiser meu moletom é só pedir emprestado.

— Você já pode parar agora, Will!

Luke riu e fez um gol em Will:

— Ganhei! Will, tenho que dizer, é bom tê-lo de volta. Você é a única pessoa além de mim que consegue irritá-la dessa forma. Olha, as orelhas dela estão ficando vermelhas!

— Oh, que maravilha! É tão bom que vocês possam ser tão bons amigos. Devo falar com as suas mães e marcar outro dia para vocês brincarem de novo? — perguntei.

— Claro! Mas vou pegar mais bolo — disse Luke, subindo a escada.

Uma coisa era sermos sarcásticos e zombar um do outro quando Luke estava lá, mas, assim que ele foi embora, a situação não poderia ter ficado mais constrangedora. Então, por dois minutos, Will e eu ficamos ali sentados, nos encarando, sozinhos pela primeira vez em três anos.

Will pegou a almofada e colocou nas suas costas:

— Então, você está mesmo a fim do Tyler?

Meu Deus, eu estava errada. Agora a situação estava muito mais constrangedora.

— Eu nem o conheço — respondi, me esquivando, pensando sobre o que ele falou sobre Sydney. Talvez ele gostasse da Sydney como eu gostava de Tyler. Deus, por favor, não deixe que isso seja verdade. Isso seria tão incrivelmente desconfortável.

— Você sabe, o pai do Tyler não é exatamente o que parece. Escutei ele falar umas coisas muito perturbadoras para o filho.

— Tipo o quê? — perguntei.

— Você se lembra de como meus pais levam esportes a sério?

Eu assenti.

— Bem, comparado ao Sr. Wickam, eles são fichinha. Um dia, depois do treino, escutei Wickam gritando com Tyler, o chamando de burro e fraco. Foi uma coisa completamente absurda.

— Isso é horrível! — falei, sentindo pena de Tyler. — E, além disso tudo, deve ser muito difícil ter o pai como diretor da escola.

— Eu consigo me identificar um pouco com isso. É sempre estranho quando as pessoas descobrem que meu pai é pastor.

Todos sempre esperam que você seja ou um puxa-saco ou um babaca metido.

— Como se você estivesse condenado a ser um extremo ou outro?

Ele balançou a cabeça.

— Qual dos dois é Tyler? — perguntei.

— Não vou contar — disse ele, rindo.

— Por que não?

— Código de honra dos garotos. Não podemos contar essas coisas pra uma menina.

— Mas eu não sou como uma menina de verdade.

— É sim! — disse ele, incrédulo.

— Não sou nada! Não com você, pelo menos!

As sobrancelhas de Will se levantaram.

— Que se dane. Não seja esquisita.

Por que tudo sobre essa situação era tão estranho? Decidi que eu estava imaginando aquilo tudo.

— Então, você sente falta das suas velhas amigas?

— Tipo quem? — perguntei, torcendo para ele não estar falando de quem eu estava pensando que estava.

— Não sei... tipo Lauren e Ally.

Odiei ouvi-lo dizer aqueles nomes, principalmente o de Lauren.

— Não mesmo. Nós meio que tomamos caminhos diferentes. No fim do ano passado nós já não estávamos realmente próximas. Eu estava empolgada escrevendo para o jornal e elas... bem, não estavam — falei, precisando mudar de assunto rápido. — Mas e você? Quando o vi pela primeira vez na orientação, não conseguia entender por que parecia conhecer tanta gente se tinha acabado de se mudar. Mas acho que o fato de você jogar futebol explica tudo.

— Um pouco. Não fui escolhido para o time principal até logo antes de as aulas começarem, mas tive que me apresentar para a pré-temporada.

— Sério? Então quando você voltou pra cá? — perguntei.

— Humm... não sei. Acho que umas duas semanas antes de as aulas começarem.

Bati nele com uma almofada:

— Por que não me ligou quando chegou? Você é ridículo!

— Sabia que ia ficar chateada! — disse ele, jogando a almofada de volta em mim.

— Não estou chateada!

— Está sim.

— Eu só ia ficar menos nervosa de ir para a escola.

— Por quê? Você parece estar se saindo bem. Tem um monte de amigos.

— Tenho? — perguntei, surpresa por ele ter falado isso.

Mas quando pensei em Sydney, Michael e até mesmo Nidhi, de certa forma, percebi que Will poderia estar certo.

Uma voz veio do andar de cima:

— Will! Está na hora de ir!

Will se levantou e espreguiçou:

— Vejo você na escola — disse ele.

— Sim, devíamos fazer alguma coisa qualquer hora dessas — sugeri, com as mãos nos bolsos de trás, e o segui para me despedir dos pais dele.

Mais tarde naquela noite, enquanto estava deitada, lendo *Rebecca* para minha aula de Inglês, meu telefone vibrou. Era uma mensagem de texto de Will:

> charlie, foi bom ver vc hoje. primeira vez que me senti realmente bem por ter voltado. até logo.

Fiquei olhando para a tela e pensei sobre isso. Não era cega. Tinha certeza de que várias garotas já gostavam de Will. Então minha mente pulou para Sydney. Será que ele gostava dela? O que eu tinha a ver com isso? Sydney não era Lauren. Mesmo se eles ficassem juntos, aquilo deveria ser bom, não deveria? Olhei para o teto. Estava sendo idiota. Não era como se eu gostasse do Will — não como eu gostava do Tyler, pelo menos. E o que Will falou sobre o pai de Tyler era assustador. Fiquei imaginando se Tyler alguma vez tinha falado sobre isso com alguém. No momento seguinte, Will evaporou da minha mente, enquanto eu imaginava Tyler se apaixonando por mim e me contando todos os seus problemas. E enquanto todos pensassem que ele era um cara maravilhoso, lindo e metido, eu seria a única a realmente conhecê-lo.

Devo ter ficado presa a esses pensamentos por dez minutos ou uma hora. Não tenho certeza, porque perdi completamente a noção do tempo. Me sacudi para sair daquele transe causado por Tyler, totalmente envergonhada, porque tinha acabado de ter uma típica fantasia de menininha. Botei a coberta sobre minha cabeça, tentando recuperar o respeito próprio. Era hora de dormir.

CAPÍTULO 11

— **CHARLIE, TYLER ACABOU DE PASSAR POR VOCÊ E VOCÊ NÃO** falou nada. Esse é um comportamento completamente inaceitável. E, por falar nisso, o que aconteceu com o moletom? Você já devolveu? — perguntou Sydney, abrindo seu armário. Dois livros caíram no chão e papéis se espalharam em volta de seus pés.

— Não, perguntei se queria o casaco de volta e ele me disse para ficar com ele.

— Viu, Tyler está totalmente a fim de você. Só é muito tímido para tomar a iniciativa. Muitos garotos são assim. Então... temos que tomar a iniciativa por ele.

— Existe alguma forma de você parar de me perturbar com isso? — perguntei, me encostando ao meu armário.

Ela fingiu pensar na pergunta:

— Humm... não. Sem chance. Já se passaram semanas desde que você o viu no campo de futebol e ainda não fez nada. Obviamente precisa de ajuda para empurrá-la para o caminho certo — disse Sydney.

— Certo. Como o quê? — perguntei, desejando ser tão confiante como ela. Porém, mais uma vez, é fácil ser confiante quando não é você que está colocando o seu na reta para ser humilhada.

Os olhos azuis de Sydney brilharam com animação:

— Isto é o que eu acho que nós devemos fazer. Como você e Will são amigos, devia falar com ele para convidar Tyler para sair com a gente este fim de semana. Vamos manter as coisas simples, tipo ir ao cinema e comer algo depois. E vamos convidar Michael do Aconselhamento também e sua amiga do jornal.

— O que é isso, um encontro triplo? — perguntei, de repente imaginando se queria Sydney e Will no mesmo lugar dessa forma. Talvez Sydney gostasse do Will. Talvez toda essa coisa de sairmos juntos fosse, na verdade, uma forma para Sydney se aproximar dele. Ou talvez eu estivesse tendo um ataque de paranoia. Por que essa coisa toda sobre Sydney e Will estava me confundindo tanto?

— Um encontro? Não... Isso seria estranho. Essa é só uma forma para conhecermos as pessoas melhor. E se você acabar ficando com o Tyler, é só um bônus — ela riu.

— Certo. Vou falar com o Will, mas só estou concordando porque sei que você não vai parar até conseguir o que quer — falei.

— Você é tão mentirosa, Charlie. Você quer muito fazer isso.

— Mas e se Will perceber o que estamos fazendo e não quiser se meter nessa história?

Ela me olhou incrédula:

— Charlie, ele é um garoto, então não vai ter a mínima ideia de nada. Você podia simplesmente contar para ele e, ainda assim, ele não entenderia. Apenas o convide. Não é nada demais.

— Eu sei, eu sei. Só estou estupidamente nervosa com isso tudo.

— É por isso que você precisa de mim para forçá-la a tomar atitudes. Além do mais, não tenho nada para fazer este fim de semana.

— Fico tão feliz de poder servir de entretenimento pra você — falei.

— Apenas espere, você vai me agradecer depois.

— Ótimo. Mas não vou fazer isso ao vivo na escola. Vou esperar até poder mandar mensagem pra ele à noite pela internet, assim evito qualquer possível momento constrangedor.

— Não me importa como você faça. Apenas resolva isso e me avise — disse Sydney, rindo.

CHealeyPepper324: e aí, como está tudo?

FCBarcafan18: tudo bem... acabei de voltar do treino. totalmente acabado.

CHealeyPepper324: tem jogo este fim de semana?

FCBarcafan18: sexta à noite. sábado estou de folga.

CHealeyPepper324: estou pensando em ir ao cinema. quer ir?

FCBarcafan18: talvez eu possa, mas preciso confirmar.

CHealeyPepper324: minhas amigas sydney e nidhi meio que querem ir também. você aguenta ir com três meninas?

Fiz uma pausa e então meus dedos voaram através das teclas:

ou se não aguentar, vc poderia levar algum amigo, como o michael ou o tyler.

FCBarcafan18: sim, talvez. vou ver.

CHealeyPepper324: não se preocupe se não der certo.

Olhei para as palavras. Será que tinha alcançado o equilíbrio perfeito entre "seria bom se acontecesse" e "tudo bem se não der certo" que eu estava tentando?

FCBarcafan18: claro, mas não vou me sentar ao seu lado se vc estiver planejando enfiar sua língua na goela dele.

CHealeyPepper324: cala a boca!!!

FCBarcafan18: não me importo com o que vc faça, contanto que eu não tenha que ver. vou falar com eles amanhã no treino.

Sydney estava errada. Garotos não eram completamente sem noção. Ou pelo menos Will não era. Mas acho que não importava — tinha conseguido concluir minha missão.

Foi só depois de planejar tudo com Will que percebi que tinha me colocado numa situação arriscada. Não estou me referindo a Will zombando de mim ou o que quer que pudesse acontecer com Tyler. E não estava preocupada com Michael também. Mas tinha uma preocupação séria com Nidhi. Tinha acabado de conseguir que ela parasse de me odiar.

Será que ela ia querer interagir comigo fora do ambiente de trabalho do *Prowler*?

Mas qual seria a maneira correta de agir nessa situação? Não era como se eu fosse pará-la no corredor e dizer "Você quer ser minha amiga?" Isso seria extremamente patético. Mas era um pouco ridículo ter tanto medo de fazer isso ao vivo. Peguei meu telefone. Sem dúvida. Pelo menos com uma mensagem de texto a pressão era menor e havia menos potencial para rejeição.

> quer ir ao cinema no sábado comigo e com algumas outras pessoas?

Tive que esperar até o almoço para receber a resposta.

> claro... só uma coisa...
> sim, o quê?
> nada de schwarzenegger.
> oh, meu deus... claro que não!!!!!!!!
> c, é brincadeira. não pude evitar.

Seis dias depois, nós seis chegamos ao multiplex de vinte salas ao mesmo tempo em que praticamente todos os outros jovens da nossa idade no estado.

— Mike, troque com Nidhi, Charlie ou Sydney! Não vou me sentar ao lado de um cara feio como você — disse Tyler, de pé no fim da nossa fileira, segurando sua pipoca e seu refrigerante.

— Mas vocês formam um casal tão lindo! — gritou Will da outra ponta.

— Cala a boca, Edwards. Se alguém tem esse tipo de tendência, é você, meu amigo.

— Eu troco — falei, dando de ombros como se não me importasse nem um pouco.

Quando caí na cadeira entre Michael e Tyler, notando o leve aroma de Axe novamente, me senti como se tivesse ganhado na loteria.

— Feliz? — perguntou Sydney, se inclinando para perto de mim e escondendo seu sorriso atrás de um copo enorme de Coca-Cola.

Nidhi e Sydney sabiam que eu estava tentando pensar em uma forma de me sentar ao lado de Tyler desde que entramos naquele cinema — sem que parecesse muito óbvio, claro. Tentei andar com ele para "ser obrigada" a ficar ao seu lado quando nos sentássemos, mas aquilo não funcionou quando ele correu para comprar comida. Se não gostasse tanto do garoto, teria batido nele por ser tão burro. Mas justamente quando já tinha desistido, a chance caiu no meu colo.

— Só estou tentando ajudar. — Soltei um risinho animado.

Ainda faltavam 15 minutos para o filme começar. Quinze minutos para ficar sentada ao lado de Tyler e fazer com que ele pensasse que sou a garota mais fascinante, bonita, sensual, não desesperada, bacana e inteligente que ele já tinha conhecido.

— Então, o que mais você faz na escola, além do futebol?

Claramente não era o início de conversa mais brilhante da história, mas eu precisava começar de alguma forma.

Ele deu de ombros:

— Tipo o quê?

— Sei lá. Estou trabalhando no jornal dos alunos. Coisas assim.

— Está falando do *Prowler*? — perguntou Tyler, cético. — Vou jogar lacrosse depois do futebol, mas você deve tomar cuidado se estiver andando com esse pessoal do jornal. Especialmente com, como é mesmo o nome do editor? Aquele cara é uma bicha.

— Quem, Josh? — perguntei.

— Isso, é esse o nome. Não me leve a mal, o cara pode fazer o que quiser, mesmo que seja nojento, mas ele não precisa desmunhecar tanto. O cara é tão boiola que solta purpurina por todo lugar que passa.

Antes que pudesse perceber o que estava fazendo, dei uma risada, mas então fiquei completamente irritada comigo mesma. Josh era um cara legal. Era inteligente e tinha me dado uma chance enorme. Por que diabos eu estava rindo daquilo?

— Ele teria tomado uma bela surra na semana passada de uns caras que conheço, mas aquele asiático grandão salvou a pele do amigo.

Uau — Tyler estava falando de Gwo. Aquilo era interessante. Bem mais interessante que a noção perturbadora de que Tyler estava mostrando indícios de ser um grande babaca. E ele não podia estar falando sério sobre Josh tomar uma surra. Mas quando você gosta de alguém e esse alguém também é lindo, você tende a não dar muita importância a exemplos claros de falhas de caráter.

— Então, como é ser um calouro no time de futebol? — perguntei, tentando voltar a um assunto seguro.

Antes que Tyler pudesse responder, uma jujuba cortou o ar e o acertou na cabeça.

Ele esticou o corpo para a frente e olhou para Will, mas Will estava totalmente compenetrado conversando com Nidhi.

Colocando a mão no bolso, Tyler pegou um Skittle — que particularmente detesto. Sou uma garota muito tradicional no que diz respeito a balas, mas estava disposta a deixar isso passar àquela altura.

Ele rapidamente jogou o Skittle em Will, mas errou. Acabou batendo na cadeira e desviando, acertando a pessoa logo atrás. Era uma infeliz que eu tinha visto mais cedo quando estávamos comprando os ingressos. Não que ela parecesse infeliz. O problema é que estava óbvio que ela estava num encontro com o homem ao lado dela, que estava vestindo uma calça jeans ofuscantemente branca e muito apertada, uma camisa florida para dentro da calça e uma corrente de ouro. E não me importa quem ele seja, aquele era um visual que ninguém deveria usar. Nunca.

Outro projétil de jujuba veio voando.

O olhar penetrante de ódio adulto me atingiu com tanta força que olhei em volta para ver se alguém mais do grupo sentiu o mesmo.

Nidhi estava tentando ignorar. Sydney nem estava percebendo, tentando descobrir as respostas para as perguntas do quiz que passava na tela.

Outro Skittle foi lançado, dessa vez numa combinação com um pedaço de bala de alcaçuz. Tentei não rir, mas os garotos estavam sendo tão idiotas que era engraçado. Pelo menos foi o que pensei, mas o casal não concordou. É por isso que adultos deviam simplesmente gravar os filmes na TV e ficar em casa.

— Ei... — O som veio de trás de nós.

Nenhum de nós prestou atenção. O homem da calça branca inclinou o corpo em nossa direção. Dava para sentir o cheiro da colônia.

— Ei... parem com isso! — latiu ele.

Mais uma vez, nenhum de nós deu atenção a ele. Todos nós ficamos olhando para a tela e tentamos não rir. Mas não tivemos sucesso.

— O quê? Vocês acham que isso é engraçado?

Michael se virou em sua cadeira:

— Olá, o senhor está falando com a gente? — perguntou ele, educadamente.

— Com quem mais eu poderia estar falando?

Michael sorriu:

— O senhor está totalmente certo. Minha senhora, por favor, aceite minhas desculpas. Meus amigos estão sendo totalmente, mas totalmente imaturos.

— Você está bancando o engraçadinho comigo? — resmungou o homem da calça branca, cruzando os braços.

— Não, senhor.

O homem da calça branca ficou olhando para Michael, tentando descobrir se ele estava fazendo piada ou não.

— Tudo bem, então, diga a seus amigos que eu entendo que eles queiram se divertir, mas eles precisam ter um pouco de respeito — rosnou o homem da calça branca.

Michael se virou para a frente novamente. Só então consegui ver um grande sorriso em seu rosto, enquanto arremessava uma jujuba na nossa direção rapidamente, para que o homem da calça branca não visse.

Não sei o que exatamente foi tão engraçado naquilo, mas caí na gargalhada e não consegui parar.

— Você vai sobreviver? — A mão de Tyler estava nas minhas costas. Agora eu não conseguia mais respirar.

— Claro — falei, tentando me controlar.

Meu telefone vibrou:

como está indo tudo aí?

Ótimo. Agora Will estava mandando mensagem de texto pra mim.

Inclinei meu corpo para a frente e olhei para o fim da fileira. Will estava olhando fixamente para a tela, mas dava para ver um pequeno sorriso em seu rosto.

vc pode calar a boca agora.
vc vai agarrar ele?
não estou prestando atenção
avisa se vcs dois precisarem de um pouco de privacidade depois...
VC É TÃO IRRITANTE!

— Você está mandando mensagem para quem? — sussurrou Tyler, segurando meu telefone.

— Não é nada! — sussurrei de volta, tirando meu telefone do alcance. — Will está só me fazendo uma pergunta. Não é nada.

— É melhor que seja sobre mim.

Descarga de adrenalina gigante. Essa era a primeira prova de que Tyler estava a fim de mim.

— Ele só está falando besteiras porque estamos sentados um ao lado do outro.

Ele se aproximou ainda mais, até nossos braços se tocarem e sussurrou no meu ouvido:

— Bom.

Não respondi. Estava muito ocupada tendo um ataque cardíaco.

— Os efeitos especiais eram incríveis! — disse Michael, se sentando em nossa cabine no Chili's.

— Mas não entendi por que chamaram a... qual é mesmo o nome dela? Ela não é tão gostosa. Posso pensar em um milhão de garotas que seriam melhores que ela — disse Tyler, se sentando ao meu lado.

— Ela é extremamente bonita — disse Nidhi. — O que você queria, alguma loura sem graça que saiu na capa da *Maxim*?

— Bem... agora que você colocou dessa forma... sim, exatamente — disse Michael, rindo.

— Certo, gente, por favor, podemos discutir mulheres gostosas depois de fazermos os pedidos? — disse Sydney, acenando para a garçonete. — Porque estou morrendo de fome, e se não comer alguma coisa em cinco segundos, não serei responsável pelos meus atos.

— Sem querer ser esquisita, mas para um filme baseado em quadrinhos, até que foi bem profundo — falei.

— Lá vamos nós. Charlie agora vai analisar o longa até não poder mais. Você não consegue apenas ver um filme? — perguntou Will.

— O que há de tão errado em analisar algo? Toda aquela coisa de anarquia e caos era muito interessante. E não era muito legal que o vilão fosse, tipo, a pessoa que dizia a verdade?

Michael concordou com a cabeça:

— Você sabe o que eu acho mais assustador? Aquele cara devia ser um lunático diabólico e violento. Mas as crianças ganham bonecos de plástico com seu rosto nas caixas de cereal e os pais não têm a mínima ideia de que seus filhos estão andando por aí com um psicopata de brinquedo. Tem algo muito errado nisso, mas muito engraçado — disse Michael.

— Você está totalmente certo! Não tinha pensado nisso antes — disse Nidhi.

— Vocês realmente precisam relaxar. É só um filme! — disse Tyler.

— Claramente vou ter que tomar o controle aqui! — reclamou Sydney, acenando com as mãos na direção de duas garçonetes.

— Olá, pessoal! Desculpe pela demora! Vocês já sabem o que vão pedir? — disse Cheryl!, nossa garçonete, que abaixou exatamente o suficiente para que pudéssemos ver seu decote.

Tyler disse algo no ouvido de Will, que imediatamente se virou, rindo.

— Cheryl, por favor, ignore os dois. Eles têm 10 anos e estão apaixonados por seus seios. Mas estou pronta para fazer o pedido — disse Sydney.

Nidhi e eu caímos na gargalhada.

Cheryl! também riu, mas não da mesma forma.

— Caramba, Sydney! — disse Michael.

Will ficou todo vermelho, Tyler nem se movia.

Dez minutos depois, nossas bebidas e três porções de batata frita tinham acalmado Sydney um pouco.

— Então, Charlie, há quanto tempo você conhece Will? — perguntou Michael.

— Deixa eu ver... desde que tinha 4 ou 5 anos. A primeira vez que vi Will, ele estava andando de triciclo do lado de fora da minha casa, pelado, usando um chapéu de caubói e botas.

— Cinco anos? Você não acha que estava um pouco velho pra isso, Will? — perguntou Michael.

— Não Will. Ele ficava pelado o tempo todo e andava por aí rebolando. Juro que é tudo a mais pura verdade. Minha mãe achava tão bonitinho — falei rapidamente, notando que Tyler tinha colocado a mão no meu joelho. — Acho que tenho algumas fotos em algum lugar.

— HÁ-HÁ! Charlie, muito engraçado, mas já chega — disse Will.

— Ah, qual é? Mas você era adorável! — provoquei, tentando com muito afinco prestar atenção ao que eu estava falando e não à mão no meu joelho.

— Ei, se você quiser trocar histórias, tudo bem — disse ele, enquanto Cheryl! trazia o restante da comida à nossa mesa e saía correndo, antes que Sydney pudesse envergonhá-la novamente.

— Fico tão feliz que ninguém com quem eu tenha crescido esteja nessa mesa — disse Nidhi. — Mas, Will, por favor, conte algumas histórias da Charlie!

— Muito obrigada por me defender, Nidhi — falei.

— Certo, vamos ver, qual eu devo contar? Ah, esperem, essa é fácil. Certo, eu posso ter passado por uma fase de ficar nu, mas a Charlie passou por uma fase de dança do ventre.

— Will, não se atreva!

— Cala a boca, Charlie. Deixa o homem falar! — disse Michael.

— Quando Charlie tinha 10 anos, ela ganhou uma fantasia de odalisca e contou pra todos que era uma dançarina profissional de dança do ventre e teria que largar a escola, porque ia sair em turnê.

— Will! Juro que se você não calar a boca, vou te matar!

— Charlie, não se preocupe com isso. Toda menina passa por uma fase de dança do ventre — disse Nidhi.

— Ah, claro! A minha durou três anos — disse Sydney, séria.

— Certo! Certo! Só vou dizer mais uma coisa. No quarto ano, ela era totalmente apaixonada por mim.

— NÃO ERA NADA! — falei, me sacudindo tanto que a mão do Tyler saiu do meu joelho.

— Você não precisa ficar com vergonha disso. Eu era um garoto de 8 anos muito bonito. Várias meninas eram apaixonadas por mim. Você mesma disse isso.

— Ah, meu Deus, Will, você está completamente maluco.

— Você não se lembra do cartão de Dia dos namorados que me deu?

— Que gracinha! — disse Sydney, quicando em seu assento.

— Sydney, fica quieta. Senão não escutamos o que ele está dizendo! — disse Michael.

— Eu não dei um cartão de dia dos namorados pra você — insisti, mas, assim que falei, percebi que estava errada. A lembrança de um enorme coração vermelho de cartolina apareceu na minha frente.

— O que o cartão dizia? — perguntaram Nidhi e Sydney simultaneamente.

— Certo, garotas são loucas. Quem se importa com o que Charlie escreveu pra Will no quarto ano? — perguntou Tyler.

— Cala a boca, Tyler — disse Sydney, rindo.

— Bem... — Will estava esticando o assunto bem mais do que o necessário. — Era um coração vermelho enorme com detalhes brancos em cima. E dentro ela escreveu: *Querido Will, você é o garoto mais bonito da nossa turma. Eu te amo. Quer casar comigo? XOXOXOXO Charlie.* Eu não sabia o que o XO significava, então tive que perguntar pra minha mãe.

— Você mostrou pra sua mãe? Agora estou totalmente humilhada — falei.

— Ah, claro, acho que ela ainda o tem guardado em algum lugar. Posso procurar pra você, se quiser.

— Você guardou o cartão esses anos todos? — perguntou Sydney.

— Certo, vocês todos podem calar a boca agora! Podemos, por favor, falar de outra coisa? — implorei.

Tyler tomou um gole de sua Coca e falou arrotando:

— Certo.

— Você quer ver quem arrota mais alto? — perguntou Nidhi, docemente.

— Sério? — arrotou Tyler de volta.

— Claro — disse Nidhi, ajeitando a postura.

— Então tá.

— Vou ser o juiz — disse Michael, arregaçando as mangas. — Quando eu contar até três. O perdedor paga uma porção de batata. Prontos?

Nidhi concordou com a cabeça e se ajeitou na cadeira. Tyler assentiu de volta.

— Um, dois, três. Agora! — ordenou Michael, enquanto sua mão descia e batia na mesa.

Tyler pegou sua bebida e tomou um gole grande, enquanto Nidhi usava o canudo para sorver pequenas quantidades lentamente e de forma metódica.

Eles se encararam. A mesa esperava ansiosamente.

Tyler apoiou seus braços sobre a mesa. *Buuurrp!* Durou cerca de cinco segundos. Foi impressionante, mas nada monumental.

— Nidhi? — perguntou Michael.

Não há outra forma de dizer. A menina entrou em erupção.

— Caramba, garota! — disse Sydney, rindo tanto que derrubou o display de sobremesa no chão.

— Sinto muito, Tyler, ela acabou com você — disse Will.

— Que tal uma revanche? Só estava aquecendo — insistiu Tyler.

— Talvez outra hora, mas agora você precisa me pagar outra porção de batatas — disse Nidhi, sorrindo.

— É claro que ele gosta de você! É tão óbvio! — disse Sydney enquanto arrastava o colchonete inflável para fora do meu armário.

— Como você sabe? — perguntei, desesperada por uma confirmação.

— Charlie, ele se sentou do seu lado no cinema *e* no restaurante — disse Nidhi.

— Mas ele pode ter trocado só porque não queria ficar ao lado do Michael.

— Está bem, e foi por isso que ele se sentou do seu lado no restaurante e passou o braço sobre seus ombros — disse Nidhi, tirando sua escova de dente e seu pijama da bolsa. — Vou trocar de roupa. Não falem nada interessante até eu voltar.

— Quer saber? Aposto que ele vai convidar você para ir ao baile. Vocês dois iam ser um casal tão lindo — disse Sydney.

— O baile? Mas isso vai ser daqui a, sei lá, meses.

— Na verdade, só falta um mês — gritou Nidhi do banheiro. — Você poderia botar um bilhete no armário dele assim: *Você gosta da Charlie? Sim ou não?* Não, espera, uma de nós pode fazer isso por você! — Nidhi deu uma risadinha.

— Ah, meu Deus, isso é muito coisa do oitavo ano. De jeito nenhum.

— Sei lá, ia ser engraçado, quero dizer, à sua custa, mas ainda assim engraçado — disse Nidhi, escovando o cabelo.

— Isso não vai acontecer. Não vou ficar me preocupando à toa.

Nidhi e Sydney se olharam e então olharam para mim. Nós todas caímos na gargalhada, sabendo que eu ia ficar obcecada em fazer Tyler me convidar.

Mas, sério, como você sabe quando um garoto gosta de você? Sei que existem problemas mais importantes no mundo, como crianças passando fome, pessoas sem teto, terremotos, aquecimento global e guerras, mas você tem de admitir que a vida seria bem mais fácil se alguém pudesse se sentar ao seu lado e explicar relacionamentos. Sim, Tyler gosta de você. Não, ele não gosta.

— Ei, Charlie — disse Sydney, interrompendo meus pensamentos.

— Sim?

— Você não precisa me dizer alguma coisa?

— O quê?

— Não vou deixar você dormir até admitir que eu estava completamente, cem por cento certa em te fazer sair hoje à noite. Agora vou esperar até você dizer isso. — Podia ver Sydney de braços cruzados no escuro.

— Ela está certa, Charlie. E você sabe que ela realmente não vai deixar a gente dormir até você falar — disse Nidhi, sonolenta.

— Tudo bem. Admito. Você estava certa. Eu estava errada. Vou sempre fazer o que você disser.

— Estou sentindo um certo sarcasmo no seu tom de voz, mas vou aceitar por enquanto.

— Sydney, apenas durma, estou implorando. Você estava certa sobre hoje à noite. Está melhor?

— Bem melhor! — disse Sydney, e então ela se virou na cama.

CAPÍTULO 12

— POR QUE TODOS ESSES PINGUINS PRECISAM DE OLHOS E BICOS? Ninguém vai conseguir vê-los de perto mesmo — resmunguei, colocando meu pincel em um copo de plástico.

— Como você tem coragem de perguntar uma coisa dessas? Nós temos uma missão aqui — disse Sydney.

— Você pode ter uma missão, mas estou congelando e acho que os vapores da tinta estão me deixando tonta — falei. Eu estava sentada no chão da garagem do Michael.

A missão de que Sydney estava falando era a recriação da cena final de *Happy feet* para o carro alegórico da parada. De acordo com o comitê de carro alegórico do primeiro ano, era absolutamente necessário que fizéssemos um milhão de pinguins de papel machê dançando em volta de uma cordilheira de icebergs de tela de arame e papel machê.

Era a interpretação da nossa turma para "Fica frio no Ártico", o tema das comemorações deste ano.

— Sydney, não sei se devemos nos preocupar tanto com isso. Não vamos ganhar. Ouvi falar que as outras turmas começam a trabalhar nesses projetos durante o verão. Já está no final de outubro e estamos apenas começando — disse Nidhi.

— E daí? Se trabalharmos duro, ainda podemos derrotá-los com certeza!

— Sydney, relaxa. Não temos nenhuma chance. Nidhi está certa. Nunca uma turma de calouros venceu a competição... Nunca — disse Michael.

— Exatamente! É por isso que temos de ganhar! E se conseguirmos acertar o iceberg, acho que temos uma chance. — Sydney inspecionou a garagem, como se ela fosse um general supervisionando uma batalha. — Charlie e Michael, vocês podem ajudar Jen e Patrick a terminar aqueles iglus? Preciso olhar o diagrama para descobrir onde podemos colocar o papel-alumínio para a água congelada.

— Você é intensa deste jeito com tudo, Sydney? Porque você está realmente me assustando — disse Michael.

— É claro! Agora venha e me ajude! — respondeu ela.

Sem a Sydney pegando no nosso pé, Nidhi falou mais baixo, enquanto pegava uma bola de isopor:

— Tenho uma pergunta pra você.

— O quê?

— Você já pensou de verdade no baile?

— Como assim?

Nidhi olhou para mim com uma expressão cética:

— Você sabe do que estou falando.

— Não sei! Ele não me convidou. Até onde sei, posso ser a última pessoa com quem ele gostaria de ir. O que eu deveria fazer? Ir até ele e falar que ele deveria me convidar?

— Ei, essa é uma boa ideia para uma coluna... garotas convidando rapazes para sair. O que você acha? — perguntou Nidhi, seus olhos se arregalando de animação.

— Boa ideia, mas isso não me ajuda nesse momento — falei, amarga.

Sydney gritou do outro lado da garagem:

— Do que vocês estão falando?

— Nada! — gritei, voltando a olhar para Nidhi.

— Então continuem pintando! — ordenou Sydney.

Nidhi e eu olhamos uma para a outra e rimos. Nunca tínhamos visto esse lado da Sydney antes. Mas não havia chance de levarmos a sério nem ela nem os malditos pinguins.

— Por que meninas ainda se sentem tão pouco à vontade para convidar um garoto para um baile? Não somos patéticas dessa forma com mais nada, somos? — perguntou Nidhi.

— Não sei. É apenas incrivelmente constrangedor — respondi.

— Bem, não que isso importe para mim. Minha mãe está ameaçando me obrigar a ir com meu primo — disse Nidhi, pegando um pinguim e o levando até a base do carro alegórico.

— Seu primo? Que droga. Por que faria você ir com um primo?

— Desde que uma das minhas primas saiu do MIT para viver com um rapaz branco, estou em confinamento total.

Michael se virou, parando de grampear flocos de algodão à caçamba do caminhão, e perguntou:

— O que os seus pais acham que é pior, desistir do MIT ou namorar um rapaz branco?

Nidhi fez uma cara triste e pensou no assunto por um segundo:

— Não tenho certeza. Os dois, talvez. Sei que os meus pais automaticamente não confiam em qualquer rapaz que não seja da nossa cultura.

— Por quê? Isso é racismo! — falei.

Nidhi concordou com a cabeça:

— É porque eles acham que pais brancos deixam os filhos fazerem o que quiserem. O que, comparados aos meus pais, é totalmente verdade.

— Meus pais acham a mesma coisa — disse Michael, segurando um dos iglus prontos e o colocando sobre a base para ver como ficaria. — Mas, independentemente de com quem você vá, se você é um garoto, você tem que começar a pensar nisso agora, porque escolher a hora certa é fundamental.

— Por quê? — perguntou Nidhi.

— Veja bem, este é o problema das garotas. Vocês não sabem como é difícil ser um garoto. Garotos não podem convidar muito cedo, porque ia parecer desespero, mas se esperar, então corre o risco de algum outro cara chamar a mesma menina. E claro, o outro problema de convidar muito cedo é que você precisa ter cuidado para não criar expectativas.

— Do que você está falando? — perguntei.

— Pense nisso. Se você convidar uma garota cedo e ela concordar, então provavelmente vai ter que conviver com ela um bocado antes do baile. Você está procurando uma companhia para o baile, não um relacionamento. Então, de qualquer forma que olhe para o problema, a margem de erro é pequena.

— Meu Deus, nunca pensei nisso dessa forma. Estou realmente com pena dos garotos neste momento — disse Sydney.

— Por falar nisso, recebeu algum convite para o baile ultimamente? — perguntou Michael a Sydney.

Os olhos de Sydney se arregalaram.

— Quem foi? — Nidhi e eu perguntamos simultaneamente.

— Você não sabe? — perguntou Michael.

— Cala a boca, Michael. Não é ninguém — disse Sydney, distraída. Ela começou a mexer numa pilha de jornais velhos no canto da garagem, como se estivesse procurando alguma coisa. — Foi só um cara ridículo da minha aula de artes. — Ela se levantou. — Tive uma ideia. Que tal nós garotas irmos todas juntas? Dessa forma não temos que nos preocupar com isso.

— Calma aí, Sydney! Quem é o garoto? — perguntei. De jeito nenhum ela ia se livrar de nos contar quem era.

— Você não o conhece. Na verdade, eu mesma não o conheço. Ele é só um garoto que fica olhando para mim enquanto tento desenhar. Não vale nem um pouco a pena falar dele.

— Mas por que o Michael sabe disso e nós não? — perguntou Nidhi.

— Porque encontrei com o Michael logo depois que o garoto me convidou. Não foi, Michael?

— Sim, isso mesmo — disse Michael, com as costas abaixadas, grampeando.

— De qualquer forma, estou falando sério sobre irmos ao baile juntas. Se não arranjarmos pares até o fim da semana, devíamos realmente fazer isso.

— Para falar a verdade, gosto da ideia! Talvez, se eu for com vocês, meus pais me deixem em paz — disse Nidhi.

Mais tarde naquela noite, percebi que tinha me esquecido completamente da minha fonte mais óbvia para saber da posição do Tyler sobre o baile.

CHealeyPepper324: tá aí?

FCBarcafan18: tô.

CHealeyPepper324: vai no grande evento da semana do espírito?

FCBarcafan18: o jogo?

CHealeyPepper324: não, seu prego, no baile.

FCBarcafan18: sei lá... talvez tenha que ir a um retiro da igreja com meu pai nesse fim de semana.

CHealeyPepper324: que droga.

FCBarcafan18: pq?

CHealeyPepper324: só queria saber o que vc e os outros garotos iam fazer.

FCBarcafan18: tipo com quem eu vou? por quê? procurando um par?

CHealeyPepper324: NÃO!!!!! mas com quem vc vai? sei que o michael vai com aquela tal de molly.

FCBarcafan18: não tenho certeza, mas sei que o tyler não vai nem passar perto da sydney, se é por isso que vc está perguntando.

CHealeyPepper324: o quê?

FCBarcafan18: você não sabe?

CHealeyPepper324: você não sabe o quê?

Nada de resposta por um minuto. Uma eternidade em uma conversa pela internet.

CHealeyPepper324: will?

FCBarcafan18: tyler convidou a sydney. mas ela deu um fora nele. achei que vc soubesse.

CAPÍTULO 13

EMPURREI MEU CORPO PARA LONGE DA ESCRIVANINHA E CAÍ sobre o pufe. Estava me sentindo como se tivesse levado um soco no estômago. É claro que Tyler gostava da Sydney. Como pude ser tão cega e burra? Ela era tão mais bonita, tão mais magra, tão mais engraçada, tão mais bacana... tão mais tudo do que eu. Não sei como me deixei acreditar que ele gostava de mim. Fechei meus olhos com força, sentindo ondas de vergonha me invadirem. Agora eu percebia que tudo o que ele tinha feito, as coisas com as quais eu tinha ficado obcecada porque provavam que ele gostava de mim, ele tinha feito também com Sydney. Ele tinha se sentado entre nós duas. Ele colocou o braço em nós duas. Sim, ele botou a mão no meu joelho durante o jantar e pareceu que ele gostava de mim. Mas talvez tenha sido só porque aconteceu de eu estar sentada ao lado dele. Fui uma idiota. Qualquer garoto ia preferir ela a mim.

Uma dura e pesada pedra de ciúme caiu no meu estômago e se alojou desconfortavelmente ali. Até aquele momento, não tinha sentido ciúmes de Sydney. Claro que os garotos davam muita atenção a ela, mas ela nunca levou isso a sério. Durante todo o ensino fundamental, eu tinha meio que acreditado que Lauren e Ally recebiam mais atenção dos garotos porque elas corriam muito mais atrás disso — elas estavam sempre paquerando sem nenhum pudor, dizendo aos garotos que eles eram bonitos, e mostrando seus belos corpos de líderes de torcida. (Veio à minha mente o gesto característico de Ally de "fazer o rabo de cavalo para mostrar a barriga" e tive um calafrio.) Mas Sydney era tão desastrada e nunca parecia estar tentando ser notada dessa forma. Era fácil se esquecer de como era bonita. *Meu Deus*, pensei comigo mesma, *será que um dia vou ser bonita o suficiente? Será que algum dia um garoto de quem eu gostar vai gostar de mim também?*

Abri os olhos e fiquei olhando para o teto. De repente, me toquei de que eu não tinha criado aquela ilusão toda sozinha. "Ele é completamente obcecado por você", "Com certeza ele vai convidar você para o baile." Quem disse isso? Não fui eu. Foi Sydney. Como ela pôde ter feito aquilo se ela sabia que o Tyler gostava dela?

Meu telefone vibrou no chão, bem na minha frente. Estava tão perdida em meus pensamentos que o som me deu um susto. Quando peguei o telefone, vi o nome piscando na tela. Era Sydney. Antes que eu pudesse entender o que estava fazendo, atendi:

— Alô — murmurei.

— Ei, Charlie! Falei com minha mãe e ela adorou a ideia de nos encontrarmos na minha casa antes do baile! Você, Nidhi e eu podemos nos arrumar aqui e então ela leva a gente de carro — disse Sydney, animada.

— Legal... — respondi, sem nenhuma animação.

A pedra rolou no meu estômago. Eu a odiava. Por que todas as minhas amigas mulheres acabavam se mostrando tão suspeitas? Será que eu estava amaldiçoada a atrair esse tipo de pessoa pelo resto da minha vida?

Ela continuou falando, sem perceber nada:

— Ela disse que vocês podem dormir aqui depois do baile. Então tudo de que precisamos agora é conseguir que os pais da Nidhi concordem.

— Claro. Tanto faz — falei.

— Charlie, o que aconteceu? O que você quer dizer com tanto faz? — Ela finalmente estava começando a perceber.

— Nada, Sydney. Está tudo bem.

Era bom ser má com ela. Sério, aquela garota merecia aquilo.

— Não está tudo bem. Você praticamente não está falando comigo.

Sentei-me no meu pufe e cruzei as pernas:

— Se você quer saber mesmo, acabei de falar com Will.

— E? — perguntou ela, confusa.

— Ele me contou sobre você e Tyler — disparei.

— Charlie, do que você está falando? — perguntou Sydney.

Não falei nada por um momento. Fazer amizade tinha sido tão fácil. Essa era a primeira vez que eu tinha ficado irritada com ela. Agora aqui estava eu.

— Will me contou que Tyler convidou você para o baile. É verdade?

Aquilo a fez se calar.

— Você ia contar isso para mim algum dia ou ia apenas continuar me deixando fazer papel de idiota? — perguntei, com raiva.

— Charlie, eu sinto muito — disse ela lentamente, sua voz falhando. — Não quis contar pra você porque achei que fosse ficar magoada. Por favor, não fique com raiva de mim.

— Não estou com raiva de você porque Tyler te convidou. Você não pode fazer nada se ele gosta de você. Quero dizer, é claro que ele gosta de você. Você é muito mais bonita do que eu.

— O quê? Você está louca? Não sou nada! — argumentou ela.

Garotas sempre dizem coisas assim quando são pegas. Tudo em que consegui pensar foi: *como ela pôde fazer isso comigo?*

— Não é essa a questão. Estou com raiva porque você me convenceu de que ele gostava de mim e andei por aí achando isso, quando na verdade ele gostava de você.

— Charlie, juro que não fazia ideia de que ele ia fazer isso. Eu realmente achava que ele gostava de você! Você se lembra do moletom? Do cinema? Ele estava dando em cima de você. Ele não se sentou do meu lado no jantar. Ele se sentou do seu lado! Ele só me convidou há alguns dias. Fiquei totalmente chocada e falei não para ele de cara. Garanto que ele acha que eu sou uma grande babaca. Mas não sabia o que fazer. Simplesmente achei que podia fingir que isso não tinha acontecido. Desculpa. Faço qualquer coisa para me desculpar com você. Apenas me diga o que fazer para consertar as coisas.

— Você disse não porque sentiu pena de mim ou porque realmente não queria ir com ele? — perguntei, percebendo que seria bem pior se ela gostasse dele, mas o tivesse rejeitado apenas por pena.

— Claro que não. Falei não porque não gosto dele dessa forma, mas mesmo se gostasse, ainda assim teria recusado o convite.

— Porque tem pena de mim?

— Não! Porque você é minha melhor amiga. Temos sempre que colocar minas antes dos manos.

Soltei uma risada. Não consegui me segurar.

— O que você acabou de dizer?

— Você sabe, amigas estão acima dos garotos. Nunca escolha um garoto em vez de uma amiga. É uma das regras mais importantes do feminismo. Se há algo que minha mãe me ensinou é que nenhum homem vale mais que nossas amizades.

— Certo — falei hesitantemente. Nunca tinha pensado nisso desta forma, mas soava bem.

— Por favor, não fique com raiva de mim por causa disso. Estou me sentindo tão mal nesses últimos dois dias. Queria te contar, mas não sabia o que falar. Não tinha ideia do que fazer.

Não conseguia ficar com raiva dela. Percebi naquele momento que, se fosse há um ano, e isso tivesse acontecido com Lauren ou Ally, elas certamente teriam ido ao baile com o garoto e também teriam feito tudo o que fosse possível para esfregar na minha cara.

— Tudo bem. Só faça uma promessa pra mim.

— O que você quiser.

— Nunca mais me diga que um garoto gosta de mim até que você tenha um papel assinado por ele para provar, certo? — insisti.

— Prometo. Da próxima vez, papel assinado, entendi — concordou ela. — Então, por favor, diga que você ainda vai comigo e com a Nidhi.

Hesitei, porque uma pequena parte de mim ainda queria que ela se esforçasse para receber meu perdão. Mas bem naquele momento percebi que era melhor ter uma amiga que a protege de verdade do que ir ao baile com o garoto de quem você gosta. Pode parecer óbvio, mas não era para mim até aquele exato momento.

— Certo... quero dizer, tenho de ir. Você foi a única pessoa que me convidou — falei, rindo.

— Charlie, não fala assim! — protestou ela.

— Sydney, está tudo bem. Sério. Nós vamos e vamos nos divertir muito.

— Então está tudo bem entre a gente? Não sei o que eu faria sem você — disse ela.

— Está tudo bem — prometi. — Obrigada por ser honesta... e você sabe o que isso significa, não sabe?

— O quê?

— Vou ter que jogar aquele moletom fora.

— Espera, tive a melhor ideia... podemos encher o moletom de Axe e botar fogo nele!

— Não, obrigada. Parece bom, mas não aguento mais aquele cheiro.

CAPÍTULO 14

A MANHÃ DO DIA DA PARADA ERA UM DAQUELES PERFEITOS sábados do outono. O céu estava azul, o ar estava frio e, enquanto cruzávamos a ponte para entrar em Harmony Falls, folhas coloridas caíam graciosamente das árvores. Só que eu não conseguia vê-las direito porque estava mais uma vez abaixada dentro do Falcon, torcendo para que ninguém me notasse.

— Charlotte Anne, existe uma razão para você se fingir de morta aí atrás? — perguntou minha mãe, enquanto parávamos no estacionamento da escola.

— Mãe, não sei se você notou, mas estou vestida como uma ave do Ártico.

Ela riu:

— Querida, não seja boba. Você está adorável!

Enquanto meu pai estacionava, dei uma olhada por cima do banco do Falcon para ver onde os outros construtores do meu carro alegórico estavam concentrados. Do outro lado do estacionamento gigantesco, dez carros decorados estavam presos a caminhonetes e alinhados, prontos para partir. A rainha da Semana do Espírito (Sarah Radner, do último ano, capitã do time de vôlei) estava ajustando sua faixa e ajeitando seu cabelo louro perfeito, enquanto seu rei (Marcus Jordan, presidente do conselho de estudantes) tentava fingir que não se sentia idiota por usar uma enorme coroa de plástico. Aquilo tudo parecia uma daquelas cenas de filmes para adolescentes.

Saí do meu transe momentâneo quando vi Nidhi correndo até nosso carro, com câmera na mão, e sua mãe a seguindo de perto. Nidhi estava usando roupas normais, enquanto a mãe usava um belo sári amarelo.

— Charlie, sai desse carro. Quero te ver! — disse Nidhi, toda animada.

— Será que você poderia estar gostando mais disso? — perguntei, saindo por cima da lateral do carro. Assim que pisei na calçada, ela começou a rir descontroladamente, enquanto olhava para mim com atenção. Eu estava usando legging e camisa de gola rulê pretas — não tão vergonhosas. Mas, preso na parte da frente da gola estava um grande pedaço oval de papel-cartão branco, que deveria representar minha barriga de pinguim. Em meus pés estava um par de Keds laranja-brilhante que Sydney tinha encontrado para nós em uma ponta de estoque.

— Ela está tão bonitinha! — disse a Sra. Patel a meus pais.

— Onde está o seu bico? — Nidhi deu uma risadinha.

— O elástico arrebentou quando tentei colocá-lo hoje de manhã — falei, segurando o bico de pinguim de plástico que Sydney tinha me dado. — Acho que vou ter que ir sem bico.

— E como você se livrou de vir de fantasia? — perguntou meu pai a Nidhi. — Você também não ajudou essas meninas a construir o carro?

Ela deu um sorriso largo, sem nem tentar esconder sua vitória:

— Nós tiramos a sorte na moeda e, infelizmente, vou ter que fazer o trabalho sujo, como tirar fotos e entrevistar pessoas.

— É, tenho tanta pena de você, Nidhi! Bem, odeio abandonar todos vocês, mas preciso encontrar o resto do meu bando — falei. Meus pais e a Sra. Patel nos disseram que estariam assistindo à parada na High Street, bem em frente à escola, e pediram para acenarmos para eles quando passássemos.

Não demorou muito para que Nidhi e eu localizássemos o restante da equipe dos calouros, o que não foi uma surpresa, considerando-se que nosso iceberg provavelmente podia ser visto do espaço. Enquanto nos aproximávamos, Michael e outros dois garotos estavam colando alguns pinguins de volta em seus lugares na base de madeira.

— Onde vocês estavam? — perguntou Sydney, frenética. — Estou ligando para vocês há, tipo, vinte minutos!

Comecei a rir com tanta vontade que ronquei acidentalmente. Sydney estava dizendo isso com o bico de pinguim preso sobre o nariz e totalmente fantasiada.

— Sério? Desculpa, não trouxe meu telefone. Não tem nenhum bolso nessa fantasia de pinguim que você me obrigou a usar.

— Bem, vamos sair em dez minutos. Achei que você e eu podíamos andar na frente e carregar o cartaz. Espera um minuto, onde está seu bico? — perguntou ela.

— Ah, a cordinha soltou, mas você não acha que as pessoas vão sacar quando eu estiver andando ao lado de outras 15 pessoas com a mesma roupa?

— Não tem problema. Posso cuidar disso — disse ela, correndo de volta na direção do carro e procurando em algumas sacolas de plástico. — Jen, onde está aquela bolsa que você trouxe que tem todo o material das fantasias? — Jen parou de calçar um dos seus Keds laranja e apontou para um lugar próximo.

— Perfeito! — exclamou Sydney enquanto mexia na sacola. Ela voltou correndo com tintas laranja e preta para pintar o corpo.

— Ah, não, você não vai fazer isso! — disse, começando a me afastar dela.

— Qual é, Charlie? Tenta relaxar! Você tem que combinar com os outros! — Ela riu.

Tentei fugir, mas era tarde demais. Antes que pudesse fazer algo, Sydney estava pintando meu nariz entusiasmadamente.

— Odeio você, você sabe disso, não é? — falei, rindo, percebendo que não importava se eu estava ridícula. Essa era a minha primeira Semana do Espírito e eu ia me divertir.

Nidhi gritou para todos os pinguins calouros ficarem juntos para ela poder tirar uma foto para o *Prowler*. Eu, Sydney, Michael e outros 13 pinguins nos ajoelhamos e passamos os braços em volta um do outro em frente aos nossos icebergs e iglus. Corri para ver a foto na câmera dela e ri dos 16 rostos bicudos que sorriam para mim. Se algum dia eu pudesse colocar algo no mural do *Prowler*, essa foto definitivamente estaria em destaque.

Nidhi me segurou:

— Vamos ver os outros carros antes de a parada começar. Podemos recolher as impressões iniciais para a coluna.

— Tudo bem, mas prometi a Sydney que estaria de volta a tempo para segurar o cartaz com ela — disse, andando na direção dos outros carros com Nidhi.

— Eles deviam estar trabalhando naquilo desde que as aulas começaram — falei, olhando para a vila de neve e as casas de doces perfeitamente construídas da turma do último ano. — Você tem que admitir uma coisa, é um clássico. Sem graça, mas um clássico.

— Você está vendo as balas nas paredes e no teto? Os pais aparentemente pagaram um consultor de carros alegóricos para ajudá-los — disse Nidhi.

— Do que você está falando? — perguntei.

— Não estou brincando. Gwo me contou sobre isso. Ele disse que alguns dos pais da Harmony sempre pagam por coisas como essa e são insanamente competitivos.

— Bem, não consigo imaginar nem os meus, nem os seus pais fazendo algo assim um dia. Mas alguém vai ter de dar a notícia a Sydney. — Suspirei.

— Nidhi riu:

— Ela vai superar isso. Acho que se conseguir ser um pinguim, já é o suficiente para ela.

Duas garotas do último ano vestidas de rainhas da neve com capas prateadas cintilantes passaram por nós. Elas não notaram nossa presença enquanto ficamos paradas, estarrecidas.

— Bem, não fique aí parada. Anote tudo isso para termos algo para colocar na coluna! — falei para Nidhi.

Ela começou a fazer anotações enquanto eu olhava em volta absorvendo tudo e congelava, sentindo o cheiro de Axe e sabendo o que normalmente vinha depois disso.

— Ah, não — ouvi Nidhi dizer. Ela sabia tudo sobre o drama Tyler-Sydney, mas nós tínhamos nos esquecido de combinar o que eu deveria fazer quando encontrasse com ele novamente.

— Ei, meninas, como está tudo? — perguntou Tyler.

— Ei, Charlie. Olá, Nidhi — disse Will.

— O que vocês estão fazendo aqui? — perguntou Nidhi.

— Tentando participar do desfile dos calouros de última hora?

— Não, apenas acabamos de voltar de um amistoso contra Greenspring. Cambada de perebas — disse Tyler.

— Belo bico, Charlie — disse Will, rindo.

Ah... meu... Deus. Tinha me esquecido completamente de como estava vestida.

— Obrigada. — Dei um riso nervoso. — Sou uma concorrente do *Antarctica's Next Top Penguin*, então sempre tento estar bem na fita.

Ninguém riu. O que eu estava falando? Eu definitivamente não devia mais tentar ser engraçada. Will franziu as sobrancelhas com a minha triste tentativa de humor de pinguim. Podem atirar em mim agora.

— Vocês viram o carro do último ano? É incrível. É como um carro alegórico profissional que você vê na parada do Rose Bowl — disse Nidhi, felizmente tirando a atenção da minha fantasia e das piadas ruins.

— Não é nada comparado ao que os alunos do terceiro ano fizeram — disse Will.

— Por quê? O que você quer dizer com isso? — perguntou Nidhi animadamente, virando a página do seu bloco.

— Eles estão cheios de mensagens políticas. Meu pai está indo à loucura — disse Tyler, puxando as pontas da camisa que estava enrolada em seu pescoço.

— Controvérsia? Adoro isso — disse Nidhi, escrevendo furiosamente. — Me leve até o carro!

Tyler nos guiou até onde os alunos do terceiro ano estavam reunidos. Quando chegamos lá, pude ver Owen, do *Prowler*, no meio de um grupo de alunos. Ele estava usando uma camiseta verde e sua tradicional calça jeans preta. Hoje ele a realçava com um par de All Stars verdes.

— Owen, o que é isso? — perguntei.

— Você gostou? — perguntou ele, animado, ajeitando o cabelo para trás da orelha.

Meu queixo caiu:

— Oh, meu Deus, você fez Fica frio no Ártico, estilo aquecimento global.

Em uma ponta da base de madeira estava uma imagem em tamanho real de uma caminhonete Lexus, que a maioria das mães de Harmony Falls dirigia, atropelando quatro pinguins de pelúcia. Ursos polares de papel machê com óculos escuros estavam sobre pequenos icebergs brancos cercados de um oceano de mentira. Na frente do carro alegórico, um dos alunos segurava um enorme sol de papel machê. Ele usava uma jaqueta esporte quadriculada e uma camisa de gola sobre calças cáqui cuidadosamente passadas.

— Cara, Tyler — disse Will, apontando para o aluno que segurava o sol —, acho que aquele é pra ser seu pai.

Com certeza. Um crachá em seu blazer dizia: OLÁ, MEU NOME É BILL WICKAM.

Owen colocou um pedaço de papel na mão de cada um de nós:

— Pegue um panfleto. Nós vamos jogar isso para o público, em vez de balas.

Nidhi leu alto:

— Você quer saber como a administração da escola está mentindo para você?

Owen se aproximou e falou:

— Wickam sempre alega que está fazendo coisas como ser responsável com o meio ambiente, mas isso tudo é só papo. Existe um comitê de alunos da escola que vem tentando se encontrar com Wickam para falar sobre mudar as práticas de negócios da escola. Por exemplo, temos tentado fazer com que parem de comprar papel de empresas que desmatam florestas nativas, que comprem lâmpadas econômicas e que usem produtos de limpeza diferentes para não envenenar os serventes. Mas ele apenas nos despista. Então hoje estamos exercitando nossa liberdade de expressão.

Olhei para Tyler para ver como estava reagindo à efígie de seu pai no carro alegórico. Seus braços estavam cruzados sobre o peito e os lábios estavam apertados, formando um bico.

Acho que aquela foi a primeira vez que Owen percebeu que Tyler estava ali. Por um segundo, uma nuvem de culpa passou pelo seu rosto:

— Desculpa, cara. Não é nada pessoal — disse Owen.

— Ei, não sou eu que estou me fazendo de babaca. Faça o que você tiver de fazer, não é como se alguém se importasse — disse Tyler, desdenhando.

— É, exatamente. Vou fazer isso mesmo — disse Owen de forma ríspida, a empatia já tinha ido embora.

Por um momento, o ar entre os dois garotos vibrou com a tensão. E então alguém do outro lado do carro gritou o nome de Owen. Ele deu de ombros e sorriu:

— Certo... tanto faz. Vejo vocês por aí — disse, antes de desaparecer debaixo do Lexus.

Assim que Owen saiu, Tyler se virou para nós:

— Ninguém se importa com esse papo hiponga.

Will soltou um riso nervoso.

— Não é um pouco de hipocrisia da parte deles jogar papel na plateia? Não imagino que eles vão voltar depois para recolher o lixo.

Vi Nidhi pressionar os lábios como se estivesse tentando se segurar para não falar algo em voz alta. Em vez disso, ela pareceu ter pensado melhor e me disse:

— Vamos lá, Charlie, temos de levar você de volta para os outros pinguins antes que o desfile comece.

— Certo — concordei, olhando para o meu relógio. — Vocês vão ficar por aí para ver o desfile?

— Talvez. Primeiro temos de ir a uma reunião da pré-temporada de lacrosse — disse Will.

— Mas o lacrosse só começa na primavera. Por que vocês têm uma reunião agora? — perguntou Nidhi.

— Lacrosse é barra-pesada aqui. Tyler e eu estamos tentando entrar no primeiro time também. É uma reunião para os calouros que estão pensando em se alistar.

— Vocês têm chance? — perguntei.

— Claro. Mas eu adoraria ver esses comedores de granola fazerem papel de otários. Isso seria muito mais divertido — disse Tyler, sorrindo com maldade.

Os comentários de Tyler estavam realmente começando a me incomodar, mas algo que ele disse provocou um estalo em meu cérebro.

— Nós entrevistamos alguém que joga lacrosse sobre a Semana do Espírito. O nome dele é Matt Gercheck — disse.

— Sim, todo mundo conhece esse cara. Ele é um dos melhores jogadores — disse Will.

— Eu participei de um intensivo de lacrosse com ele. Se entrarmos para o primeiro time, Matt vai tomar conta de nós — disse Tyler. — Então talvez a gente não apanhe de toalha molhada toda vez que trocarmos de roupa. Não é, Will?

— Sim, claro — disse Will, sem parecer muito convencido.

— Temos de voltar — falei, ouvindo alguém com um megafone nos instruindo a ficar a postos para o começo do desfile.

Nidhi e eu rapidamente voltamos ao nosso carro alegórico enquanto eu ouvia a música da bandinha e os motores das caminhonetes dos carros alegóricos roncarem.

— Aí estão vocês! Vocês somem o tempo todo! Pegue a outra ponta da faixa — disse Sydney, levantando a vara de metal que a colocava em posição. — Você está pronta?

Peguei a outra ponta da nossa faixa.

— Pronta! — falei, seguindo a procissão de carros alegóricos à nossa frente. — Tire várias fotos — gritei para Nidhi enquanto saíamos do estacionamento.

Ela acenou enquanto nos dirigíamos para a rua.

CAPÍTULO 15

— ME DEIXA VER SEU VESTIDO — GUINCHOU SYDNEY.

Levantei o plástico bege sobre a parte de cima do cabide:

— Gostou? — perguntei, segurando o vestido azul-escuro à minha frente.

— *Adorei!*

— O que você acabou comprando? — perguntei.

Sydney andou até uma cadeira e pegou um vestido roxo brilhante com alças finas.

— O que você acha? Não vou ficar parecendo uma berinjela, vou?

— Você está brincando? — protestei. — Você vai ficar linda!

— Obrigada... Olha, tem algo que eu quero te contar. Não é nada demais, mas ontem escutei uma garota na minha aula de geometria dizer que Tyler ia levar uma menina de outra escola.

— Sydney, não se preocupe com isso. Estou bem, sério — falei, surpresa com o fato de estar dizendo a verdade. — Foi uma paixão idiota e ele estava me irritando muito na parada hoje de manhã, de qualquer forma.

Naquele momento, a porta do quarto se abriu e Nidhi entrou.

— Ei... — comecei a falar, mas minha voz foi sumindo enquanto eu percebia o que ela estava vestindo.

Nidhi estava usando um vestido azul-marinho que ia até o chão com gola alta e mangas curtas. Em seus pés estavam chinelos marrons simples e ela carregava uma mochila no ombro esquerdo. A única coisa que estava bonita era o longo cabelo muito preto que, como de costume, estava perfeitamente liso e brilhante.

— Garota, por que cargas d'água você está vestida como uma professora de escola católica de 40 anos? — perguntou Sydney.

— Sydney, cala a boca — falei.

Nidhi suspirou enquanto fechava a porta.

— Tive de usar isto pra sair de casa. Minha mãe está no andar de baixo conversando com sua mãe para se assegurar de que vamos voltar direto para cá depois do baile. Assim que ela for embora, vou me trocar.

— Você precisa pegar algo emprestado? — perguntou Sydney.

— Não se preocupe com isso. Minha prima Leena me levou ao shopping na semana passada e comprei um vestido e um par de sapatos — disse ela, abrindo o zíper da mochila abarrotada e pegando uma sacola de plástico. Dentro, havia um vestido azul-claro curto que fechava no pescoço. — Isso aqui custou praticamente todo o dinheiro que ganhei trabalhando de babá nos últimos três meses, mas valeu muito a pena.

Uma hora mais tarde, depois de cantarmos e dançarmos acompanhando nossa playlist de aquecimento, de colocar nossa maquiagem e nossos vestidos, e de tirar os bobs da Sydney de seu cabelo ondulado, estávamos prontas para sair.

— Nós estamos todas tão lindas — disse Sydney, jogando um gloss labial em sua bolsa de mão prateada.

— Suas pernas estão tão longas com esse vestido! — disse Nidhi.

— Obrigada. E seus peitos estão enormes! Onde você os andou escondendo? — Sydney riu.

— Eu só deixo que eles saiam em ocasiões especiais. Como quando não há a menor chance de meus pais me verem. E, sem querer ofender, Sydney, mas, Charlie, assim que Tyler vir você, ele vai querer se matar.

— Você tem toda a razão! Charlie está um arraso. Até mesmo Will a notaria hoje! — disse Sydney, rindo.

— Ah, meu Deus, Sydney, cala a boca! — falei.

— Que se dane! Quem se importa? Você está linda! Vamos embora — disse Sydney.

A turma do último ano tinha transformado o ginásio em um mundo maravilhoso do gelo. Balões azuis, prateados e brancos estavam pendurados em cada centímetro do teto — devia ter uns mil balões. Neve de mentira estava espalhada por todo o chão e havia máquinas de gelo seco por toda a quadra de basquete, fazendo com que não conseguíssemos realmente ver que estávamos cercados por arquibancadas. Fiquei feliz que a escola não tenha contratado uma daquelas bandas horríveis que tocam em casamentos e, em vez disso, tenham arrumado um DJ (um cara magrelo que atendia pelo nome de Blaze).

— Olhem lá, esculturas de gelo nas mesas de comida! — gritou Sydney suavemente sobre a pulsação do baixo.

— Estou tão feliz que tenhamos vindo juntas — falei enquanto fazíamos o reconhecimento da área. — É tão melhor com vocês.

— Eu também! — disse Nidhi. — Ei, lá estão Michael e Molly!

Ela apontou para um canto do ginásio onde os casais estavam fazendo fila para tirar fotos em frente a um pano de fundo brega de uma paisagem cheia de neve.

— Meninas, eu definitivamente preciso de uma fotografia de lembrança com minhas acompanhantes — disse Sydney, passando os braços sobre nossos ombros.

Quando nos juntamos à fila, que agora se estendia até um terço do caminho até a pista de dança, ninguém conseguia deixar de ver Ashleigh, minha melhor não amiga do *Prowler*, e Matt.

— Se não é o casal mais genérico e sem graça do universo — sussurrou Nidhi no meu ouvido.

— Mas você tem que admitir que o vestido balonê cor-de-rosa é incrível!

— Você está brincando, não está?

— Nem vou responder a essa pergunta.

— O que foi? — perguntou Sydney alto demais. — Contem para mim o que vocês estavam falando. Nada de segredos!

Fiz uma cara de *cala a boca* para ela, mas era tarde demais. Ashleigh já tinha nos notado.

— Charlie! — disse Ashleigh com um gritinho afetado, enquanto se virava. — Que bom ver você!

Ela inclinou o corpo e me deu um abraço como se fôssemos melhores amigas.

— Ei — disse enquanto entortei meu braço de forma constrangedora em volta de suas costas.

— Com quem você veio?

— Ah, humm, você quer dizer, tipo um encontro? Vim com minhas amigas — falei, apontando para Nidhi e Sydney.

— Ah — disse ela, retorcendo seu lábio inferior em um biquinho falso. — Sinto muito. Isso é horrível! Não fique envergonhada! Tenho certeza de que alguém vai convidá-la no ano que vem.

Estava prestes a falar para ela que eu não me sentia nem um pouco envergonhada — que preferia ter chifres e um rabo a ter de ir a um baile com Matt, quando ele se meteu na conversa:

— Ei, Ashleigh, talvez eu tenha de dar um pé na sua bunda para poder ficar com essas meninas! Charlie, ficaria muito feliz de aparecer na foto com você e suas amigas. Vocês estão todas muito gatas!

— Humm.. obrigada, mas não é realmente necessário, Matt. Você não precisa mesmo se preocupar com a gente — disse, percebendo o olhar frio de Ashleigh.

— Ei, essa fila está muito grande — disse Nidhi, puxando meu ombro. — Vamos pegar algo para beber e voltamos depois.

— Excelente ideia!

Nós três andamos rapidamente até a lateral do ginásio. Não sei o que me incomodava mais neles — como Ashleigh era falsa, a arrogância de Matt ou Ashleigh deixar Matt a tratar daquele jeito. Talvez fossem as três coisas juntas.

— O namorado daquela garota sempre dá em cima de outras meninas daquele jeito? Tipo, na frente dela? — perguntou Sydney. — Tão desagradável.

— Matt? Sim, ele é totalmente nojento...

Mas não tive a chance de terminar meu raciocínio, porque Nidhi de repente respirou fundo.

— O que foi? — perguntei, virando para seguir o olhar dela. — Ah, meu Deus, ele não pode ter feito isso — sussurrei. Sacudi minha cabeça, tentando convencer meu cérebro de que, na verdade, eu não estava vendo o que estava vendo. Meu coração estava a mil quilômetros por hora. Tudo o que eu queria fazer era correr.

Will e Tyler tinham acabado de entrar no ginásio de braços dados com Lauren e Ally.

CPÍTULO 16

— CHARLIE, O QUE ACONTECEU? — PERGUNTOU SYDNEY. — Achei que você tivesse esquecido Tyler.

Nidhi segurou meu braço com uma das mãos e o de Sydney com a outra e começou a nos levar para o lado oposto do ginásio.

— Aonde estamos indo? — protestou Sydney.

Neste exato momento, Michael se aproximou com seu par, uma bela garota asiática:

— Olá, meninas, quero que vocês conheçam a Molly — disse ele.

Mas nós definitivamente não tínhamos tempo para isso — eu estava totalmente em pânico.

— Desculpa, Michael, temos uma emergência — disse Nidhi enquanto passávamos correndo por ele.

— Prazer em conhecê-la — gritou Sydney olhando para trás.

Nidhi nos levou diretamente a um canto do ginásio e nos fez sentar na arquibancada, onde estávamos protegidas por uma nuvem que saía de uma das máquinas de gelo seco.

— Gente, sério, o que está acontecendo? — perguntou Sydney.

Eu não conseguia falar.

— Charlie e eu conhecemos essas garotas de Greenspring.

— Não acredito! Aquelas são as garotas da sua escola antiga que vocês odeiam? — perguntou Sydney.

Balancei a cabeça. Era muita loucura para compreender. Por que cargas d'água Will teria convidado Lauren e Ally? Por que ele tinha mentido para mim sobre isso? E — o mais importante de tudo — como ele pôde fazer isso comigo?

— Não pode ser! Por que Will ia ser tão babaca? Ele não sabe o que aconteceu no ano passado? — indagou Sydney.

— Não contei todos os detalhes, mas achei que ele sabia o suficiente — disse, arrasada.

Nós três olhamos novamente para o outro lado do ginásio. Lauren e Will claramente tinham vindo juntos. A mão direita da garota estava segurando a dele, enquanto ela ajeitava a frente do vestido preto curto. Ally parecia que tinha dormido em uma câmara de bronzeamento artificial por semanas.

Podem me matar agora.

Sydney inclinou a cabeça e disse:

— Então aquela é a infame Lauren. Ela não é tão bonita quanto achei que fosse.

— Obrigada... É por isso que você é minha amiga — disse, tentando rir. — Mas o que vamos fazer? Não podemos ficar sentadas aqui a noite toda, e sua mãe não vem nos buscar até 11 horas. Será que devo ligar para o Luke?

— Charlie, você tem 6 anos? — protestou Sydney, claramente não muito impressionada com minha reação de fugir e me esconder. — Você vai ficar aqui, marcar território e fingir que isso não a incomoda.

— Eu realmente prefiro ir para casa — grunhi.

— Esta não é uma possibilidade. Não vou deixar você fazer isso. Este é o seu território, não o delas.

Fiquei apenas encarando Sydney, paralisada. Nidhi ainda estava olhando em direção a Lauren e Ally. Aquilo repentinamente fez eu me sentir culpada novamente pela forma como as ajudei a ser más. E agora Nidhi tinha de lidar com aquilo também.

— Olha, Charlie — continuou Sydney, tentando me motivar —, você não pode deixar essas pessoas te controlarem dessa forma. Então vamos lá. Nós vamos até eles e vamos acabar com isso.

— Nidhi, o que você quer fazer? — perguntei. Não queria deixá-la aqui na arquibancada, mas também duvidava de que ela ia querer enfrentá-las.

— Por que a Nidhi se importaria? — perguntou Sydney.

Olhei para o outro lado. Não era minha intenção contar a Sydney aquela parte da história. Uma coisa é você contar a uma nova amiga sobre uma situação difícil pela qual passou, quando você fica bem no fim da história. Outra coisa completamente diferente é quando você acaba parecendo diabólica.

— Não vamos entrar nesse assunto agora. E Sydney está certa. Não podemos evitá-las pelo resto da noite. Vamos apenas dizer oi e então continuamos tomando conta das nossas vidas — disse Nidhi.

Olhei para Nidhi agradecida:

— Sim, acho que você está certa.

Sydney cruzou os braços:

— Bom, não sei muito bem o que está acontecendo, mas vocês duas vão me contar a história toda quando chegarmos em casa.

Sydney se levantou e puxou nós duas da arquibancada.

Ela estava certa. Esta era a nossa escola e, apesar de Will estar sendo completamente insensato, eu não podia deixar meu passado controlar meu presente. Tudo era diferente agora. Nidhi e eu tínhamos conseguido deixar isso tudo para trás. Talvez Lauren e Ally tivessem amadurecido desde a última vez em que as vi, há cinco meses.

— Ah, meu Deus, Charlie, quanto tempo! — gritou Lauren, enquanto jogava seus braços finos em volta do meu pescoço, e pude perceber que ela estava olhando para Nidhi e Sydney atrás de mim.

— Ei, Charlie! Veja quem eu trouxe! — disse Will.

Meus olhos se viraram para ele, mas não falei nenhuma palavra.

— Ei, Lauren, Ally! Vocês duas estão lindas — disse. Era incrível como simplesmente estar perto delas fazia com que elogios falsos saíssem da minha boca.

— Eu sei, obrigada! Meus pais e eu fomos ao México na semana passada e fiquei tão queimada! — Ally deu uma risadinha, esticando os braços para que eu pudesse examinar seu bronzeado. — Mas, ah, meu Deus, Charlie, não acredito que você esteja em Harmony Falls com Will!

— É, é uma loucura — disse, olhando para Will.

— Então vocês todas vieram juntas? — perguntou Tyler.

Sydney, do alto de seu 1,80m, veio até o meu lado.

— Na verdade, sim. Charlie e Nidhi foram convidadas por uns cem garotos, mas eu as obriguei a vir comigo. — disse Sydney. Ela se virou para Lauren. — Oi, eu sou Sydney! É bom finalmente conhecer você. Charlie me contou tudo a seu respeito.

— Sério?

Lauren riu, colocou o braço no ombro de Will, se apoiando. Se eu pudesse arrancar seu braço como uma coxa de galinha, teria feito exatamente isso naquele momento.

Nidhi se aproximou:

— Oi, Lauren. Oi, Ally.

Elas olharam para Nidhi sem expressão. Não faziam ideia de quem ela era. Era como se tivessem torturado tantas pessoas que não conseguiam se lembrar mais de todas. Então, um segundo depois, o sorriso de Lauren se alargou. Ela percebeu.

— Nidhi? Você está tão bonita que eu nem te reconheci — disse Lauren, mais uma vez se coroando a rainha do não elogio.

Ally parecia confusa:

— Espera, por que você está aqui? Você não estuda em Greenspring?

— Na verdade, não... — disse Nidhi lentamente, fazendo o máximo de esforço para não ser condescendente. — Eu estudo aqui. Com a Charlie.

— Você tem certeza de que não está na minha turma de espanhol? Com o Señor Fisher — insistiu Ally.

— Não, não estou na sua aula de espanhol. Eu estudo em Harmony Falls — disse Nidhi.

Lauren alternava seu olhar entre nós duas:

— Então vocês todas são amigas? — perguntou ela, fazendo piada.

Meus olhos se cravaram em Will por apenas um segundo para ver se ele estava entendendo como aquela situação era constrangedora, mas seu sorriso apenas transparecia estupidez profunda.

— Ei, Nidhi, está bonita hoje — disse Tyler, olhando muito para os peitos dela. Aquela tinha sido sua contribuição para a conversa. O garoto era um gênio.

— Ei, vou pegar uma Coca — disse Will para nós. — Alguém quer uma?

— Eu quero uma diet! — pediu Lauren.

— Vou com você — disse Nidhi, aproveitando o momento para fugir. Pelo menos Sydney ainda estava aqui.

— Então, como é Greenspring? — perguntei, enquanto o DJ anunciava a presença obrigatória em alguma dança em conjunto.

— Ahhhh! Amo essa música! — berrou Ally, quase perfurando meu tímpano, e arrastou Tyler para a pista de dança.

Lauren e eu agora estávamos sozinhas, a não ser que você leve em consideração que Sydney, minha guarda-costas de vestido roxo, estava esperando cerca de 1 metro atrás de mim — longe o suficiente para não estar escutando a conversa, mas perto o suficiente para me assegurar de que estava me apoiando.

— De que você estava falando? — perguntou Lauren, sem perder o ritmo.

— Humm, não me lembro mais — falei. Apenas não tinha mais nada para dizer a ela. Tudo o que eu queria fazer era encontrar Will, descobrir por que ele as trouxe, antes de qualquer coisa, e depois matá-lo.

— Então, quando você começou a andar com Will de novo? — perguntei. — Deve ter uns, tipo, três anos que vocês não se veem.

— Eu sei. Não é uma loucura? Quer dizer, nós meio que nos falamos por e-mail durante o ensino fundamental, mas nunca mais o tinha visto. Quer dizer, sabia que ele ainda gostava muito de mim, mas não ia entrar em um relacionamento a distância de maneira alguma, não é?

Relacionamento a distância? Ela só podia estar de brincadeira. Ela não achava mesmo que eu acreditava que ela e Will andaram se falando durante todo o ensino fundamental sem que ela esfregasse isso na minha cara na época. Eu a conhecia melhor que isso.

— Mas ele me ligou assim que voltou em junho e nos encontramos várias vezes no verão e, não sei Charlie, mas acho que definitivamente algo ainda está ali.

— O que você disse? — perguntei.

Will estava de volta desde JUNHO? Meu estômago embrulhou e lutei para não perder o ar enquanto Lauren estava ali, exultante.

— O quê? — perguntou ela, inocentemente.

Quase perguntei a ela novamente, mas eu sabia o que ela tinha dito e não podia dar a Lauren a satisfação de fazer com que eu me sentisse pior.

Lauren suspirou e olhou para o outro lado:

— De qualquer forma, é estranho que você seja amiga daquela garota agora.

— Por que é estranho? — perguntei, na defensiva.

— O quê? Você se esqueceu de que você ficou falando mal dela e depois tentou colocar a culpa em mim?

Apertei meus olhos sobre o alvo. Eu ia acabar com ela.

— Lauren, você sabe que não tem a menor noção da realidade, não sabe? Você entra aqui achando que todos vão se curvar e deixar você se sair bem de todas as suas merdas, mas isso não vai acontecer mesmo. E por falar nisso, Nidhi é uma das minhas melhores amigas agora, então eu ficaria grata se você não começasse a falar mal dela na minha frente. Ou não vou ter outra opção a não ser acidentalmente bater com meu punho nos seus dentes.

Devo ter falado isso alto, porque, de repente, percebi que Sydney estava bem ao meu lado.

— Relaxa! Não falei nada sobre ela. Mas você está sempre me culpando por coisas que não fiz, então isso não é nenhuma surpresa pra mim — disse Lauren, de forma arrogante.

— Lauren, realmente não me importo mais com o que você pensa, porque nunca fiquei tão feliz quanto como no dia em que deixamos de ser amigas. Mas espero que você se lembre de que está na minha escola hoje, e acho melhor você pensar muito bem antes de começar a falar coisas que não pode provar.

Não esperei até ela responder. Virei as costas e quase bati de frente com Will, que estava tentando carregar quatro copos sem derramar a bebida. Enquanto Sydney e eu nos afastávamos, ele gritou para nós:

— Ei, peguei bebida pra vocês!

Continuei andando. Nunca tinha ficado com tanta raiva de alguém.

— Prazer em conhecê-la, Lauren — disse Sydney, animada, enquanto íamos até o outro lado da pista de dança.

Assim que saímos do raio de visão de Lauren e Will, ela começou a dar pulinhos de alegria:

— Ah, meu Deus, Charlie, aquilo foi incrível! Não acredito que você tenha dado um fora daqueles nela! Você não está se sentindo bem? — perguntou Sydney, praticamente quicando sobre seus saltos enquanto passávamos por casais que agora estavam dançando agarradinhos alguma balada romântica cafona dos anos 1990.

— Acho que sim — disse, minha voz quase tremendo. Lauren tinha me deixado tão furiosa, que eu podia sentir em meus ossos. E Will... eu nem sabia o que pensar sobre ele. Estava repentinamente tão cansada, mas o relógio na parede sobre a arquibancada marcava apenas 9h30.

Sydney e eu vimos Nidhi e Michael na arquibancada, rindo.

— Nidhi acabou de me contar tudo. Caramba, Will é tão idiota — disse Michael.

Desejei ter achado aquilo tão engraçado quanto ele.

— Michael, cadê a Molly? — perguntei, tentando me distrair do que tinha acabado de acontecer.

— Boa pergunta — disse ele, claramente não muito preocupado com aquilo. — Da última vez que a vi, ela estava se engraçando toda para um cara do time de basquete.

— Que maldade! Como ela pôde fazer isso com você?

— Não se preocupe com isso. Garotas vêm e vão. Eu não gostava dela de verdade mesmo.

— Ainda assim é uma droga — disse Nidhi.

Sydney fez uma cara de tédio:

— Michael, nós sabemos que você na verdade queria vir conosco — provocou ela. — Meninas, acho que não temos escolha a não ser deixar que Michael se junte ao nosso grupo durante o resto do baile. Ele está dentro?

— Está dentro — dissemos juntas.

— Obrigado, mas não tenho muita certeza... tenho uma reputação a zelar. Não posso deixar as pessoas acharem que vocês três ficaram com pena de mim.

— Ajudaria se disséssemos a todos que roubamos você da Molly porque estávamos totalmente apaixonadas por você? — perguntei.

— Nada mal, Charlie! Gosto da sua forma de pensar! — Michael riu.

— Bom. Agora que chegamos a um acordo, me cansei de ficar sentada — disse Sydney, esticando a mão na minha direção. — Charlie, Nidhi e Michael, vamos balançar o que suas mamães deram a vocês.

Michael, Nidhi e eu caímos na gargalhada.

— O quê?

— Garota, não fale isso novamente — disse Michael, passando o braço em volta de Sydney e levando nós três até a pista de dança.

Durante as duas horas seguintes, dancei até quase arrancar Will, Tyler, Lauren e Ally da minha mente. Will tentou falar comigo umas duas vezes, mas me recusei a responder em qualquer coisa que não fosse um monossílabo. Tyler passou a noite toda dando em cima da Ally. Ou ela estava dando em cima dele. Era difícil saber. E, claro, fiquei recebendo flechadas de ódio da Lauren, mas toda vez que as percebia, eu ficava estranhamente mais forte. Depois de chegarmos em casa aquela noite e relembrarmos todos os momentos do baile, eu estava muito feliz de ter tido a oportunidade de dizer a Lauren o que realmente achava dela. Mas obviamente não tinha perdoado Will por tê-la levado.

CAPÍTULO 17

— **CHARLIE, POSSO FALAR COM VOCÊ POR UM SEGUNDO?** — perguntou Will, de pé ao lado da nossa mesa no refeitório.

— Talvez eu devesse ir junto, Will — sugeriu Sydney. — Você pode precisar de proteção.

— Obrigado, mas acho que posso cuidar de mim mesmo — disse ele, enfiando as mãos em sua jaqueta do time de futebol de Harmony Falls.

— Por que você está aqui? Você não devia estar na aula? — perguntei. Isso tinha sido o máximo que eu havia falado com ele desde o baile na semana anterior. Se ele era tão ridículo a ponto de querer andar com Lauren, então eu estava cansada de perder meu tempo com ele. Totalmente cansada, para sempre.

— Tenho um tempo livre — disse Will impacientemente.

— O que quer que precise dizer, você pode dizer aqui mesmo — falei.

— Tem certeza disso?

— O que você disse? — protestei.

Ele se afastou da mesa e cruzou os braços:

— Charlie, deixa de bobeira e vem comigo por cinco minutos, está bem?

— Tudo bem — falei, seguindo-o até uma mesa vazia.

— Você vai me dizer qual é o problema?

— Se você não consegue descobrir sozinho, então não vejo por que devo contar — falei, olhando firme para ele.

— Você está falando sério? Você está com raiva de mim e nem quer me dizer por quê?

— Nem vou responder isso. Você sabe o que fez.

Ele juntou as mãos atrás da nuca, fechou os olhos e recostou na cadeira:

— Por que você não me faz um favor e me diz o que eu fiz de tão errado. Finja que sou completamente idiota.

— Nao preciso fingir nada. Você é completamente idiota. Nem sei por onde começar. Ah, espere, sei sim. Que tal você não ter me contado que tinha voltado, mas ter ligado para Lauren assim que chegou aqui e vocês estarem quase juntos novamente? Você mentiu sobre isso na minha cara. E então você a trouxe ao baile sabendo que eu a odeio? Que tal começarmos por aí? — Cruzei meus braços de forma triunfal.

— O q-quê? — gaguejou ele.

— Você me escutou — falei, muito segura.

— Não menti pra você sobre isso. Eu ia te contar que ia trazê-la ao baile, mas Lauren me pediu para não falar nada. Ela disse que queria que fosse uma surpresa.

— Você espera que eu acredite nisso? Não é possível que você seja tão burro.

Ele não disse nada.

— Ah, meu Deus, você é tão burro e ela é completamente psicótica. Aquela garota é inacreditável — falei, abaixando a cabeça sobre a mesa.

— Pensei que vocês fossem amigas! Ou pelo menos não achei que vocês se odiassem tanto!

— Por que você ia achar que nós éramos amigas? Eu te contei que odiava Lauren.

— Você nunca disse isso! Tudo o que você disse foi que vocês não eram mais próximas.

— Talvez eu não tenha explicado palavra por palavra, mas você deveria ter percebido — falei, abaixando minha voz, porque tinha acabado de perceber que Nidhi e Sydney e o restante do refeitório estavam olhando para a nossa mesa.

— Charlie, você está louca. Você está dizendo que tenho de ler a sua mente?

— Você deveria ter percebido — insisti.

— Bem, não percebi. Mas ia me ajudar bastante se você me contasse agora o que está acontecendo.

— Que diferença isso ia fazer? — perguntei.

— Preciso decidir em quem acreditar. Depois do baile, a Lauren me contou algumas coisas bizarras sobre você.

Meus olhos se estreitaram. É claro que a Lauren tinha falado mal de mim. Isso era bem do estilo dela.

— Tudo bem, vou te contar.

E nos cinco minutos seguintes, contei a ele tudo o que aconteceu. Não todos os detalhes, mas os importantes, inclusive a parte da Nidhi.

— Charlie, por que você não me contou isso antes? — perguntou ele, apoiando seus cotovelos sobre a mesa.

— Bem, não é exatamente algo sobre o qual eu adoro falar. E achei que depois que viemos para Harmony Falls não teríamos mais de lidar com a Lauren.

— Você acha que eu a teria convidado se soubesse alguma dessas coisas?

— Não sei...

— Eu não teria feito isso.

Olhei para ele. Uma onda de alívio inundou meu corpo, além de uma minúscula sensação de vitória, como se eu tivesse derrotado Lauren. Mas então me lembrei de um detalhe crucial.

— Certo, então por que você ligou pra ela e não pra mim quando voltou?

— Não sei explicar isso direito, mas ligar pra você era mais intenso de alguma forma. Sei que eu devia ter te ligado e queria ter ligado, mas toda vez que me sentava para fazer isso, não sei, acabava não conseguindo. E eu a convidei para o baile porque ela me convidou para ir ao baile dela.

— Você foi ao baile de Greenspring?

Meu estômago deu um nó. Não esperava escutar aquilo. Ele assentiu:

— Tyler e eu fomos há umas duas semanas. Ele tem andado com Ally desde então. — Ele viu minha careta. — Charlie, acredite em mim, ele está melhor com ela. Eles são perfeitos um para o outro.

— Então... bem... você e Lauren estão juntos de novo?

— O quê? Você está brincando! Aquela garota é um pesadelo. Só demorei um pouco para perceber como ela é superficial e idiota. E o que quer que você tenha dito a ela no baile a deixou tão furiosa, que achei que ela fosse perder a cabeça.

— Sério? — perguntei, um pouco alegre demais, mas não consegui evitar.

— Com certeza. Não fazia ideia de que ela era capaz de falar tão mal de alguém. Foi bem bizarro. De qualquer forma, na verdade eu nem a vi desde então, apesar de ela mandar mensagens para mim basicamente o tempo todo.

Sinto muito, mas aquilo me deixou tão feliz. Na verdade, nada que Will pudesse ter dito seria melhor que aquilo.

— Então, vocês dois já fizeram as pazes? — perguntou Sydney, sentando-se ao lado de Will.

— Não tenho certeza. Estamos numa boa? Ou você ainda me odeia? — perguntou Will.

— Definitivamente o odeio menos do que odiava há trinta minutos — falei.

— Aceito isso.

— Bom! Estou me sentindo bem melhor agora! — disse Sydney.

— É, o que importa é sempre você — falei, rindo.

BEM-VINDOS A PRIMEIRAS IMPRESSÕES

Olá, Calouros!

Sejam bem-vindos a Primeiras Impressões! Não sei como conseguimos isso, mas o Prowler está permitindo que nós, Nidhi Patel e Charlie Healey, escrevamos uma coluna para os calouros feita por calouros. Para nossa primeira edição, estamos cobrindo a Semana do Espírito. Por quê? Porque, basicamente, desde o dia em que as aulas começaram, a Semana do Espírito era mencionada pelo menos uma vez por dia, e nós não fazíamos ideia do que isso se tratava. Sério, se você fosse uma pessoa de fora e visse a intensidade com que a Semana do Espírito é tratada nesta escola, seria um pouco estranho, não seria? Então, o que aprendemos nesta última semana sobre a escola em que passaremos nossos próximos quatro anos?

1. Harmony Falls é ridiculamente competitiva. Nossos melhores exemplos são as competições da hora do almoço. Então, antes de tudo, parabéns ao aluno do segundo ano, Mark Abrams, por derrotar Franklin Sanders, do terceiro ano, em uma formidável zebra na competição de virar root-beer. Mark deu o seguinte conselho aos futuros viradores: "Não importa o que você faça, fique sempre perto de uma lata de lixo, porque assim que acabar, você vai vomitar. Acredite em mim." Obrigada, Mark. Esse é o tipo de informação inestimável da qual os calouros dependem. Então houve a competição do coelhinho rechonchudo, em que os alunos enfiam tantos marshmallows em suas bocas quanto forem capazes, enquanto cantam o hino da escola. A vencedora deste ano, a aluna do terceiro ano, Amanda Moore, disse: "Nunca mais vou comer um marshmallow na vida, mas valeu muito a pena." Gostaríamos de ressaltar que Amanda venceu perto de vinte garotos em sua busca pela dominação do marshmallow. Muito bem, Amanda!

2. Harmony Falls ama fogo — e somos competitivos até mesmo a respeito disso. Todos os anos, os alunos do terceiro ano são responsáveis por construir uma fogueira na noite anterior ao baile. E todos os anos, os alunos do terceiro ano tentam fazê-la maior do que no ano anterior. Temos de dizer que eles fizeram um trabalho incrível, apesar de termos ficado apreensivas ao ouvir o aluno Max Neely dizer: "Ainda bem que conseguimos usar mais de sessenta toras, pois assim não precisamos sacrificar nenhum calouro para os deuses da fogueira." Preferimos acreditar que Max estava brincando, certo?

3. Harmony Falls tem muito talento. Qualquer um que passe pelo Good Karma Café sabe que nós temos alguns músicos muito bons nesta escola. Então não foi nenhuma surpresa para nós o show de talentos ter sido tão bom. A versão acústica de Brian Garcia e Amanda Clark para "She Will Be Loved" do Maroon 5 foi inacreditável, e quando os alunos do segundo ano começaram a fazer malabarismos com fogo, ficamos nervosas, mas impressionadas. A única coisa que gostaríamos que alguém nos esclarecesse é por que o time de futebol americano inteiro se vestiu com roupas íntimas femininas e dublou uma música sobre como eles eram gostosos. Não estamos criticando. Estamos apenas curiosas. Há algo que vocês queiram nos contar?

4. Harmony Falls ama tradições. Existem um milhão de coisas sobre as quais poderíamos escrever neste tópico, mas escolhemos aquela com a qual tivemos mais experiência. Estamos falando dos carros alegóricos. Fomos encarregadas de ajudar, apesar de nenhuma de nós fazer

a menor ideia do que estávamos fazendo. Então gostaríamos de aproveitar esta oportunidade para nos desculpar oficialmente com nossos companheiros de construção de carro alegórico por nossa tímida contribuição. Mas tudo valeu a pena, porque uma de nós (Charlie) teve a honra e o privilégio de desfilar na parada como um pinguim. Se essa não é a forma certa de começar o segundo grau, não sabemos qual é. E, no que diz respeito à competição, não ficamos surpresos que os alunos do último ano tenham ganhado. Temos que encarar os fatos — parecia o tipo de carro alegórico que você vê na TV. Mas também queremos reconhecer os esforços dos alunos do terceiro ano. Sabemos que muitas pessoas acharam que o desfile não era a forma correta de "levantar uma bandeira". Mas mesmo se você odiou, tem de admitir que eles trouxeram à tona alguns temas importantes, e as pessoas ainda estão pensando neles.

Sabemos que as pessoas têm opiniões diferentes sobre a Semana do Espírito, mas, de forma geral, nos divertimos muito. Passamos a sentir que fazemos mais parte da escola depois que a semana acabou. E qualquer que tenha sido a sua experiência, conte para nós e vamos publicá-la no site. Lembre-se, deixe-nos saber se há algum tópico que devamos cobrir em futuras colunas!

Nidhi e Charlie

CAPÍTULO 18

— **CHARLIE, ESPERA UM POUCO!** — **JOSH ESTAVA ANDANDO NA** minha direção com uma pilha de *Prowlers* nos braços. Eu estava esperando o dia todo para receber um.

— Meu Deus, não passo por este corredor há três anos! Mas queria que você tivesse a chance de me parabenizar pessoalmente.

— Parabenizar por quê? E você vai me dar um? — perguntei, esticando a mão, desesperada por uma cópia.

— Porque sou um gênio por ter deixado vocês escreverem a Primeiras Impressões! Espera, onde está a Nidhi? O armário dela não é por aqui também?

— Não tenho ideia de onde ela está. Por quê?

— Bem, de quem foi a ideia de colocar aquela parte sobre os jogadores de futebol americano?

— Minha... alguém ficou chateado com aquilo?

Tinha sido minha ideia. Não consegui evitar. A música que eles "cantaram" era ridícula e mesmo assim eles receberam mais aplausos do que todos os outros.

— Bem, agora estou oficialmente apaixonado por você. Eu sei que você é uma menina do primeiro ano, mas não me importo.

— Que bom que você ficou feliz com isso. Fiquei um pouco preocupada com a possibilidade de as pessoas ficarem furiosas comigo.

— Você não faz ideia! Aqueles babacas fazem isso desde que comecei a estudar aqui e todo mundo acha aquilo tão engraçado. Você é a primeira pessoa a desafiá-los. Amei, e muitas outras pessoas também amaram. O Owen deve até gostar de você agora.

— Obrigada, mas não estava tentando fazer uma declaração política com aquilo. Só escrevi o que vi.

— É o que torna isso ainda melhor! Eu nunca teria conseguido fazer isso sem levar uma bela surra.

— Mas as pessoas estão chateadas?

Nunca ia querer dar a Matt uma razão para vir tirar satisfação comigo.

— Quem, tipo os jogadores de futebol americano? Não se preocupe com isso. Eles estão muito envergonhados. E o Gwo vai defender você, de qualquer forma. Por que ele permanece no time é um mistério para mim, mas não é a minha vida.

— Espera, por que o Gwo teria de me defender?

— Charlie, você realmente precisa relaxar. Todo mundo com quem falei adorou — a coluna toda. Essa foi apenas a melhor parte. Mas tenho de correr para garantir que todos os exemplares sejam distribuídos. Aqui estão dois. Um para você e outro para Nidhi. E, Charlie, bom trabalho. Você não está se revelando a caloura patética que achei que seria.

— Uau, Josh, realmente não sei como te agradecer pelo apoio — falei.

— Não se preocupe com isso! Tenho de ir!

CAPÍTULO 19

SE PRECISEI DE MAIS MOTIVAÇÃO PARA SER ESCRITORA ENQUANTO crescia, ter pessoas gostando do que eu escrevia era o que faltava. Espere, na verdade era ainda mais do que as pessoas simplesmente gostarem. Era o fato de as pessoas estarem falando sobre isso. Aconteceu até mesmo de alunos virem falar comigo no corredor e me parabenizar. E foi crucial para minha sanidade pensar sobre algo diferente do drama do baile e sobre Lauren achando que poderia passar a perna em mim. Mas, em pouco tempo, o que eu pensava sobre escrever, sobre Lauren ou sobre qualquer outra coisa tinha deixado de importar, porque, repentinamente, estava enterrada sob uma avalanche de trabalhos e provas. Sério, como se espera que alguém seja inteligente em cinco assuntos simultâneos? Quer dizer, por que temos de ser tão equilibrados? O que exatamente é tão bom nisso? Mas é claro que a minha opinião sobre o assunto não importava, então eu apenas obedecia como todas as outras pessoas.

Não conseguia acordar cedo o suficiente ou dormir tarde o suficiente para acomodar tudo. E era assim para todos nós. Nidhi estava dividindo seu tempo entre o *Prowler* e a equipe de debate, Sydney estava ocupada com os treinos de basquete, Will estava na pré-temporada de lacrosse (aparentemente você podia treinar lacrosse o ano todo) e Michael estava trancado em um laboratório de ciências, trabalhando em algum projeto insano que ele ia inscrever no prêmio de ciências Westinghouse.

O único problema era Tyler. Seu ego inflado ainda não tinha conseguido aceitar que Sydney o havia rejeitado. Toda vez que ele a via nos corredores, colocava a língua para fora de uma forma totalmente nojenta. Na aula do Sr. Jaquette, ele a interrompia toda vez que ela tentava falar, até que o Sr. Jaquette o mandava parar. Sydney sempre levava na esportiva, mas qualquer um com metade de um cérebro podia ver que ela odiava aquilo. Nós todos dissemos para ignorá-lo, mas eu sabia como era ter de conviver com pessoas que o atacavam em pequenas doses. Mais cedo ou mais tarde, aquelas coisas iriam se juntar e um dia você não aguentaria mais. Você tem de fazer alguma coisa para parar aquilo.

— Você acredita que o LT distendeu um músculo da virilha nos primeiros cinco minutos de jogo? Aquilo acabou comigo — disse Sydney, abrindo sua embalagem de leite na nossa mesa.

— Falei que você devia ter escolhido Eddie Royal entre os disponíveis da semana passada! — disse Michael.

— Vocês acham que a gente poderia falar sobre outra coisa que não fosse simulador de futebol americano? — implorei.

De repente o cheiro de Axe estava próximo de nós.

Por um segundo achei que Tyler estivesse apenas de passagem, mas justo quando pensei que estávamos a salvo, ele chegou sorrateiramente pela lateral e pegou uma fatia de pizza da bandeja da Sydney.

— Tyler, devolva isso — gritou Sydney.

— Você sabe que me quer — provocou ele, com a boca cheia de pizza.

— Você é tão doente! Mas, que se dane, isso não vale a pena — disse Sydney, se afastando dele.

— Tyler, por que você está importunando esta bela menina?

Olhei para trás do Tyler e vi um garoto bonitão, com jeito de atleta, vindo da mesa dos alunos do terceiro ano. Ele tinha cabelo castanho e estava usando uma jaqueta do primeiro time de lacrosse de Harmony Falls. Nunca o tinha visto antes, mas pela forma como Tyler se assustou, ele claramente já tinha.

— Ei, Dylan, não se preocupe com isso. Estou apenas brincando com ela — disse Tyler, nervoso. Isso era interessante. Nunca tinha visto Tyler desta forma. Toda a sua arrogância tinha ido embora.

— Por que você não vai comprar meu almoço, Wickam? E se assegure de pegar as batatas. Depois me encontre na minha mesa — ordenou Dylan.

— Claro, cara, sem problema. — Tyler saiu com o rabo entre as pernas.

Dylan se aproximou e colocou as mãos nas costas de uma cadeira:

— Ei, Michael. Como vai o seu irmão? Ainda jogando em Duke?

Michael balançou a cabeça:

— Sim, ele está indo bem.

— Diga a ele que mandei lembranças. — Dylan estava falando com Michael, mas olhando diretamente para Sydney.

— Com certeza — disse Michael.

— Então, qual é o seu nome? — perguntou ele a Sydney.

— Sydney.

— Sinto muito pelo Tyler. Se ele alguma vez a importunar novamente, apenas me avise — disse ele, sorrindo. Então ele passou de volta sobre a fronteira imaginária até o outro lado do refeitório onde os alunos mais velhos almoçavam.

— Quem era aquele? — perguntei.

— Dylan Vorhees. Jogador de lacrosse. Acho que meu irmão o conheceu — disse Michael.

— Bem, quem quer que ele seja, foi legal da parte dele afastar o Tyler de mim. Juro que vou matar aquele garoto um dia.

— Bem, acho que Dylan deve ter tido outros motivos — disse Michael, com um sorriso maldoso.

— Cala a boca! Ninguém pode fazer algo só por ser uma boa pessoa? Será que isso não é possível? — disse Sydney, jogando seu guardanapo nele.

Michael olhou em volta, fingindo estar absorto em seus pensamentos:

— Nesta situação? Eu poderia dizer que... não. O cara está definitivamente dando em cima de você.

— Não está nada! E, de qualquer forma, eu não ligo. Ele conseguiu fazer com que Tyler me deixasse em paz!

Michael recostou em sua cadeira e balançou a cabeça.

— Sim, mas o que vocês viram aqui é a razão pela qual nunca vou querer entrar para o time de lacrosse.

— O que você quer dizer? — perguntei.

— Você viu Dylan mandando Tyler fazer coisas? Eu não seria escravo de ninguém por nada nesse mundo. Simplesmente para fazer parte de um time? E o time de lacrosse é sempre o pior. Não vale a pena mesmo — disse Michael.

— Como assim o time de lacrosse é o pior?

— Meu irmão sempre me disse para me afastar deles. Ele inclusive me contou, no ano passado, que, se eu simplesmente pensasse em me alistar, ele ia me dar uma surra.

— Que meigo! O que mais os garotos do lacrosse fazem?

— Na verdade, não sei exatamente o que acontece. Mas quando meu irmão era do segundo ano, eles fizeram os calouros correrem pelados em frente às líderes de torcida do primeiro time.

— Você só pode estar brincando! — falei.

— Garanto que é verdade. Pelo menos eles obrigaram os calouros a fazer isso à noite. Muito menos vergonhoso. Wickam os adora, então eles basicamente podem fazer o que quiserem.

— Mas o editor de esportes do *Prowler* me contou que eles têm um técnico novo este ano — comentei.

— É verdade. Tinha me esquecido disso. Quem sabe? Talvez seja diferente este ano. Mas alguns daqueles caras gostam muito desse tipo de coisa. Quero dizer, nunca dá para saber.

— Mas o Will está no time de lacrosse! Não deveríamos contar a ele?

— Charlie, ele já deve saber.

*

De forma alguma eu ia deixar de perturbar Will sobre o assunto na primeira oportunidade que tivesse. O dever de casa podia esperar.

CHealeyPepper324: ficou sabendo do que aconteceu no almoço com tyler e sydney?

FCBarcafan18: o que foi agora?

CHealeyPepper324: tyler estava sendo o babaca de sempre. pegou pizza do prato dela. tenho certeza de que ele tem 5 anos, mas aquele cara, dylan, do seu time de lacrosse, o mandou ficar na dele. ficou mandando em tyler como se ele fosse um escravo. o que é isso?

FCBarcafan18: não é nada. é tradição do time de lacrosse os mais novos fazerem coisas para os jogadores mais velhos.

CHealeyPepper324: não foi isso o que o michael disse. ele disse que era bem mais intenso do que isso.

FCBarcafan18: não é nada. nós compramos bebidas para eles, seguramos portas, carregamos suas coisas.

CHealeyPepper324: vc tem certeza? eles não vão prender vc com silver tape e te jogar numa piscina, vão? vi isso na TV no ano passado. era uma loucura.

FCBarcafan18: charlie, não é nada disso. vc realmente não precisa se preocupar com isso.

CHealeyPepper324: se vc está dizendo... mas me prometa que vc não vai deixar aqueles garotos fazerem nada realmente ruim com vc.

FCBarcafan18: prometo.

CHealeyPepper324: mais uma coisa, mantenha o tyler longe da sydney.

FCBarcafan18: ela sabe cuidar de si mesma, na verdade, acho que devemos ficar fora disso.

CHealeyPepper324: vc sempre quer ficar de fora. se não fizermos algo, só vai piorar.

FCBarcafan18: certo. podemos apenas deixar isso de lado por enquanto?

CHealeyPepper324: tudo bem. só estou preocupada. não sei muito bem o que fazer. estou com um mau pressentimento sobre tudo isso.

FCBarcafan18: você está desesperada sem motivo. tyler não consegue evitar ser um babaca. e ele idolatra dylan. então, se dylan falou pra ele deixar sydney em paz, ele vai deixar. vc não precisa se envolver.

CHealeyPepper324: beleza. mas ainda acho que você está errado.

CAPÍTULO 20

— **ATÉ AGORA NÓS LEMOS SOBRE A HISTÓRIA AMERICANA SOB A** ótica de apenas um tipo de pessoa. Algum de vocês sabe do que estou falando? — perguntou o Sr. Jaquette.

Eu não fazia ideia. Tinha ouvido falar que todo ano ele inventava algum novo projeto final esquisito antes das férias de inverno. Imaginei que fosse disso que ele estivesse falando.

— Ninguém? — insistiu ele, passando os olhos pela sala, esperançoso.

Todos nós balançamos a cabeça.

Ele suspirou. Claramente não estávamos sendo dotados e talentosos ou o que quer que seja que os alunos de Harmony Falls deveriam ser.

— Todas as pessoas sobre quem lemos estavam em posições de poder ou fizeram a coisa certa. — O Sr. Jaquette andou até a lateral da sala. Seus olhos brilhavam, seu nerd interior se libertando com toda força. — Para o projeto final antes das férias, vocês vão encontrar alguém de fora dos livros de história costumeiros. Vocês vão pesquisar sobre a vida dessa pessoa e preparar uma apresentação de dez minutos para a turma.

Levantei a mão:

— Mas, Sr. Jaquette, como é que vamos encontrar essas pessoas?

O Sr. Jaquete arqueou as sobrancelhas e sorriu:

— Charlie, não se subestime. — Ele passou os olhos pela turma. — E uma palavra de aviso para aqueles que normalmente gostam de deixar tudo para o último minuto. Recomendo fortemente que não façam isso com esse projeto. Ele vai valer 25 por cento da sua nota, e pessoas invisíveis são difíceis de se achar à meia-noite do dia anterior à sua apresentação.

Duas semanas depois, eu tinha escolhido Isaac "O Rei" Sears, um dos fundadores do grupo Filhos da Liberdade. Pelo nome, pensei que eles seriam heroicos lutadores revolucionários. Errado. Eles eram como homens da máfia, espancavam e intimidavam qualquer um que ficasse em seu caminho. Na noite em que jogaram o chá no porto de Boston, eles se vestiram como índios para as pessoas não pensarem que um grupo de homens brancos fosse responsável por aquilo. Que beleza.

Sydney não teve problema em achar alguém sobre quem pesquisar, mas tinha pavor de falar em público. Então ela ensaiou umas cem vezes tendo como plateia Nidhi e eu, mas ainda tinha certeza de que ia amarelar quando chegasse a hora.

— Olá a todos! Más notícias! O Sr. Jaquette acabou de ir para casa com uma virose, então receio que vocês vão ter de me aguentar! — disse a Srta. Fieldston, entrando em nossa sala no dia da apresentação da Sydney.

— Não se preocupe, Srta. Fieldston, vamos tomar conta de você — gritou Tyler do fundo da sala.

— Obrigada, Tyler, sei que posso contar com você — disse ela alegremente.

A sala zumbia com o barulho de pessoas conversando.

A Srta. Fieldston levantou a mão:

— Tudo bem, pessoal, vamos ficar quietos, certo? O Sr. Jaquette me instruiu a seguir adiante com as apresentações, conforme planejado.

— Srta. Fieldston, como vamos receber nota se o Sr. Jaquette não está aqui? — reclamou Brian Reitman.

— Sei que não é o ideal, mas vou dar uma nota e vou gravar as apresentações em vídeo para o Sr. Jaquette avaliar depois — disse a Srta. Fieldston, acariciando uma pequena bolsa para carregar câmera que estava pendurada em seu ombro. — Então, vamos começar! Se vocês tiverem gráficos, ficarei feliz de passar os slides. Brian, por que você não começa? — sugeriu ela animadamente.

A apresentação de Brian foi tão chata que honestamente nem me lembro de sobre quem ele falou. Em seguida, um garoto chamado Trevor fez uma apresentação sobre um médico e depois era a vez da Sydney.

— Você vai arrasar. Lembre-se de olhar para o rosto amigo na plateia — falei, apontando para mim mesma.

Sydney soltou um pequeno sorriso amarelo, deixando cair o cacho de cabelo que estava enrolando e andou até a frente da sala. Ela respirou fundo e começou.

— Nesta aula, aprendemos muito sobre Thomas Jefferson. Ele escreveu na Declaração de Independência que todos os homens são criados iguais. Mas, quando escreveu isso, Thomas Jefferson possuía mais de duzentos escravos. Achei que descobrir sobre suas vidas, sobre pessoas que pertenciam a um homem que falava de liberdade, era importante — disse Sydney, sua voz falhando um pouco.

— Um dos escravos de Jefferson era uma mulher chamada Sally Hemings. Passar slide.

Sydney limpou a garganta. Mandei a ela todos os meus poderes telepáticos de confiança.

— Sally Hemings nasceu em 1773, filha de Elizabeth Hemings, uma escrava, e John Wayles, sogro de Thomas Jefferson. Em 1774, Jefferson herdou Sally dos Wayles quando ela tinha 1 ano. Ela e a mãe foram morar com Jefferson em sua casa em Monticello, na Virginia, em 1776. Avançar slide, por favor.

Sydney tirou os olhos de suas anotações, fazendo contato visual com a turma toda, como tinha praticado.

— Não há muitas descrições de Sally, mas todas dizem que ela era muito bonita. Antes de pesquisar sobre esse assunto, nunca havia pensado sobre escravos tendo filhos com seus proprietários, mas, em 2004, cientistas provaram que Jefferson era o pai de vários dos filhos de Sally Hemings.

Tyler gritou:

— Mandou bem!

Sydney olhou para Tyler com as mãos na cintura. Ela respirou fundo e começou novamente:

— Em 2004, cientistas provaram que...

Ela fez uma pausa. Ela estava se repetindo. Sydney olhou para o cartão com os tópicos que tinha em sua mão, mas não continuou.

Vamos lá, Sydney, você consegue fazer isso, falei para mim mesma.

Ela começou novamente:

— Apesar de seus adversários políticos terem tentado usar isso contra ele, os rumores nunca morreram completamente. Durante toda a vida, Jefferson e sua família negaram a relação dele com Sally. Mas até 1998 parecia impossível provar que Jefferson era o pai dos filhos de Sally Hemings.

A voz de Sydney foi interrompida pelo som de aplausos. Virei na cadeira e vi que eram Tyler e outros dois garotos. Sydney parou de falar, totalmente confusa. Eu também estava confusa.

Sydney esperou que eles parassem de aplaudir antes de falar novamente.

— No entanto, em 1998, o Dr. Eugene Foster, um patologista aposentado, comparou o material genético de um cromossomo Y de um descendente do tio de Jefferson com o material genético de descendentes dos filhos de Sally Hemings...

Novamente os garotos aplaudiram, mas agora combinando com risadas. Sydney olhou para os garotos e depois para a Srta. Fieldston. A Srta. Fieldston se levantou:

— Por favor, rapazes, acalmem-se — implorou ela, seu jeito cantado de falar a toda força.

Sydney tentou novamente, mas não conseguia falar duas palavras antes que os aplausos voltassem. Os garotos se dobravam de tanto rir.

A Srta. Fieldston falou:

— Certo, rapazes, vocês já se divertiram. Deixem Sydney continuar com a apresentação.

— Agora... a história mostra que Jefferson era o pai dos filhos de Sally Hemings — sussurrou Sydney, então voltando correndo à sua cadeira.

— Não preste atenção neles. Você foi incrível — sussurrei.

Sydney piscou para impedir que lágrimas caíssem. Ela balançou a cabeça e não falou mais nada o resto da aula.

O sinal tocou alguns minutos depois e observei Tyler sair com os amigos.

— Vamos sair daqui — disse Sydney, jogando sua mochila sobre o ombro.

Eu a segui, desesperadamente pensando no que poderia dizer para fazê-la se sentir melhor.

Nós nos afastamos uns dois metros da sala de aula antes de Sydney parar e se encostar à parede.

— Chega. Vou dar uma de bandeirante com ele. Ele não perde por esperar.

— O quê? Sydney, fale a minha língua. Que história é essa de bandeirante?

— Ah, inventei isso quando tinha 10 anos. Estava em um grupo de bandeirantes e entrei numa briga com uma garota sobre quem vendia mais biscoitos. Ela e a mãe maluca surtaram comigo. Então é assim que eu chamo quando você fica com tanta raiva de uma pessoa que quer que ela morra.

Bem naquele momento, nos demos conta da presença da Srta. Fieldston parada na porta da sala.

— Sydney, que bom que ainda está aqui. Você pode entrar para conversar comigo por um segundo? — sugeriu a Srta. Fieldston.

— Você me espera enquanto eu falo com ela? — me perguntou Sydney.

— Claro. Estarei bem aqui.

Encostei na parede perto da porta para poder ouvir a conversa.

— Agora, antes que você diga qualquer coisa, sei que não está feliz com o que aqueles meninos fizeram. Mas não fique tão chateada por causa disso. Garotos sempre fazem coisas assim quando gostam de uma menina — disse a Srta. Fieldston.

— Você está dizendo que eles fizeram aquilo comigo porque gostam de mim? — perguntou Sydney.

— Claro, querida. Garotos não conseguem se segurar quando estão perto de meninas bonitas. Eles se sentem intimidados, então agem de maneira estranha. Mas eles não tinham intenção de magoá-la com isso. Eu ficaria lisonjeada se fosse você.

— Mas, Srta. Fieldston, eu não consegui me concentrar enquanto estava fazendo minha apresentação. Nem consegui acabar e trabalhei muito sério nisso. Não é justo.

— Sydney, não se preocupe com isso. Você obviamente se esforçou nesse projeto. Vou dizer ao Sr. Jaquette que você fez um bom trabalho e pode parar de se preocupar. Certo?

— Acho que sim.

— Sydney, pense nisso da seguinte forma: você é sortuda. Eles poderiam ter feito aquilo a qualquer garota da turma, mas escolheram você.

— Mas o Sr. Jaquette vai ver o vídeo? — perguntou Sydney baixinho.

— Na verdade, acabei de checar e a fita parece não estar funcionando direito. Se você quiser, posso falar com o Sr. Jaquette e você poderia fazer tudo de novo para ele. Mas, de qualquer forma, vou me assegurar de que você receba uma boa nota, então não há nada com o que se preocupar.

— Certo. Obrigada, Srta. Fieldston — disse Sydney, hesitante.

— Não há de quê. É para isso que estou aqui.

A porta se abriu e Sydney saiu.

— Você escutou a conversa? — perguntou Sydney, enquanto fechava a porta atrás dela.

— Sim. O que você achou? — perguntei enquanto nos afastávamos da nossa sala de aula.

— Não sei. Ela vai falar com Jaquette, então isso é bom.

— Não foi culpa dela aqueles garotos terem feito aquilo, e você fez seu trabalho. Então acho que parece justo. Mas o que você vai fazer a respeito do Tyler?

Os olhos dela se estreitaram:

— Ainda não sei, mas vou pensar em alguma coisa.

CAPÍTULO 21

SYDNEY NÃO DEMOROU MUITO. ELA ME MANDOU UMA MEN-sagem de texto no sexto tempo:

me encontre no armário depois da aula.

Quando cheguei lá, os olhos de Sydney estavam em chamas.
— Certo, sei onde ele está. Você vem comigo?
— Claro. Você contou para Nidhi ou Michael? — perguntei, saindo apressada atrás dela.
— Não vi Nidhi. Acho que ela está fazendo alguma coisa de debate. Michael falou para eu deixar isso pra lá. Disse que não valia a pena.

Eu achava que Michael tinha razão.
— Venho ignorando Tyler há semanas. Agora é a hora de destruí-lo — disse Sydney, teimosa.

Por um breve momento, desejei que estivesse ocupada esta tarde, mas não podia fugir agora. Sydney precisava do meu apoio.

Mas, enquanto eu seguia Sydney pelos prédios acadêmicos e pelo ginásio, e descia um corredor estreito de blocos de concreto cinza, tive um mau pressentimento.

— Você não vai matar Tyler, vai? Porque tenho prova de espanhol amanhã e preciso estudar, então não tenho tempo pra passar a noite na cadeia. — Fiz uma piada para aliviar minha própria tensão.

Ela parou e se virou. O cheiro de suor rançoso e meias sujas permeava o ar.

— Charlie, não posso deixá-lo simplesmente se safar dessa. E ele não vai parar até eu obrigá-lo a parar.

— Eu sei, você está certa.

A garota estava em uma missão. Eu só estava pegando uma carona.

Ela parou na frente de uma porta que dizia SALA DE MUSCULAÇÃO e olhou pelo vidro. Mesmo através da porta dava para ouvir o som de algum tipo de hip-hop furioso que eu não conseguia reconhecer e o barulho dos pesos se batendo. Sydney respirou fundo, como se estivesse entrando no octógono de vale-tudo.

Lutei contra meu instinto de fugir. Além do inescapável e absolutamente horrível cheiro de chulé de garotos e suor velho, tinha a impressão de que garotas não deveriam vir aqui. De forma alguma. Éramos nós e cerca de 15 rapazes com shorts compridos e camisetas, grunhindo e levantando peso.

Sydney foi andando até onde Tyler estava de pé, perto de Will, que estava deitado de costas sobre um banco, fazendo supino.

— Então você acha que o que você fez na aula foi engraçado? — perguntou Sydney aos berros para vencer a música.

O barulho dos pesos batendo cessou. A música também. Tyler olhou em volta da sala e riu de forma nervosa.

— Do que você está falando? — perguntou ele, mexendo na camisa.

— Não finja que você é mais burro do que realmente é. Você sabe exatamente do que estou falando — disse Sydney, braços cruzados, cintura projetada para a frente.

Escutei alguém no canto da sala tossir e murmurar:

— Wickam, controla a mulher, cara.

As orelhas de Tyler ficaram vermelhas.

— Syd, relaxa. Foi só uma brincadeira. Você está na TPM ou algo assim?

Uma risada ricocheteou na parede. Olhei para o lado e vi Matt sorrindo, observando a cena toda.

— Antes de qualquer coisa, não me chame de Syd. Segundo, em que ano você está, sétimo? Com esse papinho de TPM? Terceiro, aquela idiotice que você fez na aula hoje foi a gota d'água. Você acha de verdade que é engraçado? Porque você não é. Você acha que as pessoas gostam quando você é babaca daquele jeito? Deixe-me ajudá-lo nessa, Tyler, elas não gostam.

Will se sentou no banco e tirou o cabelo do rosto:

— Sydney, sério, pega leve.

— Will, você não estava lá, então você não sabe de nada — falei, dando um passo para a frente.

— Só estou falando que talvez eles possam conversar sobre isso em outro lugar.

— O Tyler não se importa com o lugar onde me envergonha. Por que eu deveria me importar quando faço isso com ele? — retrucou Sydney.

— Desculpa... como você quiser — disse Will, levantando os braços em sinal de rendição.

Sydney se voltou para Tyler:

— O negócio é o seguinte. Não é só porque eu rejeitei você que você tem o direito de ser um completo babaca. Entendeu? Não se meta comigo que eu não me meto com você. E se você mexer comigo de novo, nós vamos lá para fora e vamos descobrir que tipo de homem você é.

Risadas ricochetearam ao redor da sala, junto de vários sussurros de "Caramba, Wickam! Ela está te chamando pra porrada!"

Por um segundo, Tyler ficou completamente paralisado.

— Você não quer ir lá pra fora — disse ele, abalado.

— Bom! Estou muito feliz que tenhamos esclarecido isso. E mais uma coisa. Axe é uma droga! — disse ela, rodando sobre seus calcanhares e indo embora.

Fora da porta vermelha, Sydney soltou o ar com força e balançou as mãos na sua frente:

— Bem, já me sinto melhor!

Levei um segundo para conseguir falar, porque ainda estava recuperando o fôlego dos efeitos combinados da horrível tensão da situação e do fedor daquela sala:

— Definitivamente acho que você traumatizou o menino pelo resto da vida — falei.

— Bom! Missão cumprida. Ele estava merecendo há muito tempo.

— Você viu Matt Gercheck lá, não viu?

— Matt? Qual neandertal era esse?

— Ele era o idiota que deu em cima da gente no baile. Parece um porco com maus modos.

— Ah, sim! Acho que ele estava lá. Melhor ainda! — disse Sydney, exultante.

— Ele estava observando tudo.

Ela deu de ombros:

— Realmente não me importo. Agora Tyler sabe como é a sensação de ser humilhado.

Mais tarde, naquela noite, claro, Will mandou uma mensagem para mim pela internet. Esse tinha se tornado o único lugar onde realmente podíamos conversar.

FBarcafan18: imagino que a sydney esteja orgulhosa do que fez.

CHealeyPepper324: vc tem de admitir que ele mereceu aquilo.

FBarcafan18: tudo que ele fez foi aplaudir. como isso pode ser tão ruim?

CHealeyPepper324: acredite em mim.

FBarcafan18: mas a sydney exagerou. a coisa ficou feia depois que vocês foram embora.

CHealeyPepper324: como??????

FBarcafan18: feia. matt foi o pior. sydney não deveria ter feito aquilo. não lá.

CHealeyPepper324: tudo bem. mas ninguém consegue fazê-la parar quando ela está daquele jeito... não acredito que um dia gostei do tyler. que babaca.

FBarcafan18: foi bem patético.

CHealeyPepper324: que se dane. eu estava temporariamente insana. podemos deixar isso de lado agora?

FBarcafan18: sem problema. A vida do tyler vai ser um inferno agora. matt vai contar pra escola toda.

CHealeyPepper324: me esqueci disso.

FBarcafan18: tyler não vai esquecer. matt não vai deixar.

CAPÍTULO 22

NOSSA CONVERSA ME INCOMODOU. EU NÃO TINHA DÚVIDAS DE que Tyler merecia aquilo, mas fiquei imaginando se Sydney não estava errada também. Ela tinha humilhado Tyler em frente às pessoas a quem ele mais queria impressionar. Pensei bastante nisso durante as duas semanas de férias de inverno, mas não falei nada para Sydney. Não porque eu estivesse com medo disso — bem, eu estava um pouquinho — mas ela estava visitando a avó e não achei que isso fosse algo sobre o qual eu deveria falar por mensagem de texto. Queria esperar até achar que fosse a hora certa.

Uma semana depois que as aulas recomeçaram, tive minha chance.

— Juro, eu vivo pelos dias com neve. Eu teria, tipo, cinco provas hoje — disse Sydney, me entregando um saco de pipoca doce e se ajeitando no meu sofá.

— Eu sei. Rezei para os deuses da neve ontem à noite antes de dormir — falei, enchendo a boca de pipoca.

De repente Sydney parou de comer e se endireitou no sofá.

— Ah, meu Deus, esqueci de te contar o que aconteceu com o Tyler ontem. Foi absolutamente incrível!

— O que aconteceu? — perguntei, achando que meu momento de falar sobre Tyler tinha chegado.

— Foi quando eu estava saindo do almoço e você estava falando com alguém do jornal. Aquele garoto asiático enorme. E, por falar nisso, eu amo o Matt.

— Sydney, você não pode falar isso nem de brincadeira. Ontem a Srta. McBride e eu entramos no jornal e pegamos Ashleigh e ele quase transando na sala da equipe. Nunca mais preciso ver aquilo.

— Tudo bem, você tem razão, mas você precisa escutar — insistiu Sydney, ajeitando a postura e pegando outro punhado de pipoca. — Você sabe que os veteranos do time de lacrosse fazem os alunos mais novos comprar o almoço deles? Então Tyler estava segurando a bandeja do Matt e ele tropeçou ou caiu. Não tenho certeza do que aconteceu, mas a comida, os pratos, tudo saiu voando pelos ares. A melhor parte foi que o refeitório inteiro parou e ficou olhando pra ele. E então todos começaram a rir e aplaudir. Fez meu dia valer a pena!

As palavras de Will voltavam à minha cabeça:

— Você não sente nem uma pontinha de pena dele? — perguntei.

— Não! Por que eu deveria? Ele supermereceu aquilo — disse ela, olhando para mim como se eu fosse louca.

— Sim, mas qual é? Você precisa ficar tão feliz com isso?

— Tenho o direito de ficar feliz. Qualquer um que mexer comigo vai ficar pra sempre na minha lista negra.

— Olha, não estou dizendo que ele não tenha sido um completo babaca, mas desde aquela coisa na sala de musculação, não sei, eu meio que tenho sentido pena dele. A escola toda ficou sabendo daquilo.

— Você está brincando?! Você odeia o garoto tanto quanto eu!

— Eu sei, mas...

— Espera, você ainda gosta dele. Não acredito nisso!

— Não, eu não gosto dele! — falei, sem acreditar no que ela estava sugerindo.

— Por que outro motivo você estaria do lado dele? — perguntou Sydney, sua voz ficando mais alta como a raiva.

— Sydney, não estou do lado dele. Mas ainda acho que não devíamos ficar tão felizes quando ele se dá mal na frente da escola inteira.

— Bem, acho que isso faz de você uma pessoa melhor do que eu — disse Sydney de forma sarcástica.

— Não sou nada. Apenas andei pensando no que aconteceu na sala de musculação e acho que pode ter sido um pouco exagerado. Sei que ele estava sendo horrível com você e que você tinha todo o direito de ficar incrivelmente zangada. Mas o que você fez na sala de musculação foi meio que o mesmo que ele fez com você.

— Exatamente. Esse era o objetivo — disse Sydney, se recusando a olhar para mim.

— Mas então você está meio que agindo da mesma forma que ele, não acha? — argumentei, ansiosa.

— Você só pode estar de brincadeira com a minha cara! Isso só pode ser porque você ainda gosta dele. Se o fato de Tyler ainda gostar de você for mais importante do que a nossa amizade, então obviamente não somos tão próximas quanto achei que fôssemos.

— Sydney, isso é ridículo. Por que você está tão irritada comigo?

— Não estou irritada! É só que eu acho que ser leal é realmente importante em uma amizade. Olha, esqueça isso. Não quero mais falar disso. Vou ligar pra minha mãe pra ela vir me buscar.

— Sydney, não vá embora! De qualquer forma, você não pode ir. Vai demorar uma eternidade pra sua mãe chegar aqui — falei, enquanto tentava desesperadamente pensar numa forma de acalmá-la.

— Que se dane, posso ir andando — disse Sydney, colocando seu casaco.

— Sydney, não vá.

— Realmente preciso ficar sozinha agora — disse Sydney, abrindo seu celular.

Dois segundos depois, a porta fechou na minha cara.

CAPÍTULO 23

— EI, SYDNEY — FALEI CASUALMENTE QUANDO ENCONTREI COM ela junto aos nossos armários na manhã seguinte. Na noite anterior, fiquei matutando sobre o que eu deveria fazer quando a visse novamente e decidi pela estratégia de fingir que nossa briga não tinha acontecido.

— Oh, ei — falou Sydney, como se uma poça de lama no chão tivesse falado com ela.

— Você leu o texto pra aula do Sr. Jaquette? Eram umas 150 páginas. Não sei por que ele acha que todos nós sabemos fazer leitura dinâmica.

— Sim, eu li, mas tenho de ir — disse ela, novamente se recusando a olhar para mim.

— Certo, tudo bem — respondi, mas minhas palavras foram ignoradas.

Ela já tinha encontrado com Candace Patterson, uma menina do seu time de basquete. Fiquei observando enquanto Sydney ria de alguma coisa que Candace tinha falado e então desaparecia ao entrar em um corredor.

Pelos seis dias seguintes, eu acordava de manhã, olhava pela janela para o frio cinzento e desejava de alguma forma pegar mononucleose e não ter de lidar com aquilo.

— Essa guerra precisa acabar — disse Michael, encontrando comigo no corredor ao lado da nossa sala de Aconselhamento.

— Que guerra? — perguntei, porque havia um monte para escolher.

— A guerra fria entre você e Sydney.

— Conversa com a Sydney, porque a culpa não é minha — falei.

— Você consegue perceber que vocês duas estão agindo como se estivessem no oitavo ano? — provocou Michael.

— Não sou eu que estou dando um gelo nela! — retruquei.

— Pelo menos me diga por que ela está tao furiosa. Porque já perguntei pra ela e ela não disse nada. A Nidhi não quer falar nada também.

Eu parei de andar, porque estávamos nos aproximando da sala de Aconselhamento e eu não queria arriscar a possibilidade de Sydney nos ouvir.

— Ela está furiosa comigo absolutamente por motivo nenhum! Tudo o que fiz foi dizer a ela pra parar de ficar tão feliz toda vez que o Tyler faz papel de idiota — expliquei.

— Ah — disse Michael, balançando a cabeça, encostado a um armário.

— Isso é tudo o que você tem a dizer, gênio?

— Ei, não é comigo que você está chateada, lembra?

— Desculpa. É só que essa coisa toda está me deixando de muito mau humor. A Nidhi ficou no meio dessa confusão e toda vez que vejo a Sydney, ela está andando com garotas do time de basquete. Quero dizer, não me importo. Ela pode ser amiga de quem quiser, mas é como se ela quisesse que eu me sentisse mal.

— Charlie, você conhece a Sydney. É claro que ela perdeu o controle. Não me entenda mal, Sydney é minha amiga, mas ela é teimosa, principalmente quando acha que está certa... o que acontece o tempo todo.

— Não devia ter dito nada — murmurei.

— Não... ela precisava ouvir isso. Apenas dê algum tempo a ela. Ela vai acabar mudando de ideia.

— É, tipo, daqui a uns cem anos — resmunguei.

— Não sei. Talvez vinte — disse Michael, sorrindo.

— Muito engraçado.

— Vamos lá, temos de ir para o Aconselhamento — disse Michael, passando seu braço em volta de mim.

— É, talvez eu devesse escrever algo pra caixa de perguntas da Srta. Fieldston. Você sabe, "Tenho uma amiga que está sendo uma completa babaca sem razão alguma. Conselhos?".

— Bem, isso tornaria a aula mais interessante. Mas, sério, Charlie, ela vai cair na real.

Não sei se foi a minha conversa com Michael ou a forma como Sydney fez questão de me ignorar completamente durante a aula enquanto era legal com todas as outras pessoas, mas na hora em que a campainha tocou no final do Aconselhamento, eu estava furiosa. Honestamente, Sydney estava sendo tão idiota que eu queria sacudi-la. Eu tinha falado algo pelas costas dela? Não. Eu tinha sido cruel quando falei com ela? Novamente... não. Falei sobre aquilo na frente de outras pessoas? Não. Não. Não. Era tão irritante e injusto que ela achasse que o único motivo para eu falar alguma coisa sobre o Tyler era eu gostar dele. Ela devia ter agido de uma forma muito mais tranquila com aquilo tudo. Em vez disso, estava agindo como se eu a tivesse traído. Logo, se ela ia fingir que eu não existia, então eu podia jogar aquele jogo também. Não tinha suportado três difíceis anos com Lauren e Ally para nada.

— Sydney e Charlie, posso falar com vocês por um minuto? — perguntou a Srta. Fieldston enquanto todos estavam juntando suas coisas para ir embora.

— Ah, que ótimo, isso vai ser divertido — falei para mim mesma.

— Meninas, tenho um problema muito sério que só vocês duas podem resolver — disse a Srta. Fieldston, com a voz grave.

— Certo... — falei, maravilhada.

— Duas das minhas alunas favoritas, duas das meninas mais bacanas que conheço não estão se falando e não sei o que fazer a respeito disso. Vocês têm alguma solução?

— Na verdade, não — disse Sydney, seca.

— Charlie, Sydney, não sou cega. Vocês normalmente são inseparáveis e agora... vocês não conseguem nem olhar uma para a outra. Meninas, não sei o que está acontecendo, mas se vocês quiserem falar sobre isso neste exato momento, posso dar um passe para vocês chegarem atrasadas na próxima aula.

Olhei na direção de Sydney, que estava olhando pela janela com seu queixo retesado e batendo o pé no chão.

— Obrigada, Srta. Fieldston, mas está tudo bem — falei. Não ia esperar pela Sydney, a rainha do drama, cair na real de jeito nenhum. Se fosse assim, ia ficar ali para sempre. Ainda por cima, desde o problema com o Tyler, duvidei de que a Srta. Fieldston fosse a pessoa ideal para me ajudar com essa situação.

— Meninas, vocês já devem saber que eu faria qualquer coisa pelos meus alunos, especialmente por vocês duas. E não há nada mais importante do que garotas unidas. Então não vamos embora até isso se resolver.

— Não há nada pra resolver, Srta. Fieldston — disse Sydney, cheia de amargura. — Você sabe que o Tyler tem sido extremamente mal-educado comigo e finalmente falei pra ele parar com isso. Charlie está brava comigo agora porque acha que eu deveria ser mais legal com ele.

Se ela queria fazer isso na frente da Srta. Fieldston, tudo bem:

— Não foi isso o que eu disse e você sabe bem, Sydney. Não estou pedindo pra você ser legal com ele. Só não acho que você deveria ficar tão satisfeita toda vez que algo ruim acontece com ele. Você está tendo uma reação exagerada.

— Certo, posso ver que existem muitos ressentimentos em ambos os lados. E cada uma de vocês provavelmente está um pouquinho certa. Sydney, você acha que a Charlie disse aquelas coisas para fazer você se sentir mal? — perguntou a Srta. Fieldston gentilmente.

— Como eu poderia saber? Amigas sempre se defendem e ela está claramente escolhendo o lado do Tyler em vez do meu — disse Sydney.

Isso era inacreditável.

— Sydney, você está sendo totalmente injusta! Quando eu não defendi você? Cite uma vez.

— Só precisa de uma vez pra valer — disse Sydney.

— O que você pensa sobre isso, Charlie? — perguntou a Srta. Fieldston.

— O que eu penso? Penso que ela está errada. Sydney, se eu disser que acho que discordo de você a respeito de algo, isso é uma forma de te defender. Pense nisso. Você acha que eu queria falar com você sobre o lance do Tyler? Você acha que eu acordei naquele dia e disse pra mim mesma "Ótimo, hoje vou falar com a Sydney sobre essa coisa toda do Tyler"? Estou falando sério. Eu sabia que você não ia ficar feliz com aquilo, mas fiz porque...

— Por quê?

— Porque acho que é isso que amigos fazem, às vezes. Você diz ao outro quando acha que ele está errado. Eu ia gostar se você fizesse isso comigo.

— Então, meninas, precisamos achar um ponto em comum aqui. Sydney, realmente parece que a Charlie achava que estava fazendo a coisa certa. Você consegue ver isso? — indagou a Srta. Fieldston.

— Acho que sim. — Sydney balançou o cabelo e olhou para mim pela primeira vez em uma semana. — Eu sei que sou esquisita de vez em quando.

— E não estou dizendo que você não tem razão sobre o Tyler. Ele é um imbecil.

— Então, espera um minuto. Você está dizendo que posso falar quando você estiver fazendo algo que me irrita? — perguntou Sydney.

— Claro — falei, sabendo perfeitamente que tinha preparado uma armadilha para mim mesma.

Um pequeno sorriso se formou no rosto de Sydney:

— Certo... Nada de ficar fazendo careta quando eu falar sobre simulador de futebol americano.

— Simulador de futebol americano? Você está falando sério?

— Quando eu não falo sério sobre simulador de futebol americano?

— Certo, isso quer dizer que você entendeu o que estou falando?

— Sim — respondeu Sydney.

— Estou tão feliz que vocês tenham se entendido — disse a Srta. Fieldston, sua voz me chocando um pouco. Tinha quase me esquecido de que ela estava parada ali.

— Obrigada, Srta. Fieldston. Acho que precisávamos de um pouco de ajuda.

— Sem problemas. Apenas fico feliz que vocês estejam se sentindo melhor. Mas é melhor eu dar aqueles passes a vocês e mandá-las para a próxima aula, ou então eu é que vou ficar em apuros — disse ela.

CAPÍTULO 24

— QUEM MANDOU ESTAS FLORES? — PERGUNTOU NIDHI.

— Não sei — disse Sydney, segurando dois cravos cor-de-rosa em sua mão. — Bem, isso não é tecnicamente verdade. Uma é daquele garoto estranho da aula de ciências que fica olhando pra mim, mas não consigo lembrar o nome dele. Ah, sim, e do Will — disse ela, se virando para seu armário.

— Do Will? — perguntei.

Nidhi se curvou, rindo:

— Tudo bem, essa foi maldade. Relaxa, Charlie, Sydney está brincando. Mas você devia ter visto sua expressão — provocou Nidhi.

— Estou tão feliz que você esteja se divertindo — falei. — De qualquer forma, sabia que você estava brincando.

— Você está mentindo descaradamente! E só pra você saber, Nidhi e eu decidimos que você está totalmente apaixonada pelo Will — insistiu Sydney.

— Não estou apaixonada por ele!

— Sério? Nidhi, você acha que essa garota está em fase de negação ou está apenas se recusando a admitir?

Os olhos de Nidhi dançavam de forma maldosa:

— Charlie, admita. Hoje é Dia dos namorados. Se você recebesse uma flor dele, você: um, ficaria indiferente, dois, acharia legal, ou três, ficaria muito animada?

— Nenhum dos três, porque não existe a possibilidade de ele um dia me dar uma flor — insisti.

— Não fuja da pergunta. E se ele desse? — indagou Nidhi.

— Não sei.

— Talvez devêssemos perguntar a Will como ele ia se sentir se você comprasse uma flor pra ele — disse Sydney.

— Nem pensem nisso. Se vocês fizerem isso, nunca mais falo com nenhuma das duas!

Bem naquela hora, todas vimos Will descendo o corredor e vindo em nossa direção. Nidhi e Sydney caíram na gargalhada novamente e eu fiquei toda vermelha.

— Oi, meninas. O que aconteceu de tão engraçado? — perguntou Will, com o cabelo louro sobre os olhos. Estava usando uma camiseta vermelho-escuro. Seria muito mais fácil lidar com isso se ele fosse mais feio.

— Ah, nada. Nós estávamos falando de como amamos você e te achamos o garoto mais lindo da escola — disse Nidhi.

— Legal! — disse Will, sorrindo.

Um garoto acredita em qualquer coisa, contanto que alimente seu ego.

— Will, não seja idiota. Apenas continue andando para sua aula — falei, empurrando-o para longe de nós.

— De jeito nenhum! Quero saber sobre o que vocês três estavam falando! Tem de ser alguma coisa boa, porque a Charlie está toda vermelha. O que houve?

— Vai pra aula, Will! Não estamos falando de você. Fiquei menstruada e estava perguntando se elas tinham absorvente — falei, usando o supertrunfo das meninas para fazer um garoto deixá-las em paz.

Will franziu a testa:

— Ah, cara! Sem problema. Estou indo embora agora!

Observamos Will ir embora.

— Muito boa, Charlie. Estou impressionada — disse Nidhi.

— Obrigada. Sempre uso a menstruação em caso de emergência. Nunca falha. Então, de qualquer forma... próximo assunto... De quem é a outra? — perguntei, apontando para as flores.

— Na verdade, realmente não sei. Tudo o que diz no cartão é *Ei, linda... D*. Alguma ideia? Vocês conhecem alguém que se chame D?

Dei de ombros:

— Ninguém vem à minha mente.

— Nem à minha — disse Nidhi.

— É provavelmente outro cara totalmente esquisito — disse Sydney.

— Recebeu alguma flor hoje? — perguntou Josh quando entrei na sala do jornal.

Joguei minha bolsa sobre a mesa com muito mais força do que pretendia.

— Por que todo mundo se importa tanto com flores? E cravos devem ser as flores mais feias de todas, ainda por cima! — falei.

— Charlie, estou detectando um pouco de rancor do Dia dos namorados na sua voz? — perguntou Josh, animado.

— Não, é só que não entendo por que o conselho de estudantes acha que é uma boa ideia ganhar dinheiro com um concurso de popularidade — falei.

— Então, mesmo que alguém te desse uma flor, você a rejeitaria em protesto?

— Como tenho quase certeza de que todo mundo as manda para si mesmo, acho que não estou interessada em investir em meu status social.

— Certo, Srta. Rancorosa — disse Josh, com um grande sorriso no rosto. — Bem, não quero estragar seu dia ou seus ideais, mas isto chegou para você — disse ele, esticando o braço para trás e pegando um cravo vermelho sobre a sua mesa.

Ele o ofereceu a mim.

Peguei a flor da mão dele, encabulada.

— Você quer que eu a devolva? — perguntou Josh, se divertindo demais com aquilo.

— Não, está tudo bem.

— Imagino que você vai jogar no lixo, não é mesmo? Você não ia querer sacrificar seus princípios só porque alguém gosta de você.

— A-hã — murmurei, precisando me afastar de Josh o mais rápido possível.

Sentei no sofá e abri um pequeno bilhete colado ao caule. "Espero que você tenha um ótimo Dia dos namorados." Havia um pequeno coração na parte de baixo, mas nem sinal do nome.

Quem poderia ter mandado essa flor pra mim?, fiquei imaginando.

— Vocês sabem quanto o conselho de estudantes ganha com isso todo ano? Ano passado foram mais de 2.500 dólares! — disse Gwo, passando por mim.

— É totalmente uma opressão capitalista. Tudo é mercadoria. É nojento — disse Owen, sem tirar os olhos de seu laptop.

— É — falei, quase não os escutando.

Alguns minutos depois, estava sentada no sofá, totalmente obcecada em descobrir a possível identidade do garoto que tinha me dado a flor, quando Nidhi interrompeu meus pensamentos.

— Você ganhou uma flor, Charlie? — sussurrou Nidhi.

— Parece que sim.

— Então... quem mandou?

— Não faço a menor ideia — falei, entregando a ela o bilhete, meu coração disparando. — O que você acha?

— Bem, é definitivamente de um garoto. Dá para perceber pela caligrafia. Mas não importa... você sabe o que eu acho — disse ela, sorrindo.

— Nidhi, não pode ser do Will. Isso seria estranho demais — falei, mas meu estômago estava agitado.

— Bem, não vou discutir com você sobre isso. Mas me parece bem óbvio. De qualquer forma, você ainda quer fazer a coluna como planejamos ou mudou de ideia? — perguntou Nidhi.

— É claro que não mudei de ideia. Precisa de muito mais que uma flor pra isso.

POR QUE ODIAMOS O DIA DOS NAMORADOS

Caros companheiros do primeiro ano,

Odiamos o Dia dos namorados. É verdade. Odiamos. Por que alguém acharia uma boa ideia ter um dia em que as pessoas são lembradas de que ninguém gosta delas? Agora, talvez você esteja lendo isso e pensando "O que há de errado com essas meninas? Eu adoro o Dia dos namorados!" Se estiver pensando isso, então você deve ser uma daquelas pessoas irritantes que, desde o quarto ano do ensino fundamental, receberam uma corrente constante de "Fica comigo!", "Você é demais!" e "Eu te amo!"

Correndo o risco de parecermos amargas e derrotadas, gostaríamos de registrar formalmente nossa insatisfação com essa data festiva e, mais especificamente, com a tradição de Harmony Falls de se comprar flores para as pessoas no Dia dos namorados. Será que não existe uma forma de o conselho de estudantes ganhar dinheiro que não seja pisando no coração das pessoas?

Não nos leve a mal, isso é ótimo para aquelas pessoas que ganham um monte de flores. O que é melhor do que começar seu dia com uma flor mandada por alguém que acha que você é merecedor de uma flor? Ou, quando você está sentado em um laboratório de ciências dissecando um sapo e entra alguém com um sinal inconfundível de que você é melhor que todas as outras pessoas sem flores sentadas ao seu redor? Por outro lado, essa é uma forma conveniente e de baixo risco de se dizer algo especial à sua obsessão mais recente. Por quê? Porque se a pessoa não gostar de você, ela pode fingir que nunca recebeu e você pode fingir que nunca mandou — e tudo fica bem.

Dito isso, vamos lá, gente. Será que somos as únicas pessoas extremamente irritadas com esses concursos de popularidade disfarçados de angariação de fundos? Digam que vocês não ficam irritados quando veem alguém passeando com um buquê de flores enorme nos braços.

Agora, sabemos que não é bacana ficar reclamando, e é importante tentar achar soluções. Então estamos perguntando aos nossos companheiros de série o que eles acham. E se vocês concordarem, mandem-nos suas ideias de atividades diferentes para angariar fundos. Enquanto isso, estamos indo até a floricultura Iris na Commercial Street e vamos comprar um enorme buquê de rosas para nós mesmas.

Nidhi e Charlie

CAPÍTULO 25

ERA O FIM DO TERCEIRO QUARTO. O PLACAR MARCAVA 54 A 50. Sydney e as outras quatro jogadoras saíram da quadra e se sentaram no banco, exaustas. Estávamos na frente, mas vinha sendo um jogo duro, de muitas viradas de placar.

— Isto está me matando — disse Michael. Ele colocou as mãos em concha ao redor da boca. — Nidhi! Quantas faltas tem a número 15?

— Quatro! — gritou Nidhi em resposta de onde ela estava, no primeiro degrau da arquibancada, bem atrás da mesa dos juízes.

— A número 15 tem de sair. Ela tem sido um transtorno para a Sydney o jogo todo.

— Verdade, e olha pra Sydney. Ela está acabada. Não sei como vai aguentar o último quarto — falei.

— Sim, ela precisa de inspiração. — Ele olhou em volta para a arquibancada praticamente vazia. — Quando elas voltarem à quadra, vamos fazer um pouco de barulho.

— Esqueci que vocês estavam aqui — disse Nidhi, subindo a arquibancada e se sentando ao nosso lado. — Sinto muito, mas é muito irritante que esse time esteja indo tão bem, mas ninguém vem aos jogos. Este lugar vai estar lotado daqui a pouco, quando os garotos forem jogar. E o time de basquete feminino ganhou 12 e perdeu duas, enquanto o masculino ganhou seis e perdeu nove.

— Eu estou aqui! — Protestou Michael.

— E eu amo você por isso. Mas tem quarenta pessoas aqui. Eu sei. Eu contei.

— Ei, Michael, você está sempre sentado com as meninas mais bonitas do lugar? — disse uma voz vinda de cima de nós.

— Ei, Dylan — disse Michael, sorrindo com o elogio.

Dylan Vorhees, o cavaleiro na armadura brilhante que salvou Sydney no refeitório, se sentou ao meu lado. E vou admitir que ele era muito gato — de um jeito meio "sou tão mais velho que você que vivo em um mundo completamente diferente" que alguns garotos têm.

Infelizmente, Matt estava bem atrás dele.

— Ei, minha carne nova favorita!

— Oi, Matt — falei, tentando não mostrar absolutamente nenhum entusiasmo.

De repente, percebi que eu nunca tinha visto Matt sem o Dylan ou a Ashleigh. Será que Matt sofria de algum tipo de ansiedade de separação como criancinhas com seus cobertores de estimação?

Matt olhou na direção do bloco de anotações da Nidhi:

— O que foi, você está anotando o placar ou algo do tipo?

— Estou ajudando a cobrir os jogos para o *Prowler*.

— Caramba! Vou passar a vir mais aos jogos das meninas. Posso ser seu assistente?

— Obrigada, consigo me virar sozinha — disse Nidhi, sem tirar os olhos da quadra.

O som da campainha nos deixou surdos por um momento.

Todos observamos Sydney voltar à quadra. Em menos de trinta segundos, o outro time tinha anotado uma cesta de três pontos: 54 a 53. Meu estômago deu um nó.

— Vamos, Panthers! — gritou Matt, pulando e me permitindo ver um pedaço de sua barriga pálida e sardenta. Senti um calafrio. Aquilo era o máximo do corpo de Matt que gostaria de ver em toda minha vida.

— Então... você é amiga da Sydney, não é? — perguntou Dylan baixinho para mim.

— Sim, desde o começo do ano. Ela foi basicamente minha primeira amiga aqui.

Dylan balançou a cabeça como se eu tivesse dado a ele algumas informações confidenciais.

— Que legal — disse ele, observando Sydney correndo pela quadra.

— Sim — falei novamente. Gostaria de ter dito algo como "Então, Dylan, você está bem a fim da minha amiga. Como é isso?", mas apenas me concentrei no jogo.

Durante o resto do quarto, foi bem engraçado ver como as pessoas entravam no ginásio e ficavam assustadas ao ver uns calouros quaisquer (no caso, eu, Michael e Nidhi) sentados com Dylan e Matt. Mas aquilo me deixava nervosa. E eu não era a única. Michael e Nidhi também não conseguiam agir normalmente. Era como se não pudéssemos arriscar sermos nós mesmos. Então, por segurança, nós todos nos concentramos no jogo.

O outro time pediu tempo e foi então que Sydney percebeu com quem estávamos sentados. Seus olhos se arregalaram e, apesar de todo o suor, pude perceber que ela ruborizou e desviou o olhar rápido demais.

— Ela tem algum namorado sobre quem eu deva saber? — perguntou Dylan.

— Ah... incontáveis. Existe uma lista de espera para os fins de semana — falei.

— Mesmo? Como quem? — perguntou Dylan. Aparentemente, ele levava tudo ao pé da letra.

— Por quê? Você quer se inscrever? — perguntei.

Dylan não riu. E, desculpe, mas aquilo foi engraçado.

— Não, obrigado... estou apenas curioso, mas você pode contar pra ela que perguntei.

— Claro — respondi.

— Viu? O que eu falei pra vocês? Vejam todas aquelas pessoas chegando para o jogo dos garotos! — disse Nidhi. Ela estava certa. De uma hora para outra a arquibancada estava lotada.

— Sem querer ofender, mas basquete feminino é um saco. É simplesmente muito devagar — disse Dylan como se fosse o dono da verdade.

Nidhi o encarou, prestes a discutir com ele.

— Relaxa — disse Dylan, vendo o rosto de Nidhi. — Não é minha culpa que garotas nunca vão ser tão velozes quanto garotos.

Sydney marcou dois pontos e o ginásio inteiro explodiu em aplausos. O placar agora estava 56 a 53, faltando um minuto para acabar a partida. Roí as unhas até o cronômetro zerar e nós ganharmos o jogo.

— Parece que Syd achou a inspiração dela — sussurrou Michael no meu ouvido.

Por um segundo, não entendi a que estava se referindo, mas então percebi como aquilo tudo era óbvio. Ele estava sentado bem ao meu lado.

— Edwards! Wickam! — gritou Dylan, levantando o braço.

— Ei — disse Will, seus olhos se revezando sobre nós todos, como se ele estivesse se aproximando de um animal potencialmente perigoso. Tyler estava bem atrás dele.

— Estou aqui conhecendo seus amigos melhor — disse Dylan, sorrindo. — Rapazes, acabei de ter uma ideia. Venham comigo por um segundo.

Dylan se levantou, passou os braços sobre os ombros dos dois e subiu a arquibancada.

Olhei para Michael, esperando que ele soubesse o que estava acontecendo. Mas tudo que ele fez foi dar de ombros.

As jogadoras se cumprimentaram e então imaginei que Sydney viria ficar com a gente, como sempre fazia, mas ela não veio. Ela nem olhava na nossa direção.

Observei Dylan rir e Tyler e Will andarem em volta da quadra e então subirem a arquibancada na nossa direita.

— Você não tem nenhuma ideia do que eles estão fazendo? — sussurrei para Michael.

Ele balançou a cabeça.

Tyler e Will se aproximaram de um grupo de alunos e então se sentaram ao lado de uma menina. Espere, me deixe explicar, de duas meninas extremamente bonitas. Will estava conversando com uma que tinha um lindo e longo cabelo castanho. E não apenas conversando. Ele tinha se transformado em uma versão mais jovem do Dylan. Ficava tirando o cabelo da frente dos olhos e encarando a menina. Oh, meu Deus... Will estava flertando com ela. Nunca o tinha visto fazer isso.

Cinco minutos depois, Will voltou com um sorriso imenso e irritante no rosto. Odiei aquele sorriso.

— Elas vão? — perguntou Dylan.

— Sim — respondeu Will.

— Muito bem, Edwards. Você pode me agradecer agora — disse Dylan.

CAPÍTULO 26

— SE DIVERTIU NO JOGO? — PERGUNTEI, NEM ME IMPORTANDO em dizer oi quando ele atendeu o telefone.

— Do que você está falando? — indagou Will, sabendo EXATAMENTE do que eu estava falando.

— De ir falar com aquelas garotas. O que estava acontecendo?

— Não é nada. O time de lacrosse tem uma festa daqui a duas semanas. Tyler e eu convidamos aquelas garotas.

— Mas vocês ao menos as conhecem?

— Agora eu conheço. A menina que vai comigo é a Barbara. Ela está na turma de espanhol do Tyler.

— Sério? O nome dela é Barbara? Quantos anos ela tem? Cinquenta?

— Qual é o problema com Barbara? — perguntou Will, na defensiva.

— Nada, é só que parece nome de mulher velha que faz tricô — falei.

— Bem, ela não é velha e a festa é apenas uma coisa que o time faz todos os anos.

— Isso é realmente esquisito.

— Por quê? Ela é a maior gata! E isso foi bem melhor do que o que eles nos obrigaram a fazer da última vez.

— O que eles fizeram com vocês? Jogaram ketchup na sua cabeça?

— Não, jogar ketchup e molho de pimenta foi na primeira semana. Na verdade, talvez eu não devesse estar falando disso — disse Will, repentinamente hesitante.

— Will, por que não? Sou eu, lembra?

— Eu sei, mas...

— Qual é? Você sabe que eu não vou contar pra ninguém — insisti.

— Saímos numa caça ao tesouro.

— Hein? Como assim?

Aquilo era provavelmente a última coisa que eu esperava que ele fosse falar. Atear fogo a alguma coisa? Claro. Memorizar algum aperto de mão secreto? Beleza.

— Então, o que vocês tinham de encontrar?

— Muitas coisas. Um guardanapo de um bar assinado pela recepcionista, uma camisinha de um banheiro masculino, uma caixa de cerveja. Coisas assim. Então tivemos que botar umas roupas muito velhas e sujas e tivemos que pedir dinheiro na rua.

— Você não pode estar falando sério! Vocês tiveram de mendigar?

— Basicamente.

— Onde? Porque eu realmente não consigo imaginar vocês fazendo isso em Harmony Falls.

— Até parece. Eles nos levaram para uma parte bem perigosa da cidade e nos deixaram lá — depois de tirarem fotos nossas. Na verdade, primeiro tivemos de ir a um parque em que um monte de pessoas sem-teto se reuniam e tivemos de gritar "Arrumem um emprego!".

— Não acredito nisso — falei. E era verdade. Eu realmente não conseguia acreditar no que Will estava me contando.

— Totalmente verdade. Foi meio engraçado. Eles ficaram gritando todo tipo de impropérios de volta para nós.

— Will, não há nada de engraçado nisso, nem de longe — falei, enojada.

— Sabia que não devia ter te contado isso!

— Não vou contar pra ninguém, mas você me prometeu que se as coisas ficassem muito loucas você ia parar.

— Charlie, não é como se eles estivessem me espancando ou me fazendo beber veneno, ou algo assim.

— Mas precisa ir tão longe assim para você achar que é sério?

O que havia de errado com os garotos? Por que eles pensavam dessa forma?

— Bem... sim. Não preciso que você se desespere com isso. Não é nada demais. Passei por isso tudo, não passei? A única coisa que falta é uma festa na qual tenho de ir com uma garota gostosa. Por que eu desistiria agora, quando está quase terminando?

— Você que sabe, mas não entendo como nada disso vai fazer de você um jogador de lacrosse melhor.

— Tenho apenas que merecer meu lugar no time. Podemos parar de falar disso agora? — reclamou Will.

— Tudo bem — grunhi, querendo dizer mais um milhão de coisas sobre a tal "Barbara" e como tudo aquilo era idiota. Mas que se dane. Will podia fazer o que bem entendesse.

Desliguei o telefone. Certo, claramente esses garotos eram completos idiotas, mas eu tinha de admitir que Will estava certo — de certa forma. Eles não o estavam espancando e eles não o tinham obrigado a beber até precisar de uma lavagem estomacal. Mas, ao mesmo tempo, não conseguia acreditar que Will estava entrando nessa. Eu tinha uma sensação estranha de que ele não tinha terminado de fazer por onde merecer seu lugar no time. E, a essa altura, já tinha aprendido a prestar atenção a essas sensações.

CAPÍTULO 27

DUAS SEMANAS DEPOIS, ERA UMA DAQUELAS RARAS TARDES DE sábado em que eu tinha a casa toda para mim; meus pais tinham saído e Luke estava numa aula de soldagem que iria durar o dia todo. Tudo o que eu queria fazer era ficar no meu quarto e ler *A Complicated Kindness*, que nem era para a escola.

Estava totalmente concentrada no segundo capítulo quando o toque que eu tinha escolhido para Sydney em meu celular me trouxe de volta à realidade.

— E aí? — falei, rolando na cama.

— Oquevocêvaifazerhojeànoite? — perguntou Sydney bruscamente.

— Você nem vai me dar oi?

— Desculpa... Me deixa começar de novo. Oi, Charlie! Será que, por acaso, você estaria disponível hoje à noite? — debochou ela.

— Acho que sim. Por quê?

— Dylan Vorhees me convidou pra uma festa — disse ela.

— Dylan..? — perguntei, fingindo que não sabia de quem ela estava falando.

— Charlie, nem vem! Você sabe exatamente quem ele é. Ele me convidou pra uma festa do time de lacrosse.

— Uma festa do time de lacrosse? — repeti, meu estômago começando a embrulhar ao perceber que festa era aquela.

— Qual é? Nem todos os garotos do time são tão ruins. O Will é do time, não é? De qualquer forma, você tem de ir comigo, porque preciso de alguém pra me dar cobertura.

— Mas você vai acabar indo pra um canto qualquer pra ficar se agarrando com um garoto enquanto eu vou ter de ficar parada a noite toda fingindo, de forma constrangedora, que estou mandando mensagens de texto para que as pessoas não olhem pra mim como se eu fosse uma retardada.

— Isso não é verdade! Você pode ficar conversando com o Will!

— Bem, não tenho certeza de que ele vai querer fazer isso.

— Ah, sim, ele vai estar com aquela garota.

— Não me importo. Ele pode sair com quem quiser — falei, rangendo os dentes. Mas aquilo não era exatamente verdade. A ideia de ter de vê-lo fazendo papel de palhaço a noite toda me deixava furiosa.

— Me deixa ligar pra Nidhi. Se ela for, eu vou — falei.

— Nidhi está em Chicago para o casamento da prima dela, lembra? Ela não vai voltar até amanhã de manhã.

— Droga, é verdade. Então, quando Dylan convidou você?

— Ontem. Nós temos nos falado ultimamente — disse Sydney, tímida.

— Sério? Quando? Como? Você tem escondido isso de mim?

— Não tenho exatamente escondido. Nós apenas nos falamos às vezes à noite.

— Espera um minuto, foi Dylan quem te deu aquela flor no Dia dos namorados?

— Talvez.

— Você realmente gosta dele, não gosta? — perguntei.

— *Não* gosto dele nada. Só estou de saco cheio de sempre fazer as mesmas coisas no fim de semana — disse ela, de forma petulante. — Quero dizer, quantas vezes se pode esperar que uma pessoa coma no Five Guys e veja filmes ruins do Adam Sandler?

Ela estava mentindo.

Eu sabia disso e ela sabia que eu sabia. Mas ela era minha amiga, e amizade incondicional incluía se jogar de cabeça em situações com potencial para serem completamente estúpidas.

— Está bem, eu vou com duas condições — falei, me sentando e me olhando no espelho. Se meu cabelo servia como indicação, ir a essa festa significava fazer um enorme controle de danos.

— Qualquer coisa que você disser. Pode falar! — disse ela, com a voz fina.

— Primeiro de tudo, pare de falar com a voz fina. Você está me assustando. Segundo, o tempo máximo que você pode desaparecer com um garoto são trinta minutos.

— Combinado.

— Terceiro, se alguém, e isso quer dizer Tyler, te provocar, você não pode perder a cabeça com ele. Nada de bandeirante.

— Com certeza. Vou me controlar, sem problema. Mas são três coisas.

— Pedir para você parar de falar fino não contou.

— Tudo bem, certo... Então você vai? — disse ela, sem fôlego.

— Que horas devo chegar aí?

— OBA! — gritou ela no telefone. — Na verdade, estava pensando em pedir pra ele buscar a gente na sua casa e talvez dormir aí depois.

— Por que você não quer que ele te busque em casa?

— Você conhece minha mãe. Assim que vir o Dylan, ela não vai me deixar ir.

Tive de admitir que ela estava certa. Se Heidi desse uma olhada para um garoto como Dylan, fecharia a porta na cara dele e nos faria sentar para o discurso do "não espere que garotos mais velhos a respeitem", seguido do sermão sobre gravidez para nos encher de medo. Não que aquilo fosse algo de que eu remotamente precisasse, mas tenho certeza de que Heidi me incluiria.

— Certo, pode vir pra cá — falei.

— Ótimo! Vou chegar às 5 para podermos nos arrumar! — disse ela, animada.

Sydney nunca tinha ficado tão empolgada por causa de um garoto. Talvez Heidi estivesse certa.

Quatro horas depois, descemos as escadas, intimadas por uma mensagem de texto de "Dylan V".

— Ei, mãe, nossa carona chegou — avisei.

— Aonde é mesmo que vocês vão? — perguntou ela, saindo da cozinha. Imediatamente usei o nome do Will para evitar suspeitas. — Mãe... lembra... do que eu falei com você? De uma festa para o time de lacrosse do Will? Eu contei que Will entrou no primeiro time, não contei?

Minha estratégia funcionou. O rosto dela ficou relaxado, as dúvidas estavam esclarecidas:

— Ah, é verdade, tinha me esquecido. Seu pai e eu temos de ir a um dos jogos dele alguma hora — disse ela. — Mande lembranças a Will. E vocês vão voltar até 11 horas, não vão?

— Com certeza — falei, repentinamente imaginando se conseguiria convencer Dylan a nos trazer para casa antes do toque de recolher.

Ouvimos Dylan buzinar duas vezes.

— Tchau, mãe — falei, dando um rápido abraço nela.

— Até logo, Sra. Healey — disse Sydney.

— Vão com Deus! — gritou minha mãe em resposta.

Do lado de fora, um Jeep Cherokee preto bem encerado estava parado ao lado do meio-fio.

— Ei, linda — disse Dylan a Sydney, enquanto eu me sentava no banco de trás, mergulhando de cabeça no meu personagem de seguradora de vela da noite.

— Ei, Dylan, você se lembra da Charlie, não? — disse Sydney.

Dylan colocou o braço nas costas do banco da Sydney:

— Sim, claro. Sydney me falou que você escreve para o *Prowler*.

— Ah, humm, sim — gaguejei, enquanto Dylan saía com o carro e descia a rua.

— Então você deve conhecer Owen Parker.

— Claro. Ele escreve os editoriais.

— Que desperdício. O cara abandonou o time.

— Bem, tenho certeza de que ele tinha suas razões...

Mas nossa conversa acabou. Dylan ligou o rádio aos berros, parecendo não estar mais interessado no que eu tinha a dizer.

— Essa banda é demais! Adoro essa música! — gritou ele para Sydney, enquanto acelerávamos pela estrada que levava a Harmony Falls.

O caminho só durou quatro músicas horrorosas, mas toda vez que tínhamos de parar, Dylan não hesitava em tentar beijar Sydney. Na hora em que paramos o carro na entrada de uma grande casa de tijolos no condomínio Harmony Estates, eu já tinha bolado um plano para me trancar no banheiro mesmo que a festa estivesse dez vezes menos constrangedora do que este passeio de carro.

— Então, de quem é essa casa? — perguntei, enquanto andávamos por um caminho de pedras que levava até a porta da frente.

— Dos Matt Gercheck — disse Dylan.

Minha cabeça virou instantaneamente na direção de Sydney. Ela fingiu não notar minha cara de "você está de sacanagem?". Qualquer vestígio de esperança que eu tinha de que essa noite não seria tão desastrosa se desintegrou.

— Os pais do Matt estão em casa? — perguntei.

Dylan balançou a cabeça, enquanto chegávamos à porta da frente:

— Sim, mas os Gercheck são muito tranquilos. Normalmente dão apenas oi pra todo mundo e depois ficam no segundo andar a noite toda — respondeu ele, abrindo a porta sem bater.

— Ei, Sra. G! — disse Dylan para uma mulher baixinha com cabelo louro curto, que vestia uma camisa polo amarela e uma bermuda cáqui comprida.

Ela estava parada na enorme cozinha folheando uma revista e sorriu para Dylan quando o viu:

— Oi, querido! Vocês foram ótimos hoje!

Seus olhos pararam sobre mim e Sydney e ela fez uma cara feia antes de sorrir novamente.

— Obrigado, Sra. Gercheck, essas são Sydney e Kelly.

Fabuloso. Ele não fazia ideia de qual era o meu nome.

— Todos estão lá embaixo — disse ela, nos ignorando completamente. — Paul e eu vamos apenas ficar aqui assistindo a um filme, mas avisem se quiserem salgadinhos ou algo assim.

— Obrigado, Sra. G.

Dylan nos conduziu até uma enorme sala de jogos que deixava meu porão no chinelo. Enquanto Dylan anunciava sua chegada, cumprimentando cada garoto na sala, Sydney e eu ficamos para trás e olhamos ao redor. Havia cerca de vinte pessoas ali e todas estavam bebendo. Fiquei confusa. Será que os Gercheck realmente não sabiam o que estava acontecendo aqui embaixo? Acho que, contanto que você não pareça um drogado alcoólatra, os pais de Matt não ligavam de fazer vista grossa, ou, nesse caso, não fazer vista nenhuma.

— Você está me devendo muito — falei para Sydney, enquanto observava Ashleigh e outra menina fingirem que não tinham nada melhor para fazer do que assistir a três garotos jogarem basquete numa tela plana.

Com Barbara ou sem Barbara, eu precisava encontrar Will rápido. Peguei meu telefone e mandei uma mensagem de texto para ele.

fui arrastada pra essa festa pela sydney. vc está aqui?

Nada de resposta e não consegui encontrá-lo em lugar algum. Em vez disso, vi Tyler jogando sinuca com duas garotas idiotas que não paravam de rir. Ou pelo menos achei que ele estava jogando sinuca. Na maior parte do tempo ele estava apoiado no taco, dizendo a elas como jogar.

— Você tem noção que meu preço está subindo a cada segundo, não tem? — cochichei no ouvido da Sydney.

— Vamos lá, meninas, não fiquem tímidas — disse Dylan, aparecendo atrás de nós.

Ele nos levou até o centro da sala.

— Vorhees!

Matt veio cambaleando até Dylan, com uma lata de Bud Light na mão. Dava para ver a cabeça de Ashleigh virar na nossa direção.

— Ei, Gercheck, você pode arrumar bebidas pra essas duas damas?

— Claaaaaro — disse Matt, sorrindo. — Vorhees, o que você vai querer?

— Vou ficar na água por enquanto. Mas por que você não cuida delas? Tenho de checar com alguns dos rapazes se está tudo em cima para o exercício de espírito de equipe que vamos fazer mais tarde.

— Ah, certo! Deixa comigo, sem problemas — disse Matt, rindo.

Matt nos levou por um corredor até o seu quarto. As paredes eram todas cobertas de pôsteres de modelos em trajes de banho dos calendários da *Sports Illustrated*, a não ser por um canto no qual estava um jogo de dardos e um quadro de pontuação de um jogo alcoólico. E claro que também tinha um conjunto de pesos. Clássico.

Matt abriu a porta do seu armário e tirou uma toalha de um calombo no canto direito. Debaixo dela estavam três caixas de Bud Light no gelo e algumas garrafas de Smirnoff Ice sabor melancia. Ele se virou em nossa direção e sorriu orgulhoso:

— Então, vocês bebem cerveja ou vou ter de convencer a Ashleigh a deixar vocês beberem uma de suas bebidas de menina?

— Cerveja está bom — disse Sydney, pegando uma como se tudo isso fosse completamente normal.

— Não, obrigada. Vou começar com uma Coca — falei.

Enquanto estava pegando minha bebida, Tyler caiu para dentro do quarto e bateu na parede, fazendo Sydney quase derrubar sua cerveja.

— Ah, merda, Gercheck! — Tyler riu. Seu rosto estava vermelho e suado. — Não era minha intenção interromper seu ménage!

— Cara, Wickam, fica frio — disse Matt.

— Acabei de dessshtruir na sinuca.

Tyler sorriu, com os olhos fechados. Ele esticou os dois braços para o alto com um ar triunfante, derramando o que tinha sobrado em seu copo no meu cabelo.

— Tyler! — gritei, num tom muito mais agudo do que esperava.

— Tyler, sério, para de palhaçada — disse Matt, jogando uma toalha para mim.

Tyler pegou uma garrafa de Dr. Pepper com licor de canela e encheu seu copo.

— Por que você não fica aqui comigo enquanto se seca? — perguntou Matt. — Quero dar uma entrevista exclusiva pra sua próxima coluna.

Não fazia ideia do que devia falar. Ele estava realmente fazendo isso na frente da minha amiga, enquanto a namorada dele estava no quarto ao lado? Tyler começou a rir e passou entre mim e Sydney para voltar para o resto da festa. E então, claro, Ashleigh entrou pela porta.

— Olá, meninas — disse ela de forma seca. — Estou surpresa de vê-las aqui. — Ela se sentou com Matt na cama e esfregou a perna do rapaz para se assegurar de que soubéssemos que era propriedade dela. — Baby, você pode pegar outro Ice pra mim?

Será que realmente achava necessário provar que Matt estava com ela?

— Oi, Ashleigh — falei. — Sydney e eu já estávamos saindo.

— Bem, já começamos com o pé direito — falei para Sydney, enquanto andávamos pelo corredor.

— Sinto muito! Não acredito que Tyler tenha derramado a bebida dele no seu cabelo todo! — disse ela, passando a mão na parte de trás da minha cabeça. — Não está tão ruim assim, na verdade. Não dá pra perceber, a não ser que você toque no cabelo.

— Tudo bem. Vou sobreviver — falei, dando um sorriso amarelo.

Então, Sydney se aproximou e sussurrou:

— O que você acha do Dylan?

Meus olhos rapidamente revistaram a sala até encontrá-lo sentado no sofá, conversando animadamente com um grupo de garotos.

— Ele parece bem legal — falei, sabendo que isso era o que a Sydney queria ouvir.

E eu conseguia entender por que Sydney gostava dele. De algumas formas, quem não entenderia? Ele era muito gato e parecia estar no controle de tudo ao seu redor. Ele não parecia ser um caso perdido, como Matt, mas, ainda assim, havia algo sobre ser muito cheio de si que não me deixava confiar muito nele.

— Ei, aí está você, linda. Você vai me ignorar a noite toda ou o quê? — perguntou Dylan a Sydney.

— Pode ir. Estou bem — falei. — Vou tentar encontrar Will.

— Tem certeza? — perguntou ela, sorrindo.

— Apenas vá! — falei, me encostando ao batente da porta enquanto pegava meu telefone para mandar outra mensagem para Will.

Enquanto Sydney andava até o sofá, percebi quatro garotas no canto olhando fixamente para ela, cheias de ódio. Mesmo Sydney sendo bonita daquele jeito, vê-la naquela situação me fez imaginar se valia a pena toda a atenção que ela recebia devido à sua aparência. Mas afastei aquele pensamento da mente e mandei a mensagem para Will. Novamente, ele não respondeu. Não havia outra escolha a não ser aceitar meu destino e me entediar até a morte vendo alguns garotos jogarem videogame no outro lado do aposento.

Assim que cheguei lá, no entanto, pude ver por que Will não estava respondendo nenhuma das minhas mensagens. Ele estava muito ocupado dando em cima da Barbara. Tecnicamente, percebi que era ela que estava dando em cima de Will, levando em consideração que era ela sentada em seu colo em uma poltrona reclinável.

Oh, meu Deus!, pensei, movendo meus olhos para longe deles. *Não posso ficar aqui!* Mas o que exatamente eu devia fazer? Deveria me trancar no banheiro ou ficar esperando do lado de fora, em frente à garagem, até que Sydney estivesse pronta para ir? Não, não ia fazer isso. Eu ia jogar sinuca com Tyler e suas amigas idiotas — e fingir que aquela poltrona não existia.

— Charlie! — Tyler sorriu alegremente, enquanto jogava seus braços suados ao meu redor, em um abraço de urso.

— Posso jogar? — perguntei, empurrando-o para trás para que nós dois não caíssemos.

— Claro. Você sabe jogar? — perguntou um garoto de cabelo ruivo, que eu não tinha notado até então.

— Sim — falei, pegando um taco.

— Certo. Eu sou Alex. Você pode jogar comigo contra Tyler e... Qual é o seu nome? — perguntou ele a uma das garotas bêbadas.

— Kim — disse a menina, rindo sem parar.

Trinta minutos depois, Alex e eu tínhamos derrotado Tyler e Kim três vezes. E não era exatamente divertido, mas não olhei para a poltrona nem uma vez. Quando finalmente olhei, estava vazia. De alguma forma, aquilo era pior do que ver os dois se agarrando. Eu precisava tomar ar.

— Vou fazer uma pausa — falei, entregando meu taco a Alex.

— Certo, mas você é boa. Se quiser jogar mais tarde, me avisa — disse Alex.

— Obrigada — falei, e abri a porta dobrável que levava à parte de fora da casa.

*

Não tinha nenhuma luz acesa na varanda quando saí, então demorei um minuto para me ajustar à escuridão. Fiz força para conseguir ver, mas tudo o que conseguia identificar eram silhuetas de quatro ou cinco pessoas paradas no meio do jardim, conversando. Então, mais para o canto, escutei um grunhido vindo de uma cadeira de praia.

— Will? — falei, rezando para que não fosse ver Will e Barbara transando. Cheguei mais perto e fiquei muito aliviada de ver apenas um corpo com um braço dobrado sobre o rosto.

— Ahhhh? — disse o corpo, quando me sentei na cadeira ao lado da dele e balancei seu ombro.

— O quê? — resmungou ele, esfregando os olhos. — Oh, eeeeeiiiii, Charlie!

Ele sorriu. Will se aproximou e me puxou para um abraço constrangedor.

— Ei, Will. Onde está Barbara?

— Barbara? Quem? Ah, sim, ela está no banheiro ou algo assim — disse Will, sorrindo para mim. — Não esperava ver você aqui. Você odeia essas pessoas — grunhiu ele.

— Não *odeio* ninguém — falei, então reconsiderei. — Bem, talvez Matt, mas ainda assim é uma lista muito curta. Mas você tem razão. Só estou aqui porque Dylan convidou Sydney e ela não quis vir sozinha.

— Vorhees? — Will olhou para mim, como se eu tivesse falado algo em alemão. — Vorhees tem uma namorada. — Will soluçou alto. — Ela é muito gostosa.

— NAMORADA! — quase gritei. — Quem é a namorada dele? Ah, meu Deus, tenho que contar pra Sydney.

Will parecia alarmado.

— Não! Senta aí! — disse ele enfaticamente, se inclinando para a frente e empurrando meus ombros para baixo. —Talvez eles tenham terminado. Não consigo me lembrar. Tudo está um pouco confuso agora, você sabe? Apenas fique aqui comigo.

Olhei bem nos olhos dele. Ele soluçou novamente.

— É melhor você dar as informações certas, Will Edwards, porque não vou deixar minha melhor amiga ser usada.

— Acho que confundi Dylan com Matt. Matt é que tem namorada.

Ele balançou a cabeça, mostrando estar seguro daquilo.

— Sim, Ashleigh. E ela não estava exatamente animada de me ver aqui — falei.

— Que se dane, ela é um saco — disse Will. — Ela provavelmente estava apenas com ciúmes porque você é muito mais bonita. O Matt está sempre reclamando dela com todo mundo, porque ela age como se fosse uma esposa ou algo do tipo. Não se preocupe, você não é assim. Você seria... — Outro soluço. — A melhor namorada do mundo.

Will tinha acabado de dizer o que eu achava que tinha dito? Ri, desconcertada:

— Que se dane. Você só está dizendo isso porque está bêbado. — Os olhos verdes de Will estavam me encarando com tanta intensidade que ri novamente. — Por que você está tão estranho?

— Charlie — disse ele, colocando sua mão livre sobre a minha —, você é incrível. Você sabe disso, não sabe?

Não falei nada e mantive meu corpo totalmente imóvel. Não sabia o que estava acontecendo, mas de repente não queria perder uma palavra do que Will estava dizendo.

— É tão difícil, porque você tem sido a garota mais importante da minha vida desde sempre. Tipo uma amiga que é importante. Não uma namorada... Você sabe o que eu quero dizer.

Ele colocou a mão no meu joelho.

— Você apenas não entende — disse ele. — Você sempre foi tãããooo diferente.

Meu coração estava batendo a mil por hora. Will olhou para mim novamente e se aproximou da minha cadeira, beijando minha bochecha.

— Estou interrompendo alguma coisa? — perguntou Sydney alto, nos trazendo de volta à realidade.

— O quê? Não! Estávamos apenas conversando! — falei, apressada.

Ela fez uma pausa, mas então espantou qualquer pensamento que estivesse passando por sua mente:

— Como você quiser, mas podemos falar disso mais tarde. Nesse momento temos de ir para casa.

— Tenho de fazer xixi — anunciou Will, se levantando e se esticando. Ele passou por Sydney e seguiu na direção da casa.

— Humm, certo — falei, muito confusa por causa do que tinha acabado de acontecer. — Por que você quer ir embora? O Dylan vai nos levar?

Ela riu, irritada:

— Há-há. Não nesta encarnação. Ele é um grande babaca. Existe alguma chance de você conseguir convencer Luke a nos buscar aqui?

— Luke? Ele não vai gostar, mas posso pedir.

— Fala pra ele que é uma emergência — disse Sydney, olhando para trás, na direção da casa. Por cima do seu ombro, dava para ver uma morena linda agarrando Dylan.

— O que diabos Dylan está fazendo? — perguntei.

— Aquela é Naomi Brewer — disse Sydney, irritada. — Aparentemente ela e Dylan estavam "dando um tempo", mas parece que eu os reaproximei.

— Sydney, sinto muito — falei, me levantando para abraçá-la.

— Ah, por favor, que se dane... Ele não vale nada. Já apaguei o número dele do meu telefone. Apenas ligue pro seu irmão, por favor.

Depois de uns dez minutos ligando para o número de Luke repetidamente, ele finalmente atendeu:

— Charles, o que aconteceu pra você estar ligando tanto para mim? É melhor que você tenha sido sequestrada ou esteja sangrando.

— Pior. Sydney e eu estamos presas numa festa horrível e preciso que você venha buscar a gente.

— De forma nenhuma. Estou na casa do Dave. Liga pra mamãe. Não sou seu escravo.

Era possível escutar o barulho da TV ao fundo.

— Não posso. As pessoas estão bebendo aqui e não quero que ela fique paranoica.

— Por favor, me diga que vocês não estão bêbadas — disse ele.

— Não estamos bêbadas. A gente só quer ir embora. É apenas uma daquelas típicas festas de Harmony Falls. As pessoas são terríveis.

Sabia que se mencionasse como Harmony Falls é horrível, ele poderia ceder.

Ele suspirou profundamente.

— Por favor — implorei. — Prometo jogar o lixo fora por você pelo resto do mês. Apenas venha buscar a gente.

— Tudo bem — disse ele. — Onde vocês estão?

— Steeplechase, 343. No condomínio Estates.

— Típico — disse ele com maldade.

— Obrigada, sério.

— Espere na frente da casa pra eu não ter de estacionar — disse ele, e desligou. Antes de fechar meu telefone, percebi que tinha recebido uma mensagem de texto. Era do Will.

charlie, tenho que ir. ligo pra vc amanhã.

Sorri para mim mesma e percebi que tinha ficado toda arrepiada.

— Está pronta? — perguntei a Sydney e fechei o telefone.

Sydney nem quis esperar do lado de dentro, então durante os 15 minutos seguintes esperamos na calçada em frente à casa de Matt.

— Então, o que aconteceu lá dentro?

— Gostaria de nunca ter vindo! Logo depois que você saiu, Dylan e eu estávamos juntos e tudo estava bem. Quero dizer, até uma das amigas de Naomi aparecer e pedir pra falar com o Dylan — sozinha. Quinze minutos depois ele ainda não tinha voltado, então saí para procurá-lo. Finalmente, acabei perguntando ao Matt se ele sabia onde o Dylan estava. Ele disse que não fazia a menor ideia, mas que era para avisá-lo se fosse ter briga de mulher.

— O quê?

— Eu sei. Muito idiota. Como se ela tivesse alguma chance.
Nós duas rimos.

— De qualquer forma, deixei Matt falando com outro garoto sobre sua cena favorita de *Girls Gone Wild* e percebi que precisava ir ao banheiro. Quando dei por mim, estava cercada por três garotas do último ano que achavam que podiam me intimidar.

— O que elas disseram?

— Acho que as palavras exatas foram: "Precisamos te explicar uma coisa. Você é uma caloura. Só há uma razão para uma caloura ser convidada pra uma festa como essa, e é para ser usada. Você sabe disso, não sabe?"

— Ah, meu Deus, nem quero pensar em qual foi a sua resposta.

— Charlie, prometi a você que não ia me meter em nenhuma confusão, não prometi?

— Então o que você disse?

— Tudo o que eu disse foi muito obrigada pelo conselho, mas que era eu quem estava usando-o.

— Tenho certeza de que elas levaram isso numa boa.

— Bem, nem tanto. Elas praticamente me disseram que era hora de eu ir para casa e respondi que nada no mundo me deixaria mais feliz.

— Meu Deus, por que elas se importam tanto?

Ela deu de ombros:

— Que se dane... mas você sabe qual foi a pior parte? Dylan viu muito bem que elas tinham ido atrás de mim e não fez nada a respeito. Apenas ficou parado lá. Quero dizer, qual é a porra do problema dele?

Finalmente o Falcon dobrou a esquina e parou na nossa frente.

— Se você for vomitar, é melhor não fazer isso aqui dentro. Acabei de lavar o carro — disse Luke, segurando um saco plástico.

Joguei o saco em cima dele:

— Não estamos bêbadas. A festa é que era uma droga.

— Se vocês não estão bêbadas, por que estão cheirando como se estivessem? — perguntou Luke.

— Ah, porque um idiota derrubou bebida na minha cabeça.

— Muito bem, Charles!

— Oh, meu Deus, você pode deixar isso pra lá, por favor? — implorei.

Sydney sentou-se no banco de trás.

— Obrigada, Luke. É tudo culpa minha. O cara com quem eu vim acabou se mostrando um completo babaca, então tive de ir embora antes que desse um soco na cara dele.

Ele riu:

— Então foi bom mesmo, hein?

— E a ex-namorada do idiota estava sendo um pesadelo. Não que eu soubesse que ele tinha uma namorada, mas que se dane, agora está tudo bem.

— Então, Sydney, vou levar você em casa também, ou você vai lá pra casa com a Charlie?

— Ela vai dormir lá em casa, então você só precisa ir a um lugar — falei.

— Ótimo, mas primeiro preciso botar gasolina.

— Melhor ainda, porque preciso ir ao banheiro imediatamente — disse Sydney.

Enquanto Luke dava ré com o carro, olhei de novo para a casa de Matt. Dava para ver uma luz azul de TV vindo de um quarto do outro lado da casa, onde imaginei que os pais de Matt estavam assistindo a um filme enquanto seu filho e todos os seus amigos se embebedavam debaixo de seus narizes.

— Vocês não têm ideia de como me sinto melhor! — disse Sydney, entrando novamente no carro. — Quero dizer, não quis assustá-los, mas estava na beirinha.

— Sydney, olha! — gritei, virando meu corpo bruscamente.

— O quê? — perguntou Sydney, exatamente a tempo de ver o Cherokee de Dylan passar. — Fico imaginando se aquele idiota percebeu que fui embora — murmurou ela.

— Acho que vi o Matt também!

— Aquele era o cara que convidou você? — perguntou Luke.

— Sim.

— Aonde você acha que ele está indo? — sussurrei.

— Por que você está sussurrando, Charlie? Eles não podem te ouvir. Por que não descobrimos? Não temos nada melhor pra fazer mesmo, temos?

CAPÍTULO 28

O JEEP ESTAVA SAINDO DE HARMONY FALLS. QUANDO DESCEMOS a montanha antes da ponte, me lembro de pensar como a cidade era bonita. As luzes do coreto refletiam na água e dava para ver uma grande faixa anunciando o Festival de Jazz da primavera. Mas então senti o Falcon ir mais devagar. Mais à frente alguém estava dirigindo uma mobilete com uma caixa de entrega de pizza presa na parte de trás.

O Jeep passou ao lado da mobilete e pudemos ver que não era apenas Matt que estava no carro com Dylan. Primeiro, vi um extintor de incêndio e depois, vi Tyler colocar o corpo para fora da janela o segurando. Ele jogou a espuma do extintor no peito do entregador. O homem ficou todo coberto de um pó branco. Nunca vou me esquecer de ter visto o rosto do Tyler enquanto ele ria e gritava "Vamos! Vamos! Vamos!". No instante seguinte, tudo ficou em câmera lenta, quando o entregador de pizza se segurou à janela aberta do Jeep, que agora acelerava, para tentar se equilibrar. O rosto do Tyler mudou para uma expressão de choque e depois de horror, enquanto o motoqueiro perdia ainda mais o equilíbrio e então era arremessado de cima de sua mobilete, desaparecendo perto da margem do lago. O Jeep freou bruscamente, enquanto Tyler e Matt colocavam suas cabeças para fora da janela, olhando para onde o motorista tinha caído. Fiquei esperando eles saírem do carro, mas não saíram. Apenas ficaram sentados por mais alguns segundos e então o Jeep deu a partida e foi embora rápido.

— Aqueles desgraçados! Luke, para o carro! Para o carro! — gritei.

— Estou parando! Estou parando! — berrou Luke.

— Ah, meu Deus, e se ele estiver morto? E se ele tiver caído na água e não souber nadar? — disse Sydney, desesperada.

Mesmo quase sem nenhuma luz, dava para ver que as mãos do Luke estavam brancas de segurar o volante com força. Ele encostou o carro no acostamento e pegou uma lanterna no porta-luvas.

— Charlie, chame uma ambulância! — disse Luke, abrindo a porta.

— Vou chamar — disse Sydney. Dava para ver suas mãos tremendo, enquanto ela pegava seu telefone celular.

— Charlie e eu vamos descer para tentar encontrá-lo — disse Luke.

— Vou logo depois de vocês — disse Sydney enquanto botava o telefone na orelha.

Nossos pés faziam barulho contra as pequenas pedras, enquanto descíamos correndo a encosta. Eu podia sentir meu coração batendo forte em meu peito enquanto tentava forçar meus olhos a identificar lugares onde o homem podia ter caído. A queda não era tão íngreme, talvez uns 2 metros, mas o chão era coberto de pedras até a beira da água. Fiquei escutando a água bater. Normalmente aquele som me acalmava. Agora eu olhava para a água escura e estava aterrorizada.

Luke jogou a luz da lanterna sobre a água.

— Você consegue ver alguma coisa?

Balancei a cabeça:

— Não, está muito escuro.

Andamos lentamente entre as pedras.

— Ei! Ei! — gritei. — Você está aqui?

Silêncio.

Gritei novamente.

Algo à nossa frente se moveu.

— Luke! Ilumine ali — falei, apontando para a beira da água.

— Estou vendo alguma coisa! — gritou Luke.

O homem estava deitado no chão e a cabeça dele estava sangrando.

— Ayúdame... mi pierna... mi cabeza — grunhiu ele.

Luke me empurrou na direção dele.

— Ele está falando espanhol? Charlie, fale espanhol com ele.

— Certo. — Lembrei a mim mesmo, "Eu falo espanhol".

Abaixei até ajoelhar ao lado dele.

— Hola... cómo me llamas?

— Qué?

Ele olhou para mim como se eu fosse louca.

— Cómo me llama? — repeti, desesperadamente tentando lembrar a coisa mais básica em espanhol.

Sydney se aproximou:

— Acho que você acabou de perguntar se ele sabe como você se chama.

Balancei a cabeça, percebendo meu erro. Respirei fundo e mentalmente repassei minhas aulas de espanhol.

— Cómo te llamas? — tentei, torcendo para ter acertado dessa vez.

— Carlos, Carlos Salinas.

— Yo soy Charlie. Você está bem? Quero dizer, estás bien? — perguntei.

— Ayúdame, mi pierna, no puedo movar mi pierna — suplicou ele.

Forcei meu cérebro a tentar entendê-lo.

— Entendi! Sua perna, ele não pode mover a perna!

— Y mi pierna. Me quema... — Ele fez uma careta ao segurar a perna.

— Acho que ele está dizendo que está queimada.

— Pergunte se ele consegue se levantar — disse Luke.

— Puedes caminar? — perguntei, hesitante, esperando ter acertado a tradução de "andar".

— No. No.

Ele fez uma careta.

— Não vamos conseguir levá-lo até a estrada sozinhos. Sydney, quanto tempo você acha que vai demorar até a ambulância chegar? — perguntei.

— Eles disseram que estavam a caminho — disse Sydney, olhando para a encosta.

— Certo... Sydney, Charlie, precisamos conversar... venham aqui — disse Luke, nos levando para longe do Sr. Salinas.

— Escutem, ele vai ficar bem. Quando a ambulância chegar aqui, vão nos perguntar o que vimos — disse Luke.

— O que você quer dizer? — perguntei, desorientada.

— Olha, odeio aqueles caras tanto quanto vocês, mas acho que devemos apenas conseguir ajuda para esse homem e não devemos nos meter — disse Luke.

— Luke, eu não entendo. Por que você não ia querer dizer quem fez isso? — falei, incrivelmente confusa.

— Porque não vai importar. Eles não vão se dar mal. De alguma forma vão acabar se safando.

— Isso não faz sentido. Eles acabaram de jogar uma pessoa para fora da estrada — protestou Sydney.

— Acreditem em mim. Quanto menos nos envolvermos, melhor. Vamos dizer que vimos a caixa de pizza e a mobilete na estrada e saímos para ver o que tinha acontecido.

— Isso é simplesmente errado — falei.

— Charlie, eu conheço esses garotos e conheço a polícia. Matt e Dylan vêm escapando de situações assim há muito tempo. Nada que fizermos vai fazer diferença.

— Você não entende. Você está falando como se conhecesse os dois.

— Eu conheço. E sei que os pais deles vão fazer o que for necessário pra dar cobertura a eles. Escuta, apenas confie em mim. Depois que esse homem chegar ao hospital, ele vai ficar bem. Nós já fizemos a coisa certa.

Meus pensamentos voavam em minha cabeça. Luke odiava pessoas como Matt e Dylan. Ele devia estar louco para ter uma chance de complicar suas vidas, então por que ele queria livrar a cara deles? Aquilo tudo não fazia sentido.

Alguns minutos depois, ouvimos sirenes. Olhei para o homem e sorri:

— Ambulância?

As luzes da ambulância refletiam na água.

— Aqui estão eles — disse Luke, apontando para nós.

Um homem com uma grande caixa se ajoelhou e colocou a mão em meu ombro:

— Nós assumimos agora.

Imediatamente o outro paramédico se abaixou ao lado do homem e disse:

— Señor, soy o Oficial Garcia. Entiendes? Somos los paramédicos...

Saímos do caminho enquanto eles pegavam os suprimentos médicos e começavam seu trabalho. Percebendo que não éramos mais necessários, lentamente subimos as pedras até a estrada.

Pareceu ter demorado uma eternidade, mas eles finalmente trouxeram o homem em uma maca amarela e o colocaram dentro da ambulância.

O paramédico que falava espanhol guardou seu equipamento e veio falar conosco:

— Vocês fizeram uma coisa boa essa noite. Ele vai ficar bem, mas se vocês não o tivessem visto, poderia ter sido muito pior. — Ele olhou para cada um de nós. — Então, vocês viram o que aconteceu?

Luke balançou a cabeça:

— Fui buscar minha irmã e a amiga no cinema e no caminho de volta para casa vimos a caixa de pizza. Quando saímos do carro, vi a mobilete.

O oficial Garcia deu a cada um de nós um cartão e falou:

— Bem, normalmente a polícia vem quando algo assim acontece, mas houve um grande acidente na autoestrada há uma hora e estão todos ocupados. Já é muito tarde. Vocês todos estão indo para casa?

Respondemos que sim com a cabeça.

— Vão para casa em segurança — disse ele, entrando na parte de trás da ambulância.

— Não se preocupe. Já vimos o suficiente para uma noite — falei.

O que pode tê-los feito pensar que seria engraçado machucar alguém? Será que realmente não ligavam para o fato de que podiam ter matado aquele homem?

Balancei a cabeça, pensando em Tyler. Sydney estava mais do que certa. Ele estava desesperado para agradar aqueles garotos. Tudo o que ele fazia era para conseguir que aqueles meninos o respeitassem. Será que ele não via que nunca iriam respeitá-lo? Eles o tinham na palma de suas mãos.

Tyler era como eu no ano passado com Lauren e Ally. Quero dizer, qual era a diferença? Que nós éramos meninas e Tyler e aqueles idiotas eram garotos? Que eu estava no ensino fundamental e Tyler estava no segundo grau? Era tudo a mesma coisa.

Minha raiva me fazia gaguejar:

— Eu... Eu... como eles podem ter pensado... que podiam fazer isso e se safar?

— Eles não pensam — disse Luke, olhando com atenção para a estrada à sua frente.

— Você acha que Will estava no carro? Ah, meu Deus, Sydney, lembra que Dylan falou alguma coisa sobre não beber porque eles iam fazer algum exercício de espírito de equipe? Você acha que era isso?

— Pode ser. Não duvido de mais nada — disse Sydney.

— Mas, Charlie, por que Will estaria naquele carro? — perguntou Luke.

— Porque ele entrou pro time principal há pouco tempo. Eles o têm obrigado a fazer milhões de coisas idiotas. Mas nada como tentar atropelar uma pessoa — falei, meu estômago embrulhando. — Will prometeu que não ia deixar as coisas saírem do controle. Espero que ele tenha dito a verdade.

Não estávamos prontos para ir para casa ainda, então paramos no Wendy's, o único lugar que estava aberto àquela hora da noite. Se estivéssemos pensando direito, teríamos percebido que todos que tivessem saído naquela noite estariam lá também.

Assim que entramos no estacionamento, vi o Jeep Cherokee preto. O porta-malas estava aberto e Matt e Dylan estavam sentados na beira com bandejas entre eles, comendo como porcos. Eu não conseguia acreditar naquilo. Eles tinham acabado de quase matar uma pessoa por diversão e agora estavam ali sentados, fazendo um lanchinho, como se não fosse nada demais.

Andei até eles.

— Oi, Dylan. Comendo algo depois do seu exercício de espírito de equipe? — perguntei.

O rosto de Dylan se contorceu com o choque. Por um breve momento, toda sua arrogância tinha desaparecido.

— O que você está fazendo aqui, Charlie? — perguntou Matt, olhando para suas batatas enquanto falava.

Escutei passos atrás de mim.

— Ei, Matt, Dylan — disse Luke, extremamente calmo.

— Luke Healey? Não vejo você há um tempão. Aquele é o seu carro?

Luke ignorou a pergunta.

— Então, como você conhece essas duas? — perguntou Dylan.

— Charlie é minha irmã. Acabei de buscá-las na casa do Matt porque elas estavam morrendo de tédio. Tive que me atrasar um pouco, no entanto, para ajudar uma pessoa que tinha sido jogada pra fora da estrada — disse Luke, mantendo a calma.

Matt esticou a mão para pegar sua bebida com pressa e acabou derrubando o copo.

— Caramba, Gercheck! Agora você derrubou Coca no carro todo! — gritou Dylan, pegando alguns guardanapos e os jogando sobre Matt.

— Desculpa! Desculpa! — disse Matt, rapidamente botando os cubos de gelo de volta no copo.

Luke cruzou os braços e balançou a cabeça:

— Charlie, viu por que não deixo você comer ou beber nada no carro? Sinto muito, cara — disse Luke a Dylan. — Acabei de lavar meu carro, sei como você se sente.

Dylan hesitou, tentando entender se Luke estava zombando dele:

— Então... aquela coisa da motocicleta parece horrível. Alguém se machucou? — perguntou ele, cínico. Sua arrogância estava de volta.

— Por que você se importaria? — perguntei.

Dylan me ignorou.

— Estranho você não ter visto nada. Foi bem no seu caminho. O cara está indo pro hospital agora. Está machucado, mas vai sobreviver — disse Luke.

— Que bom — disse Dylan.

— É, especialmente para a pessoa que o atropelou. Difícil imaginar quem seria tão escroto pra jogar alguém para fora da estrada e depois fugir... — disse Luke.

— Ei, o que vocês estão fazendo aqui? — perguntou Will, enquanto cruzava o estacionamento. Suas palavras estavam saindo emboladas e arrastadas. Ele ainda estava claramente bêbado — mas não tão mal quanto Tyler, que veio cambaleando de trás dos arbustos.

Dylan se aproximou e disse:

— Wickam, para de ser otário. Não vou ajudar você se um policial passar por aqui.

Tyler grunhiu, se virou novamente para o arbusto e vomitou.

Eu não ia ficar parada ali sendo ignorada:

— É, aposto que você não quer que a polícia passe por aqui agora — provoquei.

Matt soltou uma risada nervosa:

— Healey, sério, você tem de controlar sua irmã.

Will levantou a cabeça, olhou para Luke e depois para mim e Sydney, que eu tinha acabado de perceber que estava ali o tempo todo.

— Como você sabe o que aconteceu? Foi um acidente. Juro, um acidente — murmurou Will.

— Cala a boca, Edwards. Vamos cuidar disso — disse Dylan, lentamente tomando um gole da sua bebida. — Aparentemente ela acha que temos algo a ver com o que aconteceu com aquele homem. Charlie, acho que você está nos confundindo com outras pessoas. Milhões de pessoas dirigem Jeeps.

— Você acha que vai se safar dessa? — perguntei, tentando desesperadamente impedir que minha voz tremesse.

— O que estou dizendo é que é perigoso sair acusando as pessoas se você não pode provar nada — disse Dylan.

— Você está me ameaçando? — perguntei, meu coração disparando no peito.

Luke se aproximou silenciosamente, parando a cerca de meio metro dele:

— Não. Dylan não está ameaçando você, Charlie. Porque se estiver, ele sabe que vou acabar com ele. Não é mesmo, Dylan?

Virei e olhei para Luke, chocada.

Dylan levantou os braços e então os colocou em seus bolsos.

— Ei, ninguém está ameaçando ninguém. Estou apenas sentado aqui comendo meu hambúrguer, cuidando da minha vida — disse Dylan.

Eu não conseguia suportar isso nem por mais um segundo:

— Will, vem pra casa com a gente — sugeri.

Dylan se levantou e fechou o porta-malas:

— Ei, Will, se você quiser ir pra casa com eles, não se preocupe com a gente.

— Vamos lá, Will — pedi novamente.

— Charlie, não se preocupe comigo. Estou bem — disse Will.

— Por que você quer voltar com eles? — perguntei, incrédula.

— Estou bem. Sério. Não posso ir pra casa. Meus pais vão me ver. Não posso ir pra casa agora.

Luke colocou a mão no meu ombro:

— Charlie, deixa pra lá. Mas, Will, se você precisar de alguma coisa, pode ligar pra nós, certo?

— Claro, claro. Não se preocupe, vou ficar bem — disse Will.

— Will... — Mas mesmo enquanto falava, eu sabia que não ia adiantar.

— Você devia escutar seu irmão, Charlie — disse Dylan. *Bem*, pensei, *pelo menos o imbecil finalmente aprendeu meu nome.*

Sydney, Luke e eu andamos de volta até o Falcon e tudo em que eu conseguia pensar era *Não posso deixá-los se livrarem dessa. Simplesmente não posso.*

Abri a porta. Meu telefone celular estava sobre o banco. O Jeep estava estacionado na minha frente. Não sabia muito bem o que queria fazer com aquilo, mas, enquanto Luke saía com o carro, tirei uma foto da placa do carro de Dylan.

— Vamos pra casa — falei.

CAPÍTULO 29

— **ENTÃO, VOCÊ VAI ME CONTAR COMO CONHECE MATT E DYLAN?** — perguntei, ao me sentar na cama de Luke.

— Acho que tive o prazer da companhia deles pela primeira vez numa colônia de férias para jogadores de hóquei. No oitavo ano — disse ele, sem desviar os olhos do livro que estava lendo.

— O que eles fizeram? — perguntei.

Luke deu de ombros:

— O de sempre. Comentários do tipo "você é gay e retardado". — Eles eram incansáveis. Nós estávamos sempre brigando. Então um dia o Matt começou a pegar no pé de um garoto do time e não parou.

— O que aconteceu?

— Nós nos desentendemos muito seriamente. Basicamente eu reorganizei o rosto dele. Levei a culpa por isso, então fui expulso do time.

— Ah, sim! Lembro disso! O que mamãe e papai fizeram?

— Não sei. Fiquei de castigo.

— Você não contou pra eles que não tinha sido culpa sua? — perguntei.

— Mais ou menos, mas eu estava me metendo em tanta confusão naquela época que eles nem quiseram ouvir a minha versão. Além disso, os pais de Matt fizeram um escândalo. Os treinadores ficaram do lado dele.

— Meu Deus, isso é tão injusto! — falei.

Luke finalmente fechou o livro e o colocou sobre sua mesa de cabeceira.

— Quem você acha que era um dos treinadores?

Olhei para ele com uma expressão vazia.

— Era o pai de Matt. E ele não ligava para o que os outros garotos falavam que o filho estava fazendo. Ele disse que, como não viu Matt fazer nada, ninguém podia provar que a culpa era dele.

— O quê? Como se a única forma que um garoto como aquele tem para arrumar confusão fosse ser burro o suficiente para fazer isso na frente dos adultos? Isso é loucura.

— Esse é o problema, Charlie. Alguns adultos veem só o que querem. Quanto mais cedo você perceber isso, melhor. E eu não falaria para você ficar na sua só porque briguei com ele quando era mais novo. Matt e Dylan fazem essas coisas doentias o tempo todo e continuam se safando. Ano passado, Matt passou de carro por uma rua com um taco de beisebol e quebrou a janela de um monte de carros. Quando as aulas começaram este ano, os pais de Dylan o deixaram fazer uma festa na casa deles. Dylan saiu, totalmente alcoolizado, pra buscar alguém e acabou batendo com o carro em uma árvore no jardim em frente à própria casa. Quando a polícia chegou, os pais negaram que sabiam qualquer coisa sobre a festa e tudo o que aconteceu com Dylan foi ter de fazer um pouco de serviço comunitário na igreja. Alguns meses depois, os dois foram a uma festa e começaram a arrumar confusão comigo e com alguns garotos que conheço. Tudo que eles conseguiram foi mais serviço comunitário. Então, a lição que você deve tirar disso tudo é que eles fazem o que bem entendem e os pais limpam a barra.

— E foi por isso que você não quis que nós déssemos queixa?

— Exatamente. E, olha só, nós conseguimos ajuda para aquele homem. Essa foi a coisa mais importante, você não acha?

— Mas é que parece tão errado deixá-los se safarem assim!

— Podemos falar sobre como o mundo é injusto amanhã? Porque agora estou acabado.

Levantei e joguei para ele a almofada à qual estava encostada:

— Claro. Só mais uma coisa.

— O quê? — perguntou ele, impacientemente.

— Obrigada por ir buscar a gente. E toda aquela coisa de "irmão mais velho, vou acabar com a sua raça se você mexer com a minha irmã" foi bem legal.

— Sem problema. Vivo para livrar você de problemas, apesar de que você podia ter cuidado deles sozinha se quisesse — disse Luke, esticando o braço até sua luminária. — Agora, por favor, vá que eu quero dormir. Ele apagou a luz.

CAPÍTULO 30

— CHARLIE, VOCÊS QUEREM TOMAR CAFÉ DA MANHÃ? — GRITOU minha mãe, no andar de baixo. Abri os olhos e dei de cara com o sol forte. Um grunhido veio da pilha de cobertores ao meu lado. Um braço comprido emergiu, seguido do cabelo mais desgrenhado que já vi na vida.

— Estamos dormiiiiiindo! — gritei, reclamando o mais alto que consegui e me virei na cama até ficar de costas, colocando um travesseiro sobre os olhos.

— Que horas são? — resmungou Sydney, se sentando.

— Cedo demais, mas é claro que minha mãe acha que tem de nos acordar.

— Oh, meu Deus, Charlie, ontem à noite foi completamente bizarro.

— Eu sei.

— Temos de contar pra Nidhi.

Olhei para o relógio na minha escrivaninha.

— São 10 horas. Você acha que ela já está acordada?

— Quem se importa? Precisamos contar pra ela.

Ela pegou meu celular na mesa de cabeceira e acionou a discagem rápida.

— É melhor ser importante, porque cheguei em casa do casamento da minha prima às 3 da manhã — resmungou Nidhi no viva voz.

Contamos tudo a ela.

— Juro que não consigo acreditar nisso! E tudo que eu fiz foi ficar vendo meu tio beber uísque.

— Eu sei. Loucura, não? — comentei.

— Então vocês realmente não vão contar pra ninguém? — perguntou Nidhi.

Sydney e eu nos olhamos.

— Não sei. Luke disse que nós conseguimos ajuda para o homem e que não devemos nos meter nisso. Ele me contou um monte de histórias sobre aqueles garotos e como eles nunca se dão mal por causa das coisas que fazem. Foi tão intenso. Ele realmente acha que devemos ficar na nossa. E que se nós contarmos, não vai fazer nenhuma diferença — expliquei.

— Mas nós não ficamos exatamente na nossa. Ou pelo menos a Charlie... — disse Sydney, sorrindo — Foi lindo. Assim que Charlie viu aqueles garotos, ela pulou do carro e deu uma de bandeirante com eles.

— Não fiz nada disso — protestei.

— Charlie, é claro que você fez. Acredite em mim, Nidhi, foi incrível!

— Só falei pro Dylan que ele não ia conseguir se safar desta vez. Honestamente, acho que nunca quis tanto bater em alguém na minha vida. Mas tem mais uma coisinha que preciso contar a vocês. Quero dizer, é claro que não é tão importante quanto essas coisas, mas certamente aumenta o fator de esquisitice.

— Meu Deus, o que mais pode ter acontecido ontem à noite? — perguntou Nidhi.

— Bem, depois que Sydney saiu com Dylan...

— Por uns dois minutos! — interrompeu Sydney.

— Que se dane, foi mais para 15 minutos, mas não é essa a questão. Então, eu estava andando pela festa procurando Will e não conseguia encontrá-lo em lugar nenhum. Finalmente fui até o jardim e o vi quase completamente desmaiado em uma cadeira...

Parei de falar. Cheguei na parte em que devia contar a elas sobre Will e eu realmente não queria, porque, dessa forma, teria de admitir que elas estavam certas sobre toda aquela coisa do Will. E eu não tinha mais certeza de como estava me sentindo em relação a ele naquele momento. Só queria manter aquilo particular... mais ou menos.

— E... — disse Nidhi.

— Certo, não surtem, mas isso é realmente muito esquisito...

— O quê?! — gritou Sydney.

— Lembrem-se, ele estava muito bêbado, então talvez estivesse temporariamente insano, mas quando me sentei ao seu lado, ele começou a falar sobre como eu era importante pra ele e como é estranho, porque crescemos juntos, mas ele não consegue evitar a forma como se sente...

— Eu sabia! — berrou Sydney, pulando sem parar na cama.

— Sydney, você pode gritar isso um pouco mais alto pros meus pais poderem ouvir? — perguntei, pegando um travesseiro e jogando nela.

— Sydney, não interrompa a história! Então o que aconteceu? — perguntou Nidhi.

— Eu fiquei completamente chocada. Então fiquei apenas olhando pra ele, enquanto ele se aproximou e disse algo sobre como eu seria uma namorada incrível. E então a Sydney chegou cheia de pressa.

— Sabia que algo estava acontecendo! — disse Sydney, levantando os braços mais uma vez.

— Então, Charlie, você vai dizer que está surpresa com isso? — perguntou Nidhi.

— Claro que estou. Não sei se vocês esqueceram, mas é sobre o Will que estamos falando!

— Certo, Charlie, quero dizer isso da melhor forma possível, mas você está sendo totalmente burra! — disse Nidhi.

— Por quê?

— Porque sempre foi óbvio que Will gosta de você! Ele só é tímido demais, então teve de ficar bêbado pra falar a verdade.

— Arrrrrgh! Isso é tão esquisito! — falei, mergulhando sob um dos meus travesseiros.

— Charlie, quase não consigo ouvir você. Parece que você está debaixo d'água — disse Nidhi, impacientemente.

— Desculpa — falei, tirando o travesseiro. — Mas vocês têm de admitir que isso é muito constrangedor.

— É tão lindo! — gritou Sydney novamente.

— Pela última vez, Sydney, você tem de se acalmar quanto a isso.

— Então..? — perguntou Nidhi.

— Então o quê? — retruquei.

— Então, você gosta dele dessa forma? — perguntou Sydney.

— O que devo pensar? Como posso gostar dele depois do que aconteceu ontem à noite?

— Ele estava apenas fazendo aquilo pra ser durão na frente de todos aqueles garotos — disse Sydney.

— Mas isso é muito patético. Ele nem gosta deles. Durante todo o último mês tem reclamado pra mim das coisas que tem de aturar para entrar no time. E ele me prometeu que nada ia sair de controle. Se atacar alguém com um extintor de incêndio e o jogar para fora da estrada não é sair do controle, não sei o que pode ser — falei.

— Não acho que seja realmente justo culpá-lo pelo que aconteceu. Dylan e Matt o obrigaram a beber a noite toda e o fizeram entrar naquele carro — disse Sydney.

— Duvido muito que eles o tenham forçado fisicamente a entrar naquele carro. Uma parte dele gosta deles — falei.

— É complicado — disse Nidhi. — Will é um cara legal, mas concordo que isso é realmente muito sério. Charlie, acho que você precisa conversar com ele. Veja o que ele vai falar. Talvez, a partir daí, você consiga descobrir o que fazer.

CAPÍTULO 31

— ALGUÉM QUER OUVIR UMA COISA BIZARRA? — PERGUNTOU Gwo, entrando na sala do jornal.

A reunião de segunda-feira do *Prowler* tinha acabado de começar, mas todos paramos de falar com aquela introdução. Ele pegou um banco e sentou-se à mesa ao lado da Srta. McBride.

— Vocês sabem que minha mãe é enfermeira, não sabem? Bem, um entregador de pizza foi parar na emergência do hospital porque foi jogado para fora da estrada perto da ponte que leva à cidade. E parece que o responsável foi um aluno de Harmony Falls.

Segurei com toda força os dois braços da minha cadeira. Forcei minha mente a relaxar para não gritar *Oh, meu Deus* para Nidhi, que estava sentada na minha frente, com uma expressão de "não faça isso".

— Por que acham que foi alguém daqui? — perguntou Josh.

Gwo balançou a cabeça e pegou uma garrafa enorme de Gatorade em sua mochila:

— Ele não anotou a placa, mas o entregador viu uma pata de pantera na traseira do carro.

— Ah, meu Deus, isso é horrível! Ele está bem? — perguntou Ashleigh.

— Minha mãe disse que ele tinha uma fratura feia na perna e está cheio de hematomas. Mas a parte mais estranha é que jogaram espuma de extintor de incêndio nele.

— Um extintor de incêndio? Sério? — perguntou Josh.

Gwo tomou um longo gole da sua bebida:

— Foi muito bizarro. Minha mãe disse que a pessoa jogou espuma nele de propósito. A mulher do entregador estava no hospital com os três filhos pequenos. Ele só falava sobre ter de voltar ao emprego numa construção na manhã seguinte, porque não tinha plano de saúde e não podia pagar a conta do hospital. Acho que minha mãe teve de sedá-lo ou algo assim.

Ashleigh fez uma expressão cética:

— Gwo, as pessoas não atropelam outras e então jogam espuma de extintor nelas. Deve ter sido um acidente.

Owen fez uma expressão ainda mais cética:

— Qual é, Ashleigh? Você está me dizendo que não conhece ninguém nessa escola capaz de fazer isso?

Josh olhou para Gwo:

— O que você acha? Alguém no time de futebol americano é capaz desse tipo de estupidez?

Gwo balançou a cabeça:

— De forma nenhuma. Não que eu fosse contar a você, de qualquer forma. — Nós todos olhamos para ele. — Gente, sério, não. Poderia ver isso acontecendo há uns dois anos, mas não hoje em dia. Agora só pode ser gente do hóquei ou do lacrosse.

— Quem quer que tenha sido, se for pego, isso não é brincadeira. Com certeza vai ser mandado pro reformatório, porque é atropelamento e fuga. No mínimo vai pegar uma eternidade de serviço comunitário e condicional — disse Raj.

Gwo se inclinou e perguntou:

— Você sabe disso por causa do incidente dos fogos de artifício do ano passado?

— Aquilo foi um acidente! Não sabíamos que o mato ia pegar fogo! — disse Raj.

— Certo, claro, porque fogos e grama seca são sempre uma excelente combinação! — Gwo riu.

— Cala a boca! Além do mais, isso é diferente, porque quem fez isso, fez de propósito. Só estou dizendo que se a pessoa que fez isso for pega, ela vai se dar mal — disse Raj.

A Srta. McBride se levantou e foi até sua mesa:

— Certo, pessoal. Não vamos especular sobre algo que não sabemos de verdade. Somos jornalistas. Se tivermos mais informações sobre a história, aí é outra coisa, mas por enquanto vamos apenas ficar satisfeitos que o homem sobreviveu. E agora vamos voltar à nossa reunião.

Josh se levantou de seu banco e olhou para a lista de matérias no quadro:

— Raj, você queria começar, certo?

Raj abriu seu computador:

— Tenho de sair cedo pra cobrir um jogo de tênis, mas quero dizer que, graças a Nidhi, temos sido capazes de cobrir a maioria dos jogos desta temporada. E nossa seção com o perfil dos treinadores também está indo bem. — Ele olhou para o relógio e juntou as coisas na mochila. — Mas tenho de ir. Jogo de softball feminino — disse Raj, saindo apressado pela porta.

A Srta. McBride começou a falar sobre o cronograma de produção, mas eu não conseguia aguentar ficar naquela sala nem mais um minuto. Silenciosamente pedi licença e fui ao banheiro.

Meus passos ecoavam pelo corredor enquanto eu andava. Fiquei imaginando se era possível uma pessoa ficar andando de um lado para o outro em sua mente. Porque era isso que eu estava fazendo. Era tão frustrante. No ano que havia passado, tinha prometido a mim mesma que não ia ficar ao lado de pessoas que fizessem coisas erradas. Mas outra parte do meu cérebro não conseguia parar de argumentar que isso não era problema meu. Quem tinha de consertar aquela confusão era Will. Mas eu sabia que ele não ia fazer aquilo. O que eu ia fazer?

Voltei alguns minutos depois e todos tinham se separado para trabalhar nos próprios projetos. Quando Nidhi me viu, ela acenou para que eu fosse até o sofá.

— Charlie, tinha me esquecido completamente disso, mas você sabe quem eu vou entrevistar na semana que vem?

— Quem?

— O treinador do time de lacrosse, treinador Mason.

Ajeitei minha postura:

— Nidhi, no que você está pensando?

— Bem, a Srta. McBride nos disse para não especular, certo? Então vamos desenterrar alguns fatos. Talvez ele não saiba nada sobre os exercícios de espírito de equipe dos seus jogadores, mas talvez ele saiba. Você quer descobrir?

CAPÍTULO 32

— ODEIO GAROTOS. JURO. ELES SÃO PÉSSIMOS — FALEI, FECHANdo meu armário.

— Só para ficar claro, você está falando do Will, certo? — perguntou Sydney.

— Você percebeu que ele está me dando um gelo? É completamente ridículo. Toda vez que eu o vejo no corredor ele olha para o outro lado.

Era sexta-feira, quase uma semana depois da festa, e estava esperando que ele me ligasse, mandasse e-mail ou enviasse uma mensagem de texto. E cada segundo que passava sem falar com ele me deixava mais irritada e tensa. Não que fosse admitir isso para os outros, mas era só sobre isso que eu pensava.

— Charlie, você não pode deixá-lo se safar dessa. Você tem de se impor e tomar as rédeas da situação. Então, na próxima vez que você o vir, vá até ele, diga que vocês precisam conversar e então o force a fazer isso.

— Mas eu não posso forçá-lo a falar comigo, posso?

— Claro que pode — insistiu Sydney.

Não tinha muita certeza de que Sydney estava certa sobre a parte de forçar, mas sabia que, se não falasse com ele logo, eu ia explodir.

Duas horas depois, tive minha chance. Lá estava ele, sentado em um degrau no fim do corredor dos calouros, morrendo de rir com Tyler e outros garotos do time de lacrosse, como se nada no mundo o estivesse incomodando.

— Ei, Will — falei friamente, andando na direção dele.

— Ei, Will! Veja quem é! É a Sra. Edwards! — gritou um dos seus companheiros de lacrosse.

Meu coração ficou apertado, apesar da minha raiva. Talvez eles estivessem me chamando daquilo porque sabiam que Will gostava de mim.

— Oi, Will, posso falar com você por um minuto?

Will pareceu não me ouvir. Tirou o cabelo do rosto e recostou mais.

— Will, posso falar com você por um minuto? — repeti, mais alto.

— Claro. Pode falar — disse ele, dando de ombros.

— Gostaria de falar com você em particular.

— Talvez mais tarde — disse Will. — Agora não é uma boa hora.

Os garotos à sua volta deram risadinhas e olharam para o outro lado.

A sensação de gostar de Will desapareceu. Olhei fixamente para ele, sem acreditar. Já tinha visto aquela combinação de arrogância, grosseria e indiferença antes. Ele tinha se transformado em um mini Matt bem diante dos meus olhos. Meu peito apertou, enquanto eu lutava para não deixar as lágrimas saírem. Não conseguia acreditar que ele ia me tratar assim. Não Will.

— Tudo bem, que se dane, falo com você depois — disse, ouvindo minha voz começar a tremer. Precisava sair de perto desses garotos o quanto antes.

Desci o corredor alguns metros, mas às minhas costas ainda ouvi um dos garotos gritar:

— Ei! — Virei, sem pensar, algo que ninguém deve fazer quando está se afastando de um grupo de garotos. — Vá fazer um sanduíche pra mim — berrou o garoto, e então todos riram, inclusive Will.

Olhei para ele, completamente confusa. Fazer um sanduíche para ele? O que aquilo queria dizer? Tudo o que consegui fazer foi ficar parada ali me sentindo inacreditavelmente burra.

O resto da tarde passou voando. Queria muito ir para casa, ficar deprimida sozinha e pensar sobre o que fazer. Às 5 da tarde, já estava fantasiando há duas horas sobre todas as coisas que queria dizer a Will para realmente fazê-lo se sentir como o pequeno verme insignificante que ele era.

Às 5 e meia eu estava na porta de sua casa.

— Oi, Sra. Edwards, Will está em casa? — perguntei docemente, escondendo minha raiva atrás do sorriso.

— Olá, Charlie! Ele acabou de voltar do treino. Acho que está no quarto.

— Posso subir?

— Claro!

Meu coração estava disparado enquanto eu subia as escadas para o quarto dele. A porta estava aberta.

— Ei — falei, como quem não quer nada.

Ele tirou os olhos de uma revista em quadrinhos que estava lendo:

— Achei que tinha escutado você entrar — disse ele, friamente.

— Você me deve uma explicação.

— Sobre o quê? — perguntou Will, pegando seu telefone para jogar.

— Como assim, sobre o quê? Obviamente você está chateado comigo, o que é muita burrice, porque se alguém tem alguma razão para estar chateado aqui, esse alguém sou eu.

— Certo... você deveria estar chateada comigo. É, Charlie, você está totalmente certa. Sou eu que estou completamente errado aqui — disse ele.

— Desculpa, mas "faça um sanduíche pra mim" é uma nova forma de pedir desculpas por ser tão babaca?

— Sabia que você ia fazer uma tempestade em copo d'água. Mas, se você veio aqui pra dizer isso, já falou... — Ele voltou a ler a revista em quadrinhos.

Chega. Não ia embora até forçá-lo a lidar com aquilo. Não me importava quanto tempo fosse levar ou que ele fosse achar que sou extremamente patética. Eu simplesmente não ia recuar.

— Will, você e eu vamos conversar, queira você ou não.

Ele fechou a revista.

— Tudo bem, mas não vai ser aqui.

Will se levantou, pegou um boné de beisebol e o colocou firmemente em sua cabeça:

— Mãe! Vou sair um pouco — gritou ele, enquanto passava por mim e descia a escada.

— Tudo bem, mas volte em uma hora para o jantar. Charlie, você quer jantar conosco hoje?

De alguma forma eu não me sentia convidada.

— Obrigada, mas prometi à minha mãe que estaria em casa para o jantar — falei, seguindo Will pela porta.

Por três quarteirões, não trocamos uma palavra, então chegamos a um parque perto da casa dele.

— Então, por que estou aqui? — perguntou Will, se sentando na ponta de um escorregador.

— Você não pode estar falando sério — disse, embasbacada. Ele estava me tratando como se nós mal nos conhecêssemos. Como se eu fosse uma garota maluca que estava fazendo algum tipo de exigência incoerente apenas por falar com ele.

— O quê? Nem sei por que estou aqui — continuou Will.

— Como assim?

Mesmo depois de me dar um gelo e de me tratar como lixo durante os últimos dias, eu ainda estava chocada. Ainda estava esperando que fosse escutar algo como "Charlie, me desculpa por ter sido um babaca patético. Eu estava totalmente errado". Mas essas coisas nunca funcionam da forma como você as imagina em sua cabeça. Muito pelo contrário.

— Você escutou o que eu falei.

— Bem, pra começar, quero saber por que você está me evitando.

— Não estou evitando. Você está sendo dramática.

— Estou sendo dramática? Você está me dando um gelo e sendo um babaca inacreditável toda vez que te vejo e sou eu quem está sendo dramática? Você está tomando alguma droga alucinógena estranha que o está fazendo ver as coisas ao contrário?

Will cruzou os braços e não disse nada.

— Apenas admita que desde sábado você está sendo um completo babaca.

— O que você esperava? Que eu viesse chorando pedir ajuda a você?

— Não sou tão burra, Will.

No entanto, assim que ele falou aquilo, percebi que era exatamente aquilo que eu queria que acontecesse.

— Em que diabos você estava pensando? Seguir a gente? Implorar para eu voltar pra casa com vocês no sábado à noite? Você estava tentando tornar minha vida mais difícil?

Dei alguns passos para longe para aplacar meu desejo irresistível de estrangulá-lo.

— Não imaginei que oferecer uma carona quando você estava completamente bêbado, cercado de idiotas arrogantes e imprestáveis, fosse algo tão imperdoável. Pode acreditar, da próxima vez que eu o vir com seus amigos escrotos, vou ignorá-lo completamente.

— Excelente.

— Você só pode estar de sacanagem comigo.

— Charlie, você estava parecendo minha mãe. Foi totalmente vergonhoso. Agora toda vez que meus amigos veem você, eles te chamam de Sra. Edwards.

Fiz uma pausa para absorver completamente minha vergonha ao perceber que tinha interpretado aquilo completamente errado.

— Você sabe o que é pior? Ver você se transformar em um mini Matt.

— Você não tem ideia do que está falando — disse ele, virando o rosto para longe de mim.

— Sério? Isso é realmente o que me parece. Mas talvez você tenha esquecido que tem gritado para pessoas sem-teto arrumarem um emprego e que quase matou um homem no sábado à noite.

Aquilo o fez se calar. Finalmente.

Ele se deitou sobre o escorregador, seu braço sobre os olhos.

Ouvi uma risada e olhei para cima para ver duas crianças no topo do escorregador, saltitando e esperando Will se levantar.

— Will, você tem de sair daí ou vai ser atropelado por crianças de 5 anos. Não que você não mereça isso.

Ele se virou e olhou para cima.

— Muito engraçado — disse ele, e foi até o banco mais próximo.

Ele se sentou, pernas cruzadas e braços encolhidos.

— Achei que Luke tinha dito que o cara estava bem...

Fiquei tentada a dizer a ele que o Sr. Salinas estava morto, mas falei a verdade:

— Ele vai sobreviver, mas quebrou a perna seriamente. O pior é que ele não tem plano de saúde, então não pode pagar o hospital e provavelmente vai perder o emprego na construção. Ele tem três filhos pequenos, por falar nisso...

Will fechou os olhos novamente. Por alguns minutos ele não estava mais ali, perdido em seus pensamentos. Então ele encolheu as pernas, colocou os cotovelos sobre os joelhos e abaixou a cabeça para que eu não pudesse ver seu rosto.

— As coisas só saíram muito do controle. Charlie, você não entende. Eu não tive escolha. Não é como se eu quisesse estar naquele carro — murmurou ele.

— Will, o que você está dizendo? Você não se lembra do que me disse depois do jogo de basquete? Você disse que eu não devia me preocupar, porque toda aquela coisa do lacrosse nunca ia sair do seu controle. Você não acha que aquele era o caso?

— Eles ficavam dizendo que estava quase acabando, mas sempre tinha mais alguma coisa.

Olhei para as crianças brincando no escorregador e pensei em como as coisas eram mais fáceis quando éramos pequenos. Agora, em comparação, todo o drama com Lauren e Ally parecia não ser nada.

— Certo, talvez eu não entenda. Mas por que o Sr. Salinas deve pagar o preço das suas decisões? Não é justo. Ele está ferido e você não. Ele é a pessoa que vai perder o emprego porque não pode trabalhar. É ele que vai ter de pagar. Você pode acordar de manhã e ir pra escola como se nada tivesse acontecido.

Will passou as mãos no cabelo e pensei ter visto seus olhos verdes cheios de lágrimas. Mas, no segundo seguinte, ele tinha se livrado delas e era como se nunca tivessem estado ali.

— Will, aqueles garotos estão controlando você completamente. E você está se transformando em um deles. Odeio isso.

— Você acha que eu gosto disso?

— Não sei. Você gosta?

— Que merda, Charlie! Você me conhece melhor que ninguém... Você sabe que eu odeio isso tudo, não sabe?

— Will, algumas vezes você é completamente tolerável. Outras vezes...

— Sou o maior escroto que você conhece, certo? — perguntou ele, deprimido.

— Bem, não o maior, mas chega perto. Não acho que você já tenha passado totalmente para o lado negro — falei.

Ele olhou para o outro lado e depois deixou a cabeça cair novamente.

— Escuta, sinto muito pelos últimos dias.

Soltei o ar aliviada.

— E sinto muito pelo lance da mãe. Não fazia ideia de que era isso que parecia. Só queria que se afastasse daqueles garotos.

Ficamos sentados lado a lado em silêncio por um minuto.

— Então o que vai fazer? — perguntei delicadamente.

— O que você quer dizer?

— Não acha que deveria contar a alguém?

— Quem? Alguém como meu treinador?

— Claro.

— Não sei. Ele é novo na escola, mas ele deve saber. Isso vem acontecendo há muito tempo. Desde sábado à noite já pensei em falar com ele umas cem vezes, mas não sei. Acho que é porque eu realmente gostaria de sobreviver, você sabe, pelo menos este ano. Só preciso chegar ao final desta temporada e então isso vai ser problema de outro calouro.

— Eles atropelam pessoas com extintores de incêndio todos os anos?

Por alguma razão, essa ideia nunca tinha me ocorrido, apesar de ser exatamente o que Michael tinha me contado.

— Não, não seja boba. Eles não fazem exatamente a mesma coisa todo ano, e sim algo parecido. Eles o tratam como lixo e você aguenta aquilo até perder a cabeça.

— O que poderia acontecer de tão ruim se você contasse? O que Matt e Dylan poderiam fazer com você?

— Charlie, nem quero pensar nisso. Se eu os dedurar, pode ser que seja expulso da escola.

— Certo, mas e Wickam? Sei que ele é totalmente falso, mas ele não vai se importar pelo menos um pouco porque Tyler está envolvido?

Will sorriu amargurado:

— Você acha que Wickam não sabe o que Matt e os outros garotos fazem? Contanto que eles ganhem, ele finge que não está vendo. Quem você acha que incentivou Tyler a entrar no time?

— Mas é o filho dele.

— Acredite em mim, tudo com que Wickam se importa é fazer o que for preciso para ficar bem na foto. Tyler me contou que ele quer se candidatar a superintendente ou algo assim.

— Caramba, isso é complicado.

Ele concordou com a cabeça:

— Não é que eu não saiba o que fazer. Sei que a coisa certa é contar, mas simplesmente não posso. Se isso pudesse simplesmente parar de alguma forma... sei lá, mas, Charlie, por favor, não pense que estou me transformando no Matt.

— Não acho isso. Só gostaria que tivesse uma forma de ajudar você.

— Obrigado, mas vou ficar bem. Além do mais, preciso voltar pra casa. Você quer ficar pro jantar?

— Claro, mas apenas sob uma condição.

— O quê? — perguntou Will.

— Você vai fazer um sanduíche pra mim? — perguntei, rindo.

— Há-há! Muito engraçada, mas acho que mereço isso — disse Will, esbarrando em mim.

— Com certeza.

Agora que Will e eu tínhamos resolvido nossos problemas, eu deveria ter dormido melhor aquela noite. E dormi, quer dizer, mais ou menos. Mas ainda me incomodava saber que Will ia deixar Dylan e Matt se safarem de tudo o que tinham feito — com ele, com o entregador de pizza, com os calouros do ano seguinte. Simplesmente não conseguia tirar isso da minha cabeça.

CAPÍTULO 33

— QUER UM POUCO? — PERGUNTOU SYDNEY.

Eram 7h20 da manhã de segunda-feira e a primavera tinha finalmente chegado. Meninas já estavam usando bermudas bem curtas e chinelos, como se estivesse fazendo 40 graus, mas não podia estar mais de 20. Apesar de ter um monte de coisas na minha cabeça, tudo parecia mais fácil e melhor do lado de fora, pegando sol com Sydney, antes de o sinal do primeiro tempo tocar.

Peguei o cappuccino da mão de Sydney e tomei um gole:

— Você está tão viciada nessa coisa — falei, imediatamente sentindo a onda da cafeína e do açúcar.

— Eu sei. Minha mãe fala que se eu economizar todo o dinheiro que gasto com isso, poderia comprar um carro. Não que ela fosse me deixar ter um carro, de qualquer forma...

— O que aconteceu? Qual é o motivo da mensagem urgente dizendo que precisamos conversar antes da aula? — perguntou Nidhi, chegando por trás de nós.

Examinei a entrada para ter certeza de que ninguém estava escutando.

— Tenho pensado muito no que aconteceu e não podemos deixar Matt e Dylan se safarem.

— Também acho! Toda vez que penso neles, fico tão furiosa que quero explodir — disse Sydney, limpando a espuma da sua boca.

— Bem, o que quer que façamos, temos de ser espertas. Charlie e eu podemos descobrir o que o treinador de lacrosse sabe quando o entrevistarmos — disse Nidhi.

— Como é que isso não vai ser incrivelmente óbvio? — perguntou Sydney.

— Tenho de escrever um pequeno perfil sobre ele — disse Nidhi. — Apenas achamos que poderíamos usar a oportunidade pra fazer algumas perguntas a mais...

— Talvez isso seja loucura, mas o que vocês acham de contar para a Srta. Fieldston? Ela sempre fala para a procurarmos se tivermos algum problema — perguntou Sydney de maneira hesitante.

— Não sei. Depois do que ela deixou acontecer na aula de história, você acha que podemos confiar nela? — indagou Nidhi.

— Desde então ela tem sido bem legal — disse Sydney.

— Bem, ela não precisa falar quem contou. A não ser que você esteja em perigo iminente, você pode ser anônimo.

— Que diabos "perigo iminente" quer dizer? E como você sabe dessas coisas? — perguntou Sydney.

— Porque li no manual do aluno. E perigo iminente significa que você está prestes a sofrer algo realmente sério, como se você tivesse acabado de tomar um vidro de calmantes ou seus pais fossem violentos. Então ela tem de dizer que é você. Fora isso, ela pode passar a informação sem revelar a fonte — explicou Nidhi.

— Nidhi, você tem noção de que você é um pouco esquisita, não tem? — perguntei.

Ela concordou:

— Mas às vezes é útil, não é? Então, Charlie, você realmente acha que Will não vai falar nada?

— De jeito nenhum. Ele está morrendo de medo do que Dylan e Matt poderiam fazer com ele — falei.

— Verdade — disse Nidhi. — Teriam que colocá-lo em um programa de proteção a alunos abusados.

— Muito engraçado. Mas ele está agindo como se eles tivessem algum tipo de superpoder capaz de controlá-lo. Honestamente, pode parecer estranho, mas acho que é o mesmo tipo de poder que Lauren e Ally tinham sobre mim. Toda vez que pensava em enfrentá-las, eu simplesmente não conseguia. Tudo em que podia pensar era em todas as formas pelas quais elas poderiam transformar minha vida em um inferno — falei.

— Bem, então, obviamente, o rapaz precisa da nossa ajuda. Além disso, Charlie tem razão. Esses garotos precisam de uma lição e não vão aprender se as pessoas continuarem a deixar que façam o que bem entenderem sem falar nada — disse Sydney.

Nidhi jogou a mochila sobre o ombro.

— Concordo. Então o plano é falar com a Srta. Fieldston assim que pudermos. Enquanto isso, Charlie e eu vamos ver o que conseguimos descobrir com o treinador Mason.

CAPÍTULO 34

— **OLÁ, TREINADOR MASON, SOU NIDHI PATEL, SE LEMBRA?** Pronto para a entrevista? — perguntou Nidhi enquanto esperávamos do lado de fora da sala.

O treinador Mason se levantou e sorriu genuinamente:

— Claro. Entre! — disse ele educadamente.

À primeira vista, fiquei surpresa. Para começar, ele não estava usando uma jaqueta do time de lacrosse de Harmony Falls ou qualquer coisa do gênero. Em vez disso, estava vestindo uma calça cáqui perfeitamente passada, sapatos confortáveis e uma camisa branca de botão.

— Esta é minha amiga Charlie. Nós duas estamos encarregadas dos perfis dos treinadores.

— Olá, Charlie! Bem, meninas, sentem-se. O que posso fazer por vocês?

Nidhi abriu um enorme sorriso na direção do treinador Mason.

— Como disse no e-mail, só quero fazer algumas perguntas para os perfis que estamos preparando dos técnicos.

— Bem, tenho certeza de que o meu vai ser um dos mais entediantes, mas vou tentar pensar em algo interessante.

— Ah, duvido — falei, inspecionando as paredes da sala. Não havia nenhum dos cartazes de autoajuda que eu tanto odiava. As únicas coisas que vi foram diplomas, uma foto do treinador Mason com outro senhor segurando um peixe grande e um pôster de um time de lacrosse.

Os olhos do treinador Mason encontraram os meus.

— Aquele é o primeiro time que treinei. Pobres coitados. Perdemos quase todos os jogos. Os pais queriam me matar.

Nidhi pegou seu bloco:

— Bem, que tal começarmos com onde você cresceu e onde estudou?

— Não há muito a dizer. Cresci em Richmond, na Virginia e fiz o segundo grau lá. Depois, entrei para os fuzileiros navais e então voltei para a faculdade para tirar meu diploma.

Os fuzileiros navais? Isso parecia um mau sinal. Imaginei que os fuzileiros gostassem de todo tipo de abuso e, ainda por cima, ele era provavelmente um fanático por guerra. Claro que ele sabia de tudo. Deve inclusive ter dado a Matt e Dylan dicas sobre o que fazer. Meu sangue começou a ferver.

— Isso é interessante. Por que os fuzileiros navais? — perguntei.

— Precisava de estrutura na minha vida. Eles me deram isso, sem dúvida — disse ele, rindo.

— Você gostou da experiência? — perguntou Nidhi.

— Foi bom para mim, não trocaria minha experiência na tropa por nada. Não quer dizer que eu tenha gostado de tudo, mas no geral foi o que eu precisava na época.

— Então este é o seu primeiro ano em Harmony Falls? — perguntei.

— Sim, fui treinador na costa leste durante alguns anos, mas minha esposa cresceu aqui. Quando tivemos nossa filha, ela quis ficar mais perto da família dela. Ela é muito amiga do Sr. Jaquette e foi ele que me contou da vaga. Então estou ensinando lacrosse e dou mais três aulas sobre saúde.

— Tenho aula de história com o Sr. Jaquette — falei.

— Ele é padrinho da minha filha, Lucy. Quer ver uma foto?

— Claro — dissemos as duas. Ele se virou, pegou uma foto em sua estante e a entregou a nós. Lá estava um treinador Mason suado segurando uma criança sorridente e babona nos braços.

— Ela vai fazer um ano daqui a duas semanas — disse ele, orgulhoso. — Aquilo foi na maratona das tropas dos fuzileiros. Cheguei logo depois de uma avó de 78 anos.

Tenho de admitir que ele era encantador, mas eu já estava em Harmony Falls há tempo suficiente para não confiar nas aparências.

— Certo, como já falei, não queremos ocupar muito do seu tempo, então só temos mais algumas perguntas. Harmony Falls tem uma tradição de primazia esportiva e o time de lacrosse não é exceção. Você se sente pressionado por causa disso? — perguntou Nidhi.

Ele riu:

— Bem, estaria mentindo para você se dissesse que ganhar não importa para mim. Gosto de ganhar, e o restante do time também. Mas quero que meus jogadores sejam exemplos de atletas dentro e fora de campo. Sei que no passado esse time passou por dificuldades em relação à sua reputação e gostaria de melhorar isso.

— Pode explicar melhor? — perguntei, como quem não quer nada.

Ele deu de ombros:

— Infelizmente, o time de lacrosse ganhou uma reputação ruim ultimamente. Em parte merecida, mas na maior parte, não. Quero que meus jogadores sejam uma influência positiva.

— Sério? Você acha que está funcionando? — perguntei um pouco enfaticamente. Nenhuma objetividade jornalística ali.

— Acho que estamos melhorando. Temos ótimos rapazes no time.

— Você realmente acha isso?

— Existe uma razão para não pensar assim? — O treinador Mason tinha parado de sorrir.

— Talvez — respondeu Nidhi.

Ajeitei o corpo na cadeira e tentei impedir que meus olhos se afastassem dos dele.

— Há algo que você queira me contar?

— Não sei. Ouvi histórias de jogadores mais novos terem de fazer coisas... — disse Nidhi, casualmente.

O treinador Mason inclinou o corpo para a frente e colocou seus cotovelos sobre a mesa:

— Como o quê, exatamente?

Dei de ombros:

— Não sei. Os fuzileiros navais não são muito duros com os recrutas?

— Algumas vezes, mas isso nem sempre é uma coisa ruim. Depende do líder.

— Sim, imagino que seja assim.

— Bem, espero ser avisado, se alguém souber de algo sobre meus jogadores.

— E então o que você faria? — perguntou Nidhi.

— Isto ainda é parte da entrevista? Isso não parece ser algo que você colocaria no meu perfil.

— Não, isso é em off — falei, sorrindo. — Estamos apenas curiosas.

— Bem, levaria qualquer caso de abuso muito a sério. Meu trabalho seria descobrir todos os fatos antes de declarar alguém culpado. Fofoca sobre coisas assim podem destruir o futuro das pessoas. Mas por que vocês estão me fazendo essas perguntas?

Nós já tínhamos passado do ponto. Era hora de retroceder.

— É só que esse tipo de abuso tem sido um assunto muito discutido hoje em dia na mídia, então achamos que era bom perguntar o que você achava disso — disse Nidhi rapidamente.

— Bem, realmente ficamos sabendo de algumas histórias tristes no noticiário. É triste para todos quando algo assim acontece — disse o treinador Mason.

— Bem, temos apenas uma última pergunta — disse Nidhi. — Alguma aposta sobre a posição em que o time vai terminar o campeonato este ano?

Ele recostou na cadeira e tive a sensação distinta e desagradável de que ele estava nos examinando.

— Não gosto de fazer previsões, mas, se jogarmos bem, podemos ter boas chances de vencer a divisão.

Nidhi fechou seu bloco.

— Obrigada, treinador Mason. Acho que temos tudo de que precisamos.

— Então, o que você acha? — perguntou Nidhi, assim que a porta da frente do prédio de educação física se fechou atrás de nós.

— Ele sabe. Quer dizer, ele foi um fuzileiro naval. Eles adoram esse tipo de abuso.

— Bom trabalho em estereotipar as pessoas, Charlie!

— Qual é? Você não achou que ele estava se esforçando demais para ser político? Ele sempre tinha as respostas certas.

— Não sei o que pensar. Parte de mim acha que ele é uma boa pessoa e que não sabe de nada — disse Nidhi.

— Bem, acho que está na hora de contarmos à Srta. Fieldston. Simplesmente não sabemos o suficiente sobre ele pra entrar lá e falar "Ei, treinador, por falar nisso, seus jogadores estão sempre abusando dos outros e atropelaram uma pessoa outro dia".

CAPÍTULO 35

— **MENINAS, MUITO OBRIGADA POR TEREM ME CONTADO ISSO!** É difícil acreditar que aqueles rapazes são capazes de fazer algo desse tipo — disse a Srta. Fieldston.

Depois da conversa com o treinador Mason, levamos mais dois dias para marcar esta reunião, então Sydney e eu estávamos mais que impacientes.

— Bem, se você os tivesse visto, não teria nenhum problema em acreditar nisso — disse Sydney.

— É só que nunca ouvi nada sobre eles fazerem coisas assim antes... mas se vocês estão dizendo que aconteceu, vou investigar com cuidado.

— Obrigada, Srta. Fieldston — falei. — Nós realmente não sabíamos com quem mais podíamos falar.

— Não há de quê. É para isso que estou aqui. Vou falar com o treinador e com o Sr. Wickam e chegar ao fundo dessa história.

— Srta. Fieldston, o que vai acontecer aos garotos?

Ela inclinou o corpo na nossa direção, seu cabelo caindo para a frente, então teve que puxá-lo para atrás das orelhas rapidamente:

— A escola tem regras rígidas a respeito desse tipo de coisa. Vou ter de falar sobre isso com o Sr. Wickam. Mas, meninas, agora que vocês me contaram tudo, tentem tirar isso de suas cabeças. Isso vai ser resolvido — disse ela de forma reconfortante.

— O que você achou da conversa? — perguntei, enquanto meus passos ecoavam no corredor.

— Nada mal. Acho que ela acreditou em nós, se é isso que você quer saber. Acho que, agora, tudo o que temos de fazer é esperar e ver o que acontece — disse Sydney.

— Quanto tempo você acha que vai levar?

— Não sei, talvez alguns dias, no máximo. Você vai saber assim que acontecer. Todo mundo vai falar disso.

— Você acha que todos eles vão ser expulsos da escola?

— É possível. O mínimo que pode acontecer é eles serem expulsos do time e levarem algum tipo de suspensão.

— Você está tão histérica quanto eu estou agora? Quero dizer, não consigo parar de pensar que o mínimo que posso fazer é contar pro Will — falei.

— Não faça isso! Ele só vai ficar chateado. O que ele não sabe não pode machucá-lo.

— Não sei, apenas parece que estou mentindo pra ele de alguma forma. Quer dizer, eu falei que ia deixá-lo resolver esse problema.

Sydney olhou para seu relógio:

— Vamos lá, precisamos esquecer isso um pouco. Vamos ver se Michael ainda está por aí. Nós podemos tomar um café. Por minha conta.

Dois dias depois, nada havia acontecido.
— Srta. Fieldston — gritei, quando a vi de relance no meio de uma massa de alunos no intervalo entre o quarto e o quinto tempo.
— Oi, Charlie, adoraria conversar, mas estou atrasada para uma reunião do corpo docente — disse a Srta. Fieldston, seus sapatos pretos de salto fazendo barulho ao tocar o chão.
— Eu só estava pensando, como já se passou algum tempo, se há algo que você possa me contar sobre o que conversamos no outro dia — falei, tentando acompanhar seu passo e desviando das pessoas simultaneamente.
— Eu realmente adoraria, mas não tenho permissão para falar sobre isso — disse ela.
— Mas há algo que você possa me contar?
— Charlie, não se preocupe com isso. Está sendo resolvido. E estou muito feliz que você tenha falado comigo, mas quero que você se lembre que sempre há dois lados de uma história — disse a Srta. Fieldston com um sorriso amarelo.
— O que você quer dizer? Nós sabemos o que vimos. Aqueles garotos fizeram aquilo de propósito — insisti.
— Sei que você acha isso, Charlie, mas segundo nossa investigação, parece que foi um acidente. Você sabe que garotos agem como garotos de vez em quando. Não se pode puni-los por isso.

Fiquei observando-a descer o corredor em sua saia grafite e sabia, sem dúvida nenhuma, que eu estava sendo ignorada. Tínhamos confiado nela e ela nos traiu.

CAPÍTULO 36

NAQUELA TARDE ME ARRASTEI ATÉ O *PROWLER*. ENTREI, PEGUEI uma xícara de chá e tentei me concentrar.

— Ei, Charlie! Você pode me dizer o que acha da diagramação? — perguntou a Srta. McBride.

— Claro — respondi.

Dei uma olhada superficial no monitor:

— Está bom, Srta. McBride, mas tenho certeza de que o Josh vai chegar e querer mudar tudo de lugar.

Tentei rir, mas simplesmente a tentativa de fingir que estava tudo bem me deixou perturbada. Antes que pudesse impedir, lágrimas escorriam pelo meu rosto.

— Charlie, o que houve? — perguntou a Srta. McBride, passando o braço em volta de mim.

— Não é nada. Só estou tendo uma semana horrível — falei, aos prantos.

— Charlie, por que você não vem até a minha sala? Talvez haja algo que eu possa fazer para ajudar.

— Realmente duvido disso.

— Faça um teste.

Tudo em que conseguia pensar era em como tinha sido inútil falar com a Srta. Fieldston. Por que dessa vez seria diferente? Mas ainda assim a segui até sua sala e me sentei.

— Por acaso, isso teria alguma coisa a ver com a entrevista que você e Nidhi fizeram com o treinador Mason no outro dia? — perguntou ela, olhando diretamente para mim.

— O que ele contou a você? — perguntei, na defensiva.

— Bem, ele veio até minha sala ontem. Estava preocupado com algumas das perguntas que vocês fizeram a ele.

— Por quê? Ele ficou chateado por causa delas?

— Não. De jeito nenhum. Mas ficou preocupado. Ele acha que você pode saber algo sobre comportamento abusivo no time.

— Por que eu saberia alguma coisa sobre isso?

— Você não é amiga de alguns calouros do time?

— Sim.

— Se há um problema no time do treinador Mason, acho que ele gostaria de saber.

— Você realmente acredita nisso?

— Ele deu alguma razão para você acreditar em outra coisa?

Não sabia mais o que dizer, porque contar a ela significava confiar em outro adulto, e até agora cem por cento deles tinham me decepcionado. Fiquei olhando para a parede atrás da Srta. McBride e não falei nada.

— Charlie, claramente há algo errado. Se você não quiser me contar, não posso forçá-la, mas, acredite ou não, observei você chegar aqui totalmente sozinha este ano — o que não é uma coisa fácil. Você criou um lugar para você mesma nesta escola e estou muito orgulhosa de você. Qualquer que seja a coisa com que você está lidando, tenho certeza de que vai fazer a coisa certa.

— Srta. McBride, sem querer ofender, mas adultos sempre dizem coisas assim. Fazer a coisa certa é bem mais complicado do que parece. E mesmo que você faça o correto, algumas vezes, não acho que mude nada. Acredite em mim, já tentei.

— O que você quer dizer?

— Não sei. É complicado... Srta. McBride, você realmente confia no treinador Mason?

— Confio. Além do mais, ele é um grande amigo do Sr. Jaquette e você gosta dele, não gosta?

— Não sei por que ele precisa conversar comigo sobre o que está acontecendo com o time, porque ele já foi avisado.

— Do que você está falando?

— Ele já sabe. Há alguns dias, contei à Srta. Fieldston tudo o que aconteceu e ela disse que ia contar ao treinador Mason.

— O que você contou à Srta. Fieldston? — perguntou a Srta. McBride, pegando um lápis e batendo com ele na palma da mão.

— Contei a ela sobre algo que vi depois de uma festa.

Agora foi a vez da Srta. McBride ficar esperando sem dizer nada.

— Certo, Charlie, não tenho certeza de nada, mas acho que existe a possibilidade de o treinador Mason não estar sabendo de nada. Ou, pelo menos, não saber o seu lado da história.

— Você quer dizer que a Srta. Fieldston pode não ter contado a ele?

— Não estou dizendo nem uma coisa nem outra. Lembre-se, você junta suas informações antes de tomar uma decisão sobre algo.

— De uma coisa eu tenho certeza, a Srta. Fieldston tem me evitado desde que contei a ela.

— Bem, não vou evitar você, e o treinador Mason também não vai, se você for falar com ele. Sei que isso significa dar um importante voto de confiança, mas estou pedindo para que você confie em mim.

Respirei fundo. Por alguma razão eu queria tentar mais uma vez. Queria acreditar que existiam adultos que podiam nos ajudar.

— Certo, vou fazer isso, mas quero que você vá comigo.

— Vou estar logo atrás de você a cada passo que você der — disse ela, e então pegou o telefone.

— Treinador Mason? Estou com Charlie Healey e acho que deveríamos ir até a sua sala para conversar.

CAPÍTULO 37

É ENGRAÇADO O QUE ACONTECE QUANDO VOCÊ FAZ ALGO CORA-joso que se encaixa na categoria "fazer a coisa certa". Você supõe que vai se sentir bem. Nada de confusão. Nenhum arrependimento. Se soubesse que minha sensação inicial de confiança seria substituída prontamente por medo e paranoia, não tenho certeza se teria feito isso. Fiquei totalmente histérica que Will descobrisse e nunca mais falasse comigo. Ou que Dylan e Matt descobrissem e eu ficasse conhecida como a delatora pelo resto dos meus anos de segundo grau.

Então eu não estava exatamente animada de me encontrar na sala do diretor Wickam no dia seguinte, sentada entre a Srta. McBride e o treinador Mason, botando tudo para fora.

— Bem, Charlotte, essas são acusações muito sérias. Você tem certeza de que quer fazer isso? — perguntou o Sr. Wickam, metodicamente balançando para a frente e para trás em sua cadeira.

— Sim, senhor, tenho certeza. Tenho toda a certeza do mundo — falei, olhando bem nos olhos deles. Não confiava em nenhum fio do cabelo perfeitamente penteado na cabeça daquele homem.

— Você precisa ter certeza sobre o que está falando, mocinha. Aqueles garotos são líderes dessa escola... Uma acusação como essa pode arruinar o futuro deles. Você tem certeza de que quer fazer isso com eles?

Fiquei sentada ali, sem fala. Como isso podia ser culpa minha?

— Com todo o devido respeito, senhor, não acho que Charlie esteja fazendo nada a eles — disse o treinador Mason gentilmente, apesar do maxilar retesado.

— Só quero que a Charlotte seja cuidadosa. As pessoas veem coisas algumas vezes que parecem ser de uma forma, mas na realidade são completamente diferentes.

— Eu sei o que vi — falei, minha raiva aumentando.

O Sr. Wickam sorriu:

— É claro que sabe, Charlotte. Mas precisamos pensar no que é melhor para a escola e, além do mais, provavelmente existe uma explicação racional que você desconhece.

Aquilo foi a gota d'água. Ele podia falar comigo como se eu tivesse 5 anos, mas eu não podia mais deixá-lo defender aqueles garotos.

— Diretor Wickam, qual explicação pode haver para atropelamento e fuga? Eu os vi. Todos sabem que o time de lacrosse se safa de qualquer coisa nesta escola.

— Não acho que isso seja totalmente preciso. E sei que você não consegue entender isso ainda, mas é meu trabalho pensar em todas as diferentes repercussões — disse Wickam, seco.

— Certo. Entendi. É como você disse. Você tem de pensar no que é melhor para a escola. O que quer dizer que você vai fazer o que for melhor para a imagem da escola.

— Humm... talvez devêssemos agradecer Charlie pelo seu tempo antes de irmos mais adiante — disse a Srta. McBride, rapidamente.

Wickam sorriu:

— Sim, claro. Charlotte, você está liberada para sair.

— Sim, obrigada — murmurei, me levantando da minha cadeira.

— Charlie, obrigado por me contar. Foi corajoso da sua parte — disse o treinador Mason.

Fechei a porta ao sair, pensando sobre o que Luke tinha dito. Você não podia confiar em adultos em uma situação como essa. Eles *podiam* dizer as coisas certas, mas isso não significava que eles iam fazer a coisa certa. Wickam e Fieldston definitivamente se encaixavam nessa categoria. Mas nem todos eram assim. Eu tinha errado feio ao levantar todas aquelas suspeitas sobre o treinador Mason. Junto da Srta. McBride, eu precisava acreditar que o treinador Mason faria a coisa certa. Era o dever deles.

CAPÍTULO 38

DEVIDO ÀS CIRCUNSTÂNCIAS, NÃO HAVIA NENHUMA FORMA DE me concentrar em meus trabalhos da escola. Sério, como uma pessoa pode focar em conjugar o subjuntivo quando a fé na ordem moral do mundo está em jogo? Exatamente. Era impossível, mas eu pelo menos tentei fazer meu dever de casa naquela noite por cerca de dez minutos, e então meu telefone vibrou. Will estava mandando mensagem para mim. O dever de casa podia esperar.

charlie, você está aí? o treinador mason
acabou de sair da minha casa
o quê?
ele sabe de tudo. acabou de contar pros meus pais
sobre o lance do carro. estou morto.
vc está em apuros?
minha mãe quer me matar. quer matar dylan e matt.
talvez eles antes. não tenho certeza.

> vc ainda está no time?
> mensagem de texto é muito irritante.
> vou ligar pra vc. espera um pouco.

— Certo, assim é muito melhor — disse Will, sem fôlego.
— Não posso acreditar que ele foi aí — falei.
— Meu Deus, essa coisa toda é tão horrível. Não estou dizendo que não fiz besteira. Admito que fiz. Achei que meu pai fosse me matar. Ele falou para o treinador fazer o que quisesse comigo. Então falou para o treinador me expulsar do time.
— O que o treinador falou?
— Ele disse pro meu pai que não queria fazer isso. Na verdade, ele se desculpou comigo por não perceber o que estava acontecendo, o que foi um pouco estranho.
— Mas isso é bom, não é? Você está feliz de ainda estar no time?
— Bem, estou, mas vou ficar de fora o resto da temporada. E minha mãe quer que eu seja o garoto que serve água aos jogadores e que recolhe o lixo depois dos jogos. E meus pais disseram que vão a todos os jogos para terem certeza de que estou levando isso a sério. Vai ser ótimo — disse ele, com sarcasmo.
— Eles estão sendo um pouco rígidos — falei, abafando meu riso. Quero dizer, fiquei com pena dele, mas aquilo era o mínimo que ele merecia.
— Ah, e tem mais. Meu pai e minha mãe vão pegar metade das minhas economias e vão dar à família do Sr. Salinas pra podermos ajudar a pagar a conta do hospital. E seus melhores amigos foram embora.

— Você está falando de Dylan e Matt?

— Sim. Foram expulsos.

— Ótimo! — gritei e pulei de felicidade. — Mas não acredito que Wickam vai concordar com isso.

— Ah, sim, isso vai ser uma loucura. O treinador falou disso quando estava indo embora. Eles acharam que eu não podia ouvir, porque eu estava no andar de cima, mas ele falou que precisa que meus pais o apoiem.

— Apoiar como?

— Se o Wickam o confrontar sobre tirá-los do time, Mason vai a público dizer tudo o que eles fizeram no passado. Dizer às pessoas o que andou acontecendo e que Wickam sabia de tudo.

— Não consigo acreditar em como isso é sério — falei.

— Só preciso que isso acabe logo — disse Will. Ele parecia exausto.

CAPÍTULO 39

— MUITO BEM, WILL! — GRITOU SYDNEY ENQUANTO SALTITAVA na arquibancada. O placar indicava VISITANTE 7 X 0 CASA. Nós éramos o time da casa. O time de Highland estava nos detonando.

— Sydney, cala a boca! Já é constrangedor o suficiente pra ele! — disse Michael, se aproximando e colocando a mão em concha sobre a boca.

Sydney o empurrou:

— Só estou tentando mostrar meu apoio. O que há de errado nisso?

— Apenas o fato de ele estar de terno e gravata carregando água de um lado pro outro para o garoto que o substituiu no time — falei.

— Estou com pena dele! Mas alguém vai me dizer por que aquelas pessoas estão usando fitas pretas em suas camisas? Alguém morreu, ou algo assim? — perguntou Sydney.

Olhei ao redor para a multidão de pais e alunos nas arquibancadas de Harmony Falls. Cerca de metade deles estava usando pequenas fitas pretas, como Sydney tinha reparado, e um grupo de jovens estava usando camisas pretas que tinham o número 12 ou 34 pintado nas costas.

— Aquelas pessoas estão protestando contra a expulsão de Matt e Dylan do time. Como as pessoas podem ser burras. E, vejam só, alguns pais estão fazendo isso também! — disse Nidhi.

— Tudo o que posso dizer é que o treinador Mason é um homem muito corajoso. Eu não me meteria com os pais dos jogadores do time de lacrosse por nada neste mundo — disse Michael baixinho.

— As pessoas perderam a noção — falei, sem acreditar.

Michael deu de ombros:

— Eles só não querem lidar com isso. Veem o que querem ver.

— Nidhi, acho que temos nossa última Primeiras Impressões do ano — falei calmamente, pegando meu bloco.

— Qual é o ângulo? — perguntou Nidhi.

— Olhe ao redor. Todas essas pessoas aqui protestando por achar injusto que Matt e Dylan tenham sido expulsos do time. Mas se sei alguma coisa sobre essa escola, provavelmente há um monte de gente que acha que eles mereceram o que receberam, mas está com muito medo de se pronunciar.

— Você está certa, e isso daria uma boa coluna! Não podemos deixar que essas pessoas achem que falam por todo mundo — disse Nidhi, com os olhos brilhando.

— É exatamente o que acho.

Quarenta e cinco minutos depois, o jogo tinha acabado. A maior parte do público tinha ido embora; apenas pais e amigos tinham ficado enquanto o time se arrastava para fora do campo. Quero dizer, menos Will, que estava recolhendo garrafas de água e pegando o lixo, enquanto seus pais olhavam da arquibancada.

— Oi, Sra. Edwards! Sr. Edwards! — falei, me aproximando deles.

— Olá, Charlie! Você está esperando pelo Will também? — perguntou o pai dele.

— Sim, humm, sei que essa é a punição do Will, mas o senhor ficaria muito chateado se eu descesse e o ajudasse a recolher aquelas coisas? — perguntei.

O Sr. Edwards colocou as mãos nos bolsos do casaco e olhou para Will abaixo de nós, no gramado.

— Acho que ele gostaria de um pouco de apoio neste momento.

— Ótimo! — Desci alguns degraus e então parei. — Sei que o que Will fez foi errado, mas acho que ele não percebeu o que estava fazendo. Ele só queria muito entrar para o primeiro time... não sei. Ele apenas não sabia o que fazer.

— Nós sabemos, Charlie. Nós cometemos alguns erros também. Pressionamos muito Will para entrar no time. Nós só não tínhamos a menor ideia das coisas com que ele estava lidando — disse a Sra. Edwards.

— Nem eu — falei, me virando novamente e andando até o campo.

— Ei, lixeiro — chamei, colocando um copo de papel em seu saco de lixo.

— Dá para acreditar em como as pessoas jogam lixo em qualquer lugar? Quem você acha que vai ter de limpar isso tudo? — perguntou Will, irritado.

— Você? — Falei, tentando fazer uma piada, enquanto me abaixava para pegar mais copos.

— Sim. Você é tão engraçada.

— Ei, Will, você tem outro saco para todas essas coisas? — disse uma voz vinda do nosso lado.

Viramos nossas cabeças e vimos Michael, Nidhi e Sydney recolhendo coisas que estavam debaixo de um banco.

— Parece que o outro time detonou isso aqui — disse Nidhi.

— Oh, meu Deus, isso é nojento! Tem fumo mascado aqui! — gritou Sydney, segurando um copo.

— Vocês não precisam fazer isso. Estou bem — respondeu Will.

— Não se preocupe com isso. Sei que você faria o mesmo por mim — disse Michael.

— Não faria mesmo — zombou Will.

— Você é tão cheio de marra, Will. Apenas me dê um saco — disse Nidhi, sorrindo.

Foi assim que a temporada de lacrosse de Will acabou. Com todos nós recolhendo lixo e garrafas de água no campo. Honestamente, naquele momento, soube sem sombra de dúvida que aquelas pessoas eram amigas para toda a vida.

PRIMEIRAS IMPRESSÕES: O QUE EXATAMENTE NÓS DEFENDEMOS?

Sabemos que estamos apenas no primeiro ano e nenhuma de nós está em uma equipe esportiva, mas sentimos que tínhamos de compartilhar nossa opinião sobre a controvérsia acerca do time de lacrosse. É muito duro ver a escola se dividir por causa disso. Levando em consideração o que ouvimos nos corredores, no refeitório e nas salas de aula, as pessoas estão divididas em duas frentes. Uma acredita que os jogadores não receberam punição suficiente e a outra acredita que os jogadores foram punidos de forma muito severa.

A questão que queremos levantar é: por que as pessoas estão tão irritadas umas com as outras por causa disso? Por que as pessoas estão acusando o treinador Mason de ser politicamente correto, quando o que ele está tentando fazer, pelo menos sob nossa perspectiva, é ensinar a seus jogadores que ele vai obrigá-los a manter certos padrões de comportamento, mesmo que isso nos custe o campeonato da divisão? Por que isso é tão errado?

O que sabemos é que depois de um ano nesta escola, nós a amamos. Temos orgulho de estudar em Harmony Falls. Queremos que essa escola seja unida.

Então, apesar de não termos respostas, pelo menos gostaríamos de fazer perguntas. Por que as pessoas acham que abusar dos jogadores mais novos faz crescer o espírito de equipe? Por que, se as pessoas sabem disso e odeiam isso, elas não falam nada? Por último, sabemos que uma das razões pelas quais as pessoas gostam de estudar nesta escola são suas tradições. Se existem tradições baseadas em pesso-

as serem humilhadas ou forçadas a fazer coisas que firam a ética, será que essas são as tradições que nós realmente queremos em nossa escola? Quando conversamos com alunos das séries mais avançadas, ouvimos histórias que nos fizeram tremer. Por que um grupo de garotas acharia engraçado encher o armário de uma menina de atum? Um grupo de garotos acha que aumenta o comprometimento com o time prender um rapaz a uma cadeira com silver tape durante horas, derramando coisas nojentas na sua cabeça, porque ele teve a honra de conseguir entrar para o primeiro time mesmo estando no primeiro ano? Será que as pessoas realmente não entendem por que aquele rapaz decidiu abandonar o time?

Queremos ter orgulho desta escola. Queremos ter o ORGULHO. Como podemos sentir isso se não nos desafiarmos de verdade a olhar para as coisas de que não gostamos e nos pronunciarmos sobre elas? E, como dissemos, sabemos que somos apenas calouras e que não deveríamos ter opiniões, mas sentimos muito. Isso é o que nós achamos.

Nidhi e Charlie

CAPÍTULO 40

— EI... VOCÊ ESTÁ BEM? — PERGUNTEI, ENQUANTO ABRIA A PORta de tela que dava para o jardim dos fundos da casa de Will.

Estava começando a escurecer e Will estava parado a uns 5 metros de distância com uma espingarda de chumbinho nas mãos. Tinham se passado dois dias desde o jogo e eu não havia recebido notícias dele.

— Está tão ruim assim? — perguntei, me sentando no degrau da varanda.

— Nem tanto, só estou entediado. Não usava isto desde que tinha 10 anos — disse ele, carregando a arma e atirando.

Uma lata saltou e rolou para longe.

— Pensei em passar aqui para ver como você estava. Seus pais vão pegar um pouco mais leve agora?

— Acho que sim. Você sabe, a princípio fiquei realmente furioso com minha mãe por causa dessa coisa toda de ter de servir água nos jogos, mas depois melhorou. Só era horrível ver nosso time perder tão feio — disse Will, atirando na lata novamente. — Sabia que meus pais foram com o treinador

Mason encontrar com todos os outros pais? Meu pai falou que nunca viu minha mãe tão irritada. O pai do Matt tentou dar uma de esperto e minha mãe acabou com ele. Então o pai do Dylan sugeriu que Dylan e Matt prestassem serviço comunitário na igreja do meu pai, tipo aparando a grama ou algo do gênero.

— O que o seu pai disse? — perguntei, me lembrando do que Luke tinha falado sobre as experiências passadas deles com serviço comunitário.

— Meu pai aceitou os dois. Falou que eles podiam limpar os banheiros do abrigo para os sem-teto no centro da cidade durante o verão — disse Will, sorrindo.

— Amo seu pai! — falei.

— Eu sei. Na verdade a parte de que mais gosto é a da minha mãe. Teria sido legal vê-la pegar pesado com outra pessoa além de mim, pra variar.

Ele abaixou a arma e se deitou na grama.

Cheguei perto dele e me sentei ao seu lado. Por um segundo, ele estava parecido com quando tinha 11 anos. Ele se apoiou sobre os cotovelos:

— Eu meio que me esqueci de contar a você que o treinador Mason entrou no Facebook e viu as fotos deles da caça ao tesouro e da festa.

— Como ele viu o perfil deles?

— Ele deve ter tido alguma ajuda.

— Will, você fez isso?

Ele deu de ombros:

— Depois da minha mãe e das fotos, eles acabaram se calando.

— Bem, tenho uma confissão também.

Will olhou para mim e ficou esperando.

Respirei fundo:

— Certo, é difícil dizer isso, e não quero que você fique bravo comigo, apesar de que você provavelmente vai ficar... mas fui eu que contei tudo ao treinador Mason.

— O que você quer dizer?

— Fui falar com ele há algumas semanas.

— Depois que eu falei pra você não fazer isso?

— Talvez.

Will deixou suas costas caírem no chão e não falou nada.

— Will, sei que falei que não ia dizer nada, mas não podia deixá-los se safarem de mais essa! Se você quiser me odiar, eu talvez entenda, apesar de que, de certa forma, não acho que seja justo, porque foi a coisa certa a se fazer, mas ao mesmo tempo...

— Charlie, relaxa! Não estou bravo. Só estou um pouco surpreso. Na verdade, não deveria estar surpreso. Você nunca escuta o que eu falo.

— Isso não é totalmente verdade!

— Não, sério, está tudo bem. Agora que fiquei afastado daqueles caras por um tempo, estou percebendo como tudo aquilo era bizarro. Apenas estava envolvido para ver.

Por um minuto, nós dois ficamos olhando para as árvores e para o céu que ia escurecendo sobre nós.

— Charlie, diga pra mim que ano que vem vai ser mais fácil.

— Bem, não vejo como poderia não ser. A não ser que você resolva se juntar a outro grupo de psicopatas, mas não vou apostar nessa possibilidade. Ei, olha, é um vaga-lume! — falei, apontando para as árvores. Era o primeiro que eu via naquele ano. — Espera, vou pegar um — falei, me levantando. As árvores estavam piscando com todas aquelas luzes.

Sentei novamente ao lado de Will e abri as mãos:

— Está vendo ele? Você sabe que são todos machos, não sabe?

— Quer saber, Charlie, eu não teria sobrevivido este ano sem você — disse ele, encostando sua mão à minha para o vaga-lume rastejar sobre ele. Nós dois observamos o inseto abrir as asas e flutuar sobre nós.

— Eu sei, sou sua rocha — provoquei.

— Não estou brincando. Não consigo imaginar estar de volta sem você — disse ele.

— Certo, nem eu, apesar de haver tido momentos este ano em que eu realmente desejei que você não estivesse aqui.

— Você pode me perdoar? — perguntou ele, se aproximando, seu rosto a centímetros do meu.

— Claro. É para isso que servem os amigos — sussurrei.

Hesitantemente ele beijou meus lábios e não consegui respirar. Eu estava beijando Will em seu jardim. O que estava acontecendo?

A porta de tela se abriu e nos afastamos com pressa.

— Will, onde está você? — gritou a mãe dele. — Oh, oi, Charlie, não vi você aí. Você vai ficar para jantar?

— Acho que não. Minha mãe queria que eu voltasse para casa — falei, o mais calma que consegui.

— Vou entrar em um minuto, mãe. Só vou acompanhar Charlie até a saída dos fundos — disse Will, e segurou minha mão.

No portão, de repente estávamos nos beijando novamente.

— Certo, vou pra casa agora surtar — falei.

— Por quê? Você não gostou? — perguntou Will, nervoso.
— Não! Gostei, mas é você!
— Eu sei. Queria fazer isso há muito tempo.
— Sério?
— Sério. — Ele me beijou novamente. — Sério — sussurrou ele em meu ouvido.
— Vou pra casa.
Ele sorriu:
— Tudo bem, mas vou te ver amanhã, não vou?
Assenti com a cabeça e saí.

AGRADECIMENTOS

"**QUÃO DIFÍCIL PODE SER ESCREVER UM ROMANCE? TENHO MUITAS** histórias de minhas experiências trabalhando com adolescentes e sou uma escritora, afinal de contas. Tudo o que tenho que fazer é juntar as duas partes de alguma forma..."

Então, para deixar claro, foi muito difícil. Nunca quis desistir de um projeto editorial tantas vezes e com tanta veemência quanto como aconteceu com este livro.

Mas fui até o fim — e estou muito feliz que tenha ido. É algo incrível para um escritor de não ficção perceber que muitas vezes é mais fácil se comunicar por meio da verdade do que da ficção. Como em todos os meus livros, dependi dos meus alunos e dos adolescentes em todo o país para me ajudar a tornar a situação descrita no romance tão realista quanto fosse possível. Então, tudo nesta obra de ficção foi escrito com base em minhas experiências pessoais em escolas ou nas experiências dos meus alunos.

Agora, é uma experiência muito humilhante ter editores adolescentes, porque eles não poupam seus sentimentos, mas eu não faria isso de outra forma.

Primeiro, obrigada a todos os meus editores menores de 21 anos. Linus Recht, Catherine Watkins, Molly Seeley (excelente título, parabéns). À turma de 2008 de redação de ficção do Sr. Jaeger na Episcopal High School, com agradecimentos especiais para Wesley Graf e Katrina Brady. Obrigada a Glennis, Allison e Kristen Henderson, que passaram um fim de semana comigo em Washington criticando o livro com fúria. Aos meus editores da próxima geração: Emily Bartek, que acreditou que eu podia fazer isso e me forçou a continuar quando eu realmente achava que não podia ou deveria. Você me fez rir enquanto a história ganhava vida e se assegurou de que eu a mantivesse verdadeira. A Candace Nuzzo, que sempre manteve os detalhes claros e as águas calmas. Muito obrigada. A Max Neely-Cohen, por levar este projeto a sério e estar sempre à disposição quando o livro precisava. Você o elevou a um patamar mais alto quando eu não tinha ideia de como fazer isso. A Nidhi Berry e Nat Freeman pela inspiração especial. A Katherine Lehr, cujos anos como uma apaixonada jornalista escolar ajudaram a dar vida ao *Prowler*.

A Gaylord Neely, como sempre. Stacey Barney, que reafirmou minha fé no mercado editorial, que entende meu senso de humor e foi acima e além de onde qualquer editor teria ido. A David Miner e Cary Granat, obrigada por serem primos e, dessa forma, possibilitarem que eu fizesse este livro com a Penguin. Jim Levine, por ser meu pastor durante o processo; e Kerry Evans da Levine Greenberg, que foi uma excelente leitora. A Steve Wiseman, meu revisor constante e fiel, por ver Charlie como uma heroína desde o começo. Ao meu marido, James, que na verdade precisa me agradecer desta vez, porque finalmente escrevi algo que o fez rir e que ele não se importou de ler trinta vezes. Aos meus filhos, Elijah e Roane, por seu entusiasmo por eu estar escrevendo um livro "de capítulos".

Finalmente, a todos os adolescentes e a todas as crianças com quem trabalho. Tentei ao máximo escrever algo que refletisse suas experiências sobre o que é ter a idade que vocês têm hoje em dia — tudo de bom, de mau e de feio. Acredito que as coisas com que vocês estão lidando são importantes e devem ser tratadas com o devido respeito. Espero ter sido justa com vocês.

Este livro foi composto na tipologia Sabon LT
Std, em corpo 11/16, e impresso em papel
off-white no Sistema Cameron da Divisão
Gráfica da Distribuidora Record.